说出来
你可能不信

**科学故事居然
比科幻小说
更精彩、更迷人**

SME◎著

❤ 中国友谊出版公司

图书在版编目（CIP）数据

说出来你可能不信 / SME著. -- 北京：中国友谊出
版公司, 2019.6
ISBN 978-7-5057-4692-3

Ⅰ.①说… Ⅱ.①S… Ⅲ.①故事－作品集－中国－
当代 Ⅳ.①I247.81

中国版本图书馆CIP数据核字（2019）第069708号

书名	说出来你可能不信
作者	SME
出版	中国友谊出版公司
发行	中国友谊出版公司
经销	北京时代华语国际传媒股份有限公司　010-83670231
印刷	北京市松源印刷有限公司
规格	690×980毫米　16开
	16印张　235千字
版次	2019年6月第1版
印次	2019年6月第1次印刷
书号	ISBN 978-7-5057-4692-3
定价	42.00元
地址	北京市朝阳区西坝河南里17号楼
邮编	100028
电话	（010）64678009

人类基因中天生存在两种渴望

一个是下海，一个是上天

下海是对母体来源地，也就是生命起源点的寻踪

上天则是对未来的渴求

即使没有翅膀和鳃

却有科学带我们翱翔天际，深潜海底

目录 CONTENTS

第 4 章　天才的大脑，美丽的心灵　　**183**
CHAPTER 4

你好，我是 SME，准确地说，我们是 SME。很多人第一次看到我们的名字都会感到疑惑，SME 是何意？这三个字母可以有无数种解释，正如我们每个人接触科学的无数种理由一样。在我们这里，它有一种解释是 Science Medium Entrepreneurship 的首字母缩写。

有的人因为热衷于新颖的技术产品而开始了解科学技术，有的人因为对未知的好奇而开始探索宇宙，有的人因为对脆弱生命的怜惜而开始研究生命科学。但对于普通人而言，了解科学技术的方式往往是通过媒体以及书籍。

我们很早就已经察觉到了这条道路十分崎岖。随手打开那些门户网站的科技频道，满屏充斥着的是消费电子产品介绍、商业公司新闻、产业行业动态等等，我们曾思考：这与百年前报纸上的那些商业新闻有多大的差别？细细想来只不过是因为我们所处的时代给这些内容蒙上了一层名为"科技"的包装纸罢了。

就像来到一座完全陌生的古城，初涉科学的我们也并不知道去向何处，也会留恋于商业区灯红酒绿，也会错过深巷里破败却韵味无限的沧桑。我们和很多人一样在科学的世界里头晕目眩，但我们不愿意变得迷失。我们想要记下每条走过的路，写出我们心中最好的科学世界漫游指南，这也正是"DIZZY IN SCIENCE"诞生的初衷。科幻电影《银河系漫游指南》中，"42"被描述为宇宙的终极答案。恰巧，我们也精选了 42 个科技背后的故事，希望能给各位读者的科学漫游带来一些帮助。

起初大量写作的是受众最广的科学人物类，以一个人的视角去讲述科学技术的发展，这当中有励志、有感动、有愤懑、有惋惜，每个人的故事都是独一无二的，也是从那时候开始我们确信科学与传记这两个被认为是枯燥的元素结合在一起，也能产生美妙的反应。人物故事的写作实际上也带给了我们对科学史认知的原始积累，在那些光鲜亮丽的科学人物背后，我们逐渐发现了他们不为人知的一面，例如为化学研究而献出的无数生命。但是，我们总是把目光放在那些成功案例上面，忽略了很多科学发展史上被抛弃了的牺牲品，可往往就是这些没有人歌颂的事迹，反倒能带来不一样的感悟。同时我们也会逐渐发现那些广为流传的常识和说法中，有的也存在着许多谬误。也许很多人最早是通过那些"未解之谜"才接触到了这个泛科学领域，当我们长大成人再去回看这些曾经深信不疑的谜题，才发现那里面漏洞百出而又荒诞至极。

1924 年，孙中山先生亲笔写下"博学、审问、慎思、明辨、笃行"作为当时"国立广东大学"的校训，被中山大学沿用至今。这择取自《礼记·中庸》的十字箴言，反映的正是我们认识和改造世界的历程。一切由好奇的涉猎开始，经过不懈地追问从理解中提出质疑，直至能明辨是非真伪，终能知行合一践履所学。这正是我们每一个故事里所要表达的，其中的精华，就在这些包罗中外的 42 个故事里，细细品味吧！

CHAPTER 1

第 ① 章

这么神秘，那么荒诞

曾经风靡中小学校园的各种"世界未解之谜"系列书籍，用尼斯湖水怪、麦田圆圈、金字塔与法老的诅咒、大脚怪、外星人与UFO、神农架野人、人体自燃等，引发了大家对未知事物的好奇心。这些事物，一个比一个神秘莫测，但又一个比一个言之凿凿，让我们那时无处安置的好奇心得到了莫大的满足。

百慕大三角的弥天大谎

　　曾经风靡中小学校园的各种"世界未解之谜"系列书籍，用尼斯湖水怪、麦田圆圈、金字塔与法老的诅咒、大脚怪、外星人与UFO、神农架野人、人体自燃等，引发了大家对未知事物的好奇心。这些事物，一个比一个神秘莫测，但又一个比一个言之凿凿，让我们那时无处安置的好奇心得到了莫大的满足。

　　其中最神秘的莫过于，吞噬无数飞机和船只的"百慕大三角"。传说这片神秘海域屡次发生神秘莫测的失踪、海难事件，震惊世界。无数途经这里的货轮、军舰、潜艇、飞机等，都离奇消失不见。有的甚至连残骸、尸体都找不到，仿佛连人带船人间蒸发了一般。某些案例更加玄乎，说是失踪了几十年的飞机、轮船又突然出现，而且上面的乘客还一点儿都没变老。还有的说，飞过这片海域，驾驶员身上的表都像穿越了时空一样，比其他地方慢了几个小时。这些描述让年少的我们，冒着被老师批评的危险，势必要对这神秘现象一探究竟。

　　关于这个"死亡三角"，也有各种五花八门的理论和假说被提出，试图支撑和解释这些神秘的现象。例如"次声波振动说""海地水桥说""天然气水合物说""金字塔磁场说""磁偏角异常说"等等，它们各立门派，并尝试自圆其说。如果觉得分析不够深入，就把人们耳熟能详的爱因斯坦搬出来，用相对论、四维空间、黑洞吞噬、平行世界等概念和理论再解读一遍。再不济，还可以"甩锅"给外星人和别国政府，说消失是因为外星人把我们地球人绑架去做实验，或是其他国家在海底搞什么秘密武器。

各种理论和假说虽然听上去都不一样，但最终还是会殊途同归。因为它们的结尾都是同一个套路，"欲知后事，请看下回分解"，总是这样吊着读者的胃口，但就是讲不出个所以然。其实归根结底很简单，因为这一切都是假的。

所谓的百慕大三角，是指北起百慕大群岛，南到波多黎各岛，西至美国佛罗里达州，三个地方围成的三角地带，三角的每个边长约 2000 千米。然而，在真正的地理学上，并不存在什么"百慕大三角"这样的划分。给这片海域冠上魔鬼之名的，也不是什么科学家或政府机构，而是一群用笔说话的作家。这些人让原本好好的一个旅游胜地，在"地摊文学"的以讹传讹中，变成了人间的未解之谜。

爱德华·琼斯（Edward Jones），就是首次提到"百慕大三角"的作家。1950 年，他在美联社的《迈阿密先驱报》中，第一次提到在百慕大附近的飞机神秘失踪事件，并把事故源头引向了那片海域。这就是百慕大神秘现象中，最为人津津乐道的空难事故——美国海军第19 飞行中队失踪。

如果这第 19 飞行中队在飞行过程中安全返航，那么关于"百慕大三角"的概念也不会被创造出来。那些关于百慕大的

百慕大三角

所有文章、书籍、电影、纪录片也不复存在。所以，第一次把第 19 飞行中队失踪与"百慕大"联系到一起的琼斯，也被称为"百慕大三角"之父。

到了 20 世纪 60 年代，第 19 飞行中队的失踪在另一位作家文森特·盖迪斯（Vincent Gaddis）的笔下，变得更加神秘和流行起来。1964 年他给自己发表的文章取了一个非常引人入胜的标题——《死亡百慕大三角（The Deadly Bermuda Triangle）》，赚足了眼球。但他在文中没有提供有效的数据，却好像已经对此彻查了一样，声称这个地区海难频发，远远超过其他的海域。

在这之后的十几年间，很多作家都沿袭盖迪斯的思路开始自由"创作"。基本套路就是多挖挖过去的海难事件，再加点个人解读，最后把灾难的帽子扣到"百慕大三角"头上，这就又是一篇热读文章。

那么关于百慕大最关键的神秘现象，第 19 飞行中队失踪又是怎么被炮制出来的？

整个案件的大致经过是：

1945 年 12 月 5 日下午 2 时，美国海军第 19 飞行中队的 5 架"复仇者"轰炸机（共 14 名飞行员）在队长查尔斯·泰勒的带领下，计划从佛罗里达向东飞到巴哈马群岛，再折返基地，完成飞行训练。然而他们刚飞出两个小时后便迷失了方向，没有按原计划返回基地，反而向大西洋深处飞去。

最后，这五架轰炸机因燃料耗尽，悉数坠入海中。随后美军便派出了大量飞机和船舰进行救援搜

美国海军第 19 飞行中队的 5 架"复仇者"轰炸机

索。但是结果却更悲惨，不但没有搜救成功，机上14名飞行员无一生还，其中一架PBM-5水上飞机还在救援任务中出事。

关于此事的官方调查结果，都认为队长泰勒应该为这次事故负主要责任。泰勒虽然有近2000个小时的飞行经验，但他并不是一位优秀的飞行员，性格固执，且以马虎著称。"二战"期间，他就曾两次在海上迷航不得不弃机跳伞。在这次飞行训练中，泰勒居然还忘记带基本的导航仪和手表。

基地在发现泰勒迷航后，就要求他把指挥权交给其他人。但刚愎自用的泰勒却宁愿相信自己多年的飞行经验，拒绝指挥中心的提议，继续带队往错的方向飞去。通信记录中显示，有至少两位学生飞行员发觉泰勒的判断有误，并要求改变航向。但泰勒仍然一意孤行地带着学生飞行员们飞向死亡的深渊。

在飞行途中，天气状况也开始越来越糟糕。所以随后派出的救援飞机也因在恶劣天气下进行搜救行动，危险系数大大增加。而救援飞机的坠毁还有一个更重要的原因。海军基地的前飞行教练戴维·怀特说，统计已证实参加救援的PBM-5水上飞机，是历史上频繁出现油气外泄，且常因小火花导致过爆炸的机型，所以这种飞机也一直被称为"飞行中的油箱"。当时在该海域经过的游轮上的乘客表示，当晚就听到了爆炸声，还看到上空有闪光，海面上也拖着一条长长的油带。

在水中的遇难飞机

将事实连在一起看，其实第 19 飞行中队和搜救飞机的悲剧只能归为人为的事故，而不是什么超自然的事件。一个迷航的固执队长，带着没有经验的学生在恶劣天气中飞行，遇难几乎是无可避免的。

原本是官方定论的事情，但泰勒的亲属却对这样的调查结果极度不满意，多次向美国海军高层上诉。所以当局只能满足泰勒亲属的要求，把原因归咎于糟糕的天气和"未知因素"。

也就是这个"未知因素"激起了阴谋论爱好者的翩翩联想。在他们层层添油加醋和有意忽略事实后，最终成了一个交织着各种超自然力量的不解之谜。

在这之后，几十年前的"独眼巨人"号失踪事件，也从沉睡的历史中被人们挖出来重新解读。1918 年 2 月 22 日，满载货物的"独眼巨人"号，由巴西萨尔瓦多启航前往巴尔的摩（途经百慕大三角）。然而在航行中却完全与外界失去联系，不知所踪。

起初美军以为该船是被德军击沉，但是战后并未在德军档案中发现记录。所以，"独眼巨人"号的失踪也被蒙上了一层神秘的面纱。

在第 19 飞行中队的事件火了之后，好事者也把"独眼巨人"号的失踪归结于百慕大三角的神秘力量。然而，官方认为"独眼巨人"号的失踪，可以从它的两艘姐妹舰中得到更科学的解释。和"独眼巨人"号构造几乎一样的"涅柔斯"号和"普路提斯"号，虽平安地度过了"一战"岁月，但在"二战"期间都因为结构缺陷纷纷沉没。鉴于"独眼巨人"号当时的严重超载，所以失事原因也渐趋明了。

...

而我们之所以能知晓关于百慕大三角的种种，都得归功于小时候读到的类似"解密百慕大三角"的系列书籍。这些书籍则源自另一位更有"想法"的作家伯利兹（Charles Berlitz）。他看准了商机，在 1974 年出版了《百慕大三角》（*The Bermuda Triangle*）一书，同时把"百慕大魔鬼三角"的概念广泛传播。这本书中不但搜集了许多官方或非官方消息，而且加入了各种对百慕大三角神秘现象的"合理"解读和理论，让原本不存在的"百慕大三角"，成了当时美国家喻户晓的神秘地带。

不过，在这本畅销书大卖的第二年，另一本专门反驳伯利兹的辟谣书籍就诞生了。

拉里·库什（Larry Kusche）搜集了"百慕大作家"们提到的五十多起事例的真相，出版了《百慕大三角之谜——已解》（*The Bermuda Triangle Mystery-Solved*）一书，详细地介绍了每一起事故的调查结果。

拉里·库什的硕士学位是图书管理学，毕业后在亚利桑那州立图书馆工作，有较强的搜索与调查能力。此外，他还是一个有经验的飞行员，他当过商业飞行员、飞行教练和飞行工程师等，累计飞行时间达到几千小时。

为寻求真相，他查阅了美国空军、海军、海岸警卫队、保险公司等的有关报告，事故发生时的报纸报道，甚至向有关人员进行信件、电话或当面访问。最后他得出的结论也被美国海岸警卫队等许多权威机构，认为是对百慕大三角现象的定论。

他的研究表明，在百慕大三角地区发生的飞机和船只的失事数量，与其他海域相比并不突出。其实这个问题用一个非常显浅的事实就可以解释，如果百慕大三角真的频繁发生神秘的海难、空难，最害怕的应该是海洋保险公司。

但是海洋保险公司并不认为百慕大三角是个特别危险的海域，也并没有收取比普通地区更高额的保险费用。

1975年，垄断海洋保险的劳埃德保险公司声明如下：

"根据劳埃德记录，自1955年以来，在世界范围内有428艘船只被报失踪，而你们也许有兴趣知道，我们的情报部门未能发现任何证据支持百慕大三角比其他地方有更多失踪案的说法。美国海岸警卫队有关大西洋事故的计算机记录可以追溯到1958年，其结果也支持这个结论。"

许多事故发生的时候，人们并不认为有神秘之处，但是在多年后通过再加工，就开始神秘起来了。更重要的是当时许多作家根本没有自己做调查和研究，只是重写了以前的文章，导致越来越偏离事实。有的作家为了文章效果，甚至虚构了许多事故的各种细节，还有一些明显不是发生在该区域的也被当成是百慕大三角的事故。

　　然而，在库什这本辟谣书出版后，前面写《百慕大三角》一书的作者伯利兹又四处散播谣言，声称在百慕大海底发现一座金字塔。库什立马向伯利兹发出挑战，要求伯利兹提供海底金字塔的证据，并跟他打赌一万美金。结果在挑战截止的前一周，伯利兹才出来宣布不愿接受库什的挑战，承认了自己只是信口开河。

　　就这样，这出闹剧在20世纪70年代的美国，早已告一段落。然而，这百慕大三角之谜随后却跨过了大洋，在中国大地上愈演愈烈，至今未息。

　　说来讽刺，我们童年对科学的启蒙读本，竟来自这么一个欺世谣言！

藐视人类"中心法则"的章鱼

　　不知道大家有没有发现，影视作品中，外星人大多被设置成章鱼的样子？比如我们非常熟悉的被称作《异形》前传的电影《普罗米修斯》中，异形的原生体就像极了章鱼，有八根腕足，中间还伸出一根骇人的口器。还有《异星觉醒》中"完虐"宇航员的卡尔文，《降临》中靠喷墨交流和能预知未来的七肢桶外星人。

　　那么外星人为什么要被设计成"章鱼"的形象呢？

　　有人提出章鱼在水中活动有种太空的失重悬浮感，而且它们超大的脑袋和发达的四肢也更符合"达尔文外星人"的特点。

　　但是除了这些，最重要的还是章鱼有着不寻常的高智商。由于章鱼的各方面特点都有点匪夷所思，所以许多科学家也喜欢称它们为"生活在地球的外星生物"。如果说海洋能进化出智慧生物，那么章鱼最有可能就是这样的物种。章鱼也一直被誉为"海洋中的灵长类"。

　　章鱼虽属于无脊椎动物，但就其智商而言，可以说就是无脊椎动物中的"叛徒"（科学家一般认为脊椎动物比无脊椎动物聪明得多）。一只普通的田螺体内只有约1万个神经细胞；龙虾有大约10万个；跳蛛也不超过60万个。而蜜蜂和蟑螂等，外神经系统丰富度能排前几的无脊椎动物，也仅有约100万个神经细胞。所以同为无脊椎动物，章鱼拥有5亿个神经细胞，高下立判。除此之外，

拥有极其复杂神经系统的章鱼

不少脊椎动物还比不过章鱼呢。例如，章鱼的神经细胞数量就远超家鼠（8000万）和大鼠（2亿），几乎与家猫差不多。

另外，神奇的章鱼竟还拥有两个记忆系统。其中一个是大脑记忆系统，另一个记忆系统则位于八根腕足，直接与吸盘相连。我们都知道，人类要想完成比较复杂的动作，得靠大脑控制具体的操作与步骤。但章鱼就不一样，它的八根腕足（俗称触手）内都有独立的神经索。大脑只要对腕足下达一个抽象的命令，章鱼的腕足就能自己"思考"，要哪些步骤才能完成任务。在这之后腕足就可以实行多线程同时作业，独自感知环境，快速做出反应，根本不需要大脑给予具体的指令。

毫无疑问，章鱼拥有极其复杂的神经系统，但我们并不能就此评判它们智商的高低。

因为即使在最有利的情况下，评估章鱼的智力水平都是件十分棘手的事情。

就像我们经常把会使用工具设为衡量鸟类和哺乳类动物智力的标准。

但事实上这并不适用于章鱼，因为它的奇异的身体本来就是一个工具。

例如它们根本不需要借助外物，就能用坚硬的齿舌将牡蛎的壳钻开。之后，章鱼便会从钻开的孔向壳内注射某种毒素，迫使牡蛎打开，然后饱餐一顿。举这个例子并不是为了说明章鱼不会使用工具。因为它们用起工具来，还真的比谁都要厉害。

为了更方便地钻开牡蛎，章鱼会找来一块大石头垫在底下再开始操作。而当牡蛎被毒液逼得开口，章鱼还会扔一块石头进去，防止牡蛎把两片壳关上夹到自己。除此之外，懂得未雨绸缪的章鱼，有时吃完牡蛎肉后，还会将壳保留起来，建房子用。它们习惯收集各种贝壳、蟹壳和石头等，建起属于自己的"章鱼城堡"，保护自己柔软的身体。

除了使用工具外，章鱼还拥有近乎人类的记忆能力和学习能力。而学习能力的强弱恰恰是动物智力高低的一个重要表现。

科学家曾做过这么一个实验：将一只刚从海里捞上来的新手章鱼，放入一个结构复杂并装有食物的玻璃盒子，但是它不知道怎么找到入口并拿到食物。它的隔壁则是一只久经沙场的老手章鱼，它能够找到盒子的入口，并从中获取食物。新手章鱼就趴在玻璃上暗中观察老手章鱼是怎么做的，在看到老手章鱼的示范后，二话不说就立马采用相同的方法，钻进盒子饱餐一顿。

更让人咋舌的是，章鱼还是种会"察言观色"的动物，能够适应圈养有与人类交往的能力。一位叫 Shelly Adamo 的神经学家饲养的章鱼，就特别喜欢对着陌生访客喷水。但经常在它们周围出现的熟人，却不会受到如此粗鲁的对待。2010 年有人在水族馆中做过一个实验，一个"友善"的饲养员经常给它们喂食，而另一位"小气"的饲养员则经常拿棍子骚扰它们。只要两周，水族馆中的所有章鱼，都对这两名饲养员表现出截然不同的态度。

除了会看人类的脸色，在海底生活的它们还有着高超的"伪装"本领。在自然界中，可根据环境改变自己"外表"来躲避天敌或捕获猎物的动物虽然有很多，但如果章鱼是第二的话，还真的没有哪个动物敢称第一。

而提到伪装，想必大部分人第一时间想起的是变色龙，它们能根据环境或多或少地改变体表颜色。然而，此变化不过是化学物质反应的结果，需要的时间略长。而章鱼变色的指挥系统是它的眼睛和脑髓，这种通过神经系统控制的方式也更加高级，几乎在瞬间即能完成。如果章鱼的一侧眼睛出了什么毛病，那么这一侧就会固定为一种不变的颜色，而另一侧还是可以随时变色。

章鱼的颜料储存在皮肤最表层的数以千计的墨囊中，紧闭时看上去就像一个个小斑点。但受到环境刺激时，章鱼就会将墨囊周围的肌肉收缩，让墨囊打开释放颜料。这样章鱼就可以依据环境，控制墨囊按照不同的组合打开或闭合，形成不同的形状，如带状、条状或点状等，并且颜色各异。

章鱼软软的身体还有利于它们改变外形。例如印度尼西亚的拟态章鱼，更是高手中的高手。海蛇、比目鱼、海星、狮子鱼、珊瑚、鳎鱼等超过 15 种动物，它都模仿得惟妙惟肖。有时候还能伪装成海螺，伸出两根腕足当脚逃之夭夭。更神奇的是，除了颜色和形状，章鱼还能根据自己要变形的物种，相应地改变皮肤的质地。通过控制特定部位的肌肉收缩，章鱼可将光滑的表皮变得粗糙和尖锐。

例如海藻章鱼（学名刺断腕蛸，Abdopus aculeatus）就能在短时间内，形成一缕一缕的结构，随着水流漂动常让人误以为是海藻。

如果你问章鱼，你们是如何练就如此高超的伪装术的？它们应该会回一句"还不是被逼的"。因为章鱼没有骨骼，在捕食者眼里它们完全就是一块"行走中的肥肉"。海洋中的各种鱼类，都对章鱼虎视眈眈，甚至包括不同种属的章鱼之间，也存在着敌意。

毫无疑问，越是擅长伪装自己，就越容易逃脱追捕和获得食物。所以现在如此机智的章鱼，也是经过漫长的自然选择和进化，才坐牢了"伪装大师"的名号。拥有模仿颜色、形态与皮肤质地三位一体的技能，章鱼玩起 COSPLAY 来可以说是所向披靡。

如果这种能力放在人类身上，就和影视作品中看到的"突然改变表皮硬度抵挡攻击"的超能力差不多。那么问题就来了，如此聪明强大的章鱼怎么还没组建军队，上演章鱼的"星球崛起"呢？其实这些长着两个脑袋、八根腕足的"外星人"，惨就惨在逃不过"做父母必死"的宿命。

本来章鱼的寿命就只有短短 3~5 年，但无论何时，只要章鱼一交配，就等于被判了死刑。章鱼有八根腕足，其中一根被称为交接腕（hectocoylus），这就是雄性章鱼的生殖器（对不起那些喜欢吃章鱼触手的朋友）。交配时，章鱼会将精包通过插入的方式，放入雌体的外套腔内。为了确保雌体受孕，雄性章鱼还会将这根"性触须"留在雌性章鱼体内。而失去生殖器的雄性章鱼，就会进入"贤者模式"，变得郁郁寡欢。不久后，行动迟缓、茶饭不思的雄性章鱼，就一命呜呼了。

另外，在产下数十万枚章鱼卵后，雌性章鱼守护幼卵孵化的时间也至少需要半年。在这期间，雌性章鱼也会因不进食，最终难逃一死。

很多时候，许多新生的小章鱼从未见过自己的父母。所以它们也无法从父辈那里学习到有关的生存法则，一切都只能靠自己摸索。正是因为这种生理层面的缺陷，导致了章鱼智力层面的不断割裂。如果这种断裂发生在靠传承发展优势和智慧的人类身上，我们或许还不一定比章鱼聪明。所以才有人说："如果章鱼寿命不是只有几年，它们可能还真的有兴趣看看人类到底是个什么东西。"

或许未来有一天，外星人真的会攻陷地球，也会惊讶自己在地球怎么还有远方表亲。

◎ 子常. 章鱼的智慧 [J]. 科技潮，2010(9).

◎ 唐一尘. 章鱼具有强大的 RNA 编辑能力 [J]. 前沿科学，2017(2).

颜料，一部另类化工史

我们从小就向往颜色丰富的世界，就连形容仙境也常用五彩斑斓、绚丽多彩这样的词语。这种对色彩天然的热爱让许多父母将绘画作为自己孩子的重点培养爱好。虽然真正热爱绘画的孩子没有几个，但却鲜有孩子能抵抗一盒精美颜料带来的魅力。

柠檬黄、橘黄、大红、草绿、橄榄绿、熟褐、赭石、钴蓝、群青……

这些漂亮的颜色就像是一道可以触摸的彩虹，不知不觉就把孩子们的魂儿拐走了。敏感的人可能会发现，这些颜色的名称大多是形容性的词，例如草绿、玫瑰红。然而却还有一些像"赭石"这样让人摸不着头脑的。若是知道一些颜料的历史，你就会发现还有更多这样的颜色湮灭在时间的长河当中。每一种颜色的背后都是一段尘封的故事。

...

人类的颜料在很长的一段时间里，根本无法描绘这个多彩的世界（哪怕是千百分之一）。每一种全新的颜料发现，其所展现的颜色才被赋予了全新的名字。最早的颜料都来自天然矿物，并且大多来自于特殊地区出产的土壤中。含铁量较高的赭石粉末很早就被当作一种颜料来使用，它所展现出的那种红褐色也就被叫作赭石色。

古埃及人早在公元前4世纪就已经掌握了一些制作颜料的方法。他们懂得

在市场上出售的颜料

使用孔雀石、石青与朱砂这类天然矿物，将其碾碎并通过水洗提高颜料的纯度。与此同时，古埃及人的植物染料技术也同样优秀，这使得古埃及人能够绘制出色彩丰富而明亮的大量壁画作品。

几千年来，人类的颜料发展都是依靠幸运的发现来推动的。为了提高这种幸运出现的概率，人们做了很多奇怪的尝试，也造就了一批奇葩的颜料和染料。大概在公元前48年，恺撒大帝在埃及见到了一种鬼魅的紫色，几乎是一瞬间，他就着了迷。他把这种称作骨螺紫的颜色带回了罗马，并钦定为罗马皇室的专属颜色。

从此，紫色成了一种高贵的象征，因此后人用"born in purple"这样一个短语来形容出身名门。但是这种骨螺紫染料的生产过程堪称奇葩。将腐烂的骨螺与木灰一起浸泡在盛满馊臭尿液的大桶当中，经过长时间的静置，骨螺鳃下腺的黏稠分泌物会发生变化，生成一种今天被称作紫脲酸铵的物质，呈现出一种蓝紫色。

这种方法的产量还特别少，每25万只骨螺才能生产出不到15毫升的染料，刚刚够染一件罗马长袍。除此之外，因为制作过程臭气熏天，这种染料只能在城外进行生产。就算是最终制好的成衣也都终年散发着一股说不上来的独特气息，也许就是"皇家味"吧。

类似骨螺紫这样的颜色其实并不少，还有一种同样与尿液结缘的颜料被发明出来。那是一种美丽而通透的黄色，风吹日晒经久不衰，名曰"印度黄"。顾名思义，这是一种来自印度的神秘颜料，据传提取自母牛的尿液。这些母牛只被喂食杧果树叶和水，导致其严重营养不良，尿液中才含有特殊的黄色物质。这些奇奇怪怪的颜料染料称霸了艺术界相当长的一段时间。它们不仅害人害畜，往往还产量低下价格高昂。例如在文艺复兴时期的群青色，因为由青金石的粉末制成，价格曾是同质量黄金的5倍。

随着人类科技大爆炸式的发展，颜料也亟须一次巨大的革命。然而，这次大革命留下的却是致命的伤痛。铅白是世界上少有的能在不同文明、不同地域都留下印记的一种颜色。

在公元前4世纪，古希腊人就已经掌握了加工铅白的方法。通常是把数根铅条堆放在醋或动物的粪便里，置于密闭空间中几个月，最终生成的碱式碳酸铅即是铅白。制作好的铅白呈现出一种完全不透明的厚重感，被认为是最好的颜料之一。

但铅白绝不仅仅在绘画作品当中大放异彩。罗马贵妇、日本艺伎、中国仕女等全都不约而同地使用铅白涂抹面部。在遮盖脸部瑕疵的同时，她们也获得了发黑的皮肤、腐坏的牙齿、熏天的口气。同时还会导致血管痉挛、肾脏损害、头痛、呕吐、腹泻、昏迷等症状。

类似的症状也同样出现在画家身上，人们常常把出现在画家身上的莫名疼痛称作"画家绞痛"。可好几个世纪过去了，人们都没有意识到这些怪现象其实就来自他们最爱的颜色。

铅白还在这场颜料革命中衍生出了更多的色彩。梵高最爱用的铬黄就是铅的另一种化合物——铬酸铅。这种黄色颜料比起印度黄显得更加明亮，但价格却更为便宜。其与铅白一样，其中含有的铅很容易进入人体并伪装成钙，导致神经系统紊乱等一系列疾病。喜爱铬黄，并厚涂颜料的梵高之所以长期受到精神疾病的困扰，很有可能离不开铬黄的"贡献"。

另一种颜料革命的产物就不像铅白、铬黄这样"默默无闻"了。事情可能要从拿破仑说起。滑铁卢一役后，拿破仑宣布退位，英国人把他流放到圣赫勒拿岛。在岛上度过了短短不到 6 年的时间，拿破仑就离奇去世，死因众说纷纭。英国人的尸检报告中称拿破仑死于严重的胃溃疡，但有研究发现拿破仑的头发当中含有大量的砷，几份不同年份的头发样本中检验出的砷含量是正常量的 10 倍至 100 倍。因此有人认为拿破仑是被人下毒陷害致死。

可事情的真相令人大跌眼镜，拿破仑身体里超量的砷竟是来自墙纸上的绿色颜料。200 多年前，大名鼎鼎的瑞典科学家舍勒发明了一种颜色鲜亮的绿色颜料。那种绿色看过一眼就会令人不能忘记，远不是那些天然材料制成的绿色颜料可以匹敌的。这种"舍勒绿"因为成本低廉，一经投入市场就引起了轰动。不仅打败了许多其他的绿色颜料，甚至还一举攻占了食品市场。

据说有人用舍勒绿给宴会上的食物染色，结果直接导致了三位客人死亡。舍勒绿被商人们广泛用在了肥皂、糕点装饰、玩具、糖果和服装上，当然还有墙纸装饰。一时间，从艺术品到生活用品都被一片盎然的绿意包围，当然也包括拿破仑的卧室和浴室。可舍勒绿的成分是亚砷酸铜，其中的三价砷毒性剧烈。拿破仑的流放之地气候潮湿，使用了舍勒绿的墙纸因此释放出大量的砷。

传说绿色的房间里绝对不会有臭虫出现，大概也是因为这个原因吧。说来也巧，舍勒绿以及后来同样含砷的巴黎绿最后成了一种杀虫剂。除此之外，这类含砷的化学染料后来还被用来治疗梅毒，这在某种程度上启发了化学治疗的进程。舍勒绿被禁之后，另一种更为骇人的绿色却大行其道。

提起产生这种绿色的原料，现代人大概会立马联想到核弹和辐射，因为它就是铀。很多人想不到，其实铀矿的天然形态已经可以称得上是绚丽了，号称是矿石界的玫瑰花。人们最早开采铀矿也是将其作为一种调色剂添加到玻璃当中。这样制出来的玻璃透着幽幽的绿光，着实好看。而铀的氧化物又是明艳的橙红色，也同样作为调色剂添加到陶瓷制品当中。

在"二战"之前这些"能量满满"的含铀制品还随处可见。

直到核工业的兴起，美国才开始限制铀的民用。但在1958年，美国原子能委员会又放宽了限制，贫铀再次出现在陶瓷厂和玻璃厂中。从天然到提取，从制作到合成，颜料的发展史说到底也是人类化学工业的发展史。这段历史当中一点一滴的奇葩全都写在了那些颜色的名称里。

骨螺紫、印度黄、铅白、铬黄、舍勒绿、铀绿、铀橙。

每一种都是人类文明路上留下的脚印，有的踏实稳健，但有的却不知深浅。记住这些走过的弯路，我们才能找到更平坦的直道。

参考资料

◎ 芬利 V. 颜色的故事：调色板的自然史 [M]. 姚芸竹，译. 上海：生活·读书·新知三联书店，2009.

当大脑被寄生虫支配

　　在描绘寄生生物的科幻作品中，恐怕《寄生兽》是最有意思的一个。《寄生兽》中，来自宇宙的寄生生物大规模感染人类，它们蚕食人类的大脑，并寄生于人类头部，完全操控失去意识的躯体，继续捕食其他人类。这部作品确实给我们带来了巨大的冲击，但我们都清楚地知道，那不过是科幻作品，其中的某些逻辑甚至经不起推敲，随意变形的能力更是无稽之谈。

　　我们熟悉的寄生虫无非就是那些偷偷钻进体内，好吃懒做靠着宿主过活的低等小生物，虽然有些种类的寄生虫会对宿主的健康造成巨大的伤害，但最多也就是一个巨大的拖累，所以"啃老族"也被叫作"社会寄生虫"。

　　然而，寄生这件事并没有你想象的那么简单。这些寄生生物不仅窃取营养，还能控制宿主的行为，将它们变为自己的傀儡。

　　在非洲一些国家，以及巴西、泰国等热带雨林地区，存在着一种神奇的寄生真菌，这种真菌的孢子遍布在各种植物表面，树上的蚂蚁在外出寻找食物的过程中很容易接触到它们，并毫不知情地将其带回巢穴。当蚂蚁回到巢穴，会将这些真菌传染给自己的兄弟姐妹。孢子通过酶进入蚂蚁体内，蚂蚁被感染后，渐渐失去了自主能力，完全被真菌所操控，成了一只"僵尸蚂蚁"。

　　寄生真菌通过释放生物碱操控"僵尸蚂蚁"，它们会离开巢穴，离开蚁群，寻找高度合适的树叶。在"僵尸蚂蚁"生命的最后几个小时里，它会爬到树叶的背面，用下颚死死咬住树叶中央的叶脉，在叶脉上留下特殊的死亡印记，等待生命最终的绽放。

这种寄生真菌操控着蚂蚁为自己寻找到温度、湿度最合适的地方，完成了菌株的萌发，释放出孢子，生生不息地延续这一过程。这一循环已经持续了4800万年，有考古学家在树叶化石的背面发现了来自"僵尸蚂蚁"死亡前的咬痕。当人们以为僵尸真菌的寄生手段已经足够高明时，却发现，"僵尸蚂蚁"死亡后生长出来的真菌不止一种。

原来还有另一种真菌专门寄生于这种僵尸真菌，在蚂蚁死亡后会破坏绝大多数的僵尸真菌，"剧情"堪比谍战大片。也正因为这两种真菌的对抗，让被感染的蚂蚁处于一个正常的水平。

可怜的蚂蚁除了要遭受真菌的控制外，还会受到某些线虫的感染。蚂蚁感染了一种线虫之后，它的腹部会变得通红，而且还会主动抬高腹部，在远处看起来就像是成熟的小浆果。对红色颇为敏感的鸟类会误将被感染的蚂蚁吃下，那么这种线虫就找到了一个更美好的宿主。

既然讲到了线虫，自然不得不提起大名鼎鼎的铁线虫。很多小时候爱抓蟋蟀、螳螂的朋友可能比较清楚，这两种昆虫都是很多寄生虫的忠实宿主，铁线虫估计是最常见也最恐怖的一种。

螳螂感染铁线虫后，铁线虫先会在其体内生长，并逐渐控制它的行为。等到铁线虫长为成虫后，便会控制螳螂让它对水产生强烈的欲望，最终让螳螂跳入水中淹死，而铁线虫则进入了它自己的繁殖天堂。若是宿主在进入水源前发生了意外，失去了行动能力，就会发生恐怖的一幕，铁线虫会从宿主的腹部蠕动钻出，这就是韩国电影《铁线虫入侵》的灵感来源。

同样惊悚的还有一种双盘吸虫，它本寄生在鸟类的消化系统内，产出的虫卵通过鸟类的粪便排出，落到植物上能感染经过的蜗牛。在蜗牛体内这些虫卵孵化成尾蚴，数百只活跃的尾蚴寄生在蜗牛的消化系统，并形成一条带有花纹的管道，直通蜗牛的长眼睛。

此时的蜗牛已经变成了一具傀儡，不再有恐惧的感觉，而且爱爬上枝头，无所事事地游荡。双盘吸虫则会在蜗牛的眼柄中疯狂蠕动，闪烁着它的斑纹，吸引鸟类来捕食，以完成它生命的轮回。

说了这么多，似乎都是离生活比较遥远的，接下来的这个例子可能很多人在无意中都接触过。有人在从市场买回来的螃蟹中发现了一些异样，有些螃蟹的腹部长了一个大大的组织，不认真看的话还以为那是螃蟹的卵，奇怪的是不论公母似乎都会长有这样一个奇怪的部分。那其实是一种寄生虫爆出螃蟹体外的卵巢。

这种寄生虫专门寄生于螃蟹，因此得名蟹奴，它通体柔软，雌雄同体，几乎没有什么行动能力，只有极其发达的生殖腺。幼体的蟹奴只是漂浮在水中的小型软体动物，一旦它找到一只螃蟹，便会疯狂地寻找蟹壳上的缝隙，将自己的躯体全部钻入螃蟹体内，抛弃原本的表皮。进入螃蟹体内后，蟹奴会长出分支状的细管，逐渐蔓延到螃蟹的各个部分，包括肌肉、内脏甚至是神经系统，吸取螃蟹营养的同时，完全侵占螃蟹的大脑。此时的螃蟹不再蜕壳长大，不再发育生殖器，完全成为蟹奴的傀儡。

蟹奴不断生长，直到生殖腺发育，爆出螃蟹的体外，等待其他蟹奴幼虫赐予它宝贵的精子（雌雄同体）。螃蟹就在蟹奴的操控下，穷尽一生为蟹奴养儿育女，最终一同死去。

被蟹奴寄生的螃蟹由于体内已经不再是单纯的蟹肉，因此被煮熟后蟹肉会发臭，不能食用，认真想一想你是不是曾经吃过这样的螃蟹呢？除了这些简单生物能被寄生虫控制思想外，当然也有寄生虫能够控制高等动物，甚至是人类。

爱猫人士也许听说过弓形虫引起的疾病，但肯定不知道弓形虫的实力有多么强大。弓形虫是一种单细胞微生物，其最终宿主正是猫科动物。它寄生在猫的小肠内，产出囊合子（类似卵）随粪便排出，经过1~5天后才具有感染能力（清洁得当的话，感染概率较低），几乎能传染所有温血动物，常见的家畜都是弓形虫的宿主。

有意思的是，老鼠感染弓形虫后，弓形虫能劫持树突细胞，在老鼠体内来去自如，无视免疫系统，甚至能突破血脑屏障，改变老鼠的多巴胺分泌机制，增加多巴胺的提供，让老鼠对冒险充满欲望，失去对捕食者的恐惧，更容易被猫捕食，这样一来弓形虫就找到了最终宿主，完成使命。

世界充满了寄生现象，所谓控制思维与行为的寄生虫其实也并没有什么神秘的，其动机无非就是驱使宿主做出更利于寄生虫繁殖的行为。正如前面的那些例子，有许多都是让初级宿主主动暴露自己，吸引捕食者捕食，达到更换高级宿主的目的。

挠痒痒的进化论

提到古代刑罚，大家能想到的大多是鞭刑、杖刑等。而让人想不到的是，在古代有一种奇葩的酷刑——笑刑。这种刑法不是针对人类的痛觉，而是针对人类的"痒"觉。

首先犯人会被五花大绑，动弹不得，就连他们的双脚也会被固定在木枷之中。接着行刑者就会用盐水或蜂蜜等涂满犯人双脚，再牵来一头贪吃的山羊，让它尽情地舔食脚底的美味。由于山羊舌头上充满倒刺，就算犯人天生不敏感，都会感到奇痒无比，痒不欲生，犯人会笑到窒息直至晕死过去。

因为笑刑对身体的伤害较轻，对比其他酷刑也不会留下伤痕，所以常常用于达官贵人的审讯和逼供。

如果可以选择的话，想必不少人宁可选择痛死，都不愿意被"痒"折磨。可以说，"痒"几乎是这么多种感觉中最难忍的存在。不过几个世纪以来，"痒"却一直被"痛"压制，关于"痒"的研究是少之又少。而且在过去，人们也一直把"痒"归类为一种极其轻微的痛觉。

而生活中的"以痛止痒"的经验，仿佛也在告诉我们"痒"是低级的痛觉。

就像我们被蚊子咬了，喜欢挠或者掐个"十字"，就是明显的用"痛"来抑制"痒"的做法。除此之外，临床观察也有不少支持痒和痛共用神经回路的依据。例如常年受慢性疼痛折磨的病人，在切断了痛觉神经中的一个部分（如脊髓丘脑束）后，不但没有了疼痛，就连痒痒感也一同消失了，所以才导致了有人认为"痒"和"痛"就是同一种感觉。

但是随着科技的进步，科学家才发现"痒"和"痛"完全是两码事。对于"痒"的研究极易被科研工作遗忘，它还是在科学家研究痛觉时才有了意外的突破。

2007 年，美国华盛顿大学的陈宙峰团队在中枢脊髓中寻找与痛觉相关的基因时，无意间发现了一个控制胃泌素释放肽受体（gastrin-releasing peptide receptor，GRPR）表达的神奇基因。

他们发现，把胃泌素释放肽 GRP（一种很小的生物活性多肽，可以与 GRPR 结合，激活 GRPR 来传递信息）注射到小鼠脊髓中，小鼠立刻全身抓起痒来。

除此之外，如果把小鼠脊髓中表达 GRPR 的神经元杀死，无论研究员在小鼠身上注射何种致痒物（如组胺和喹啉），小鼠都没有抓痒反应。这说明了失去 GRPR 神经元的小鼠，竟完全失去了感受痒觉的能力。而让人更惊讶的是，这些丧失了痒觉的小鼠，对各种疼痛的刺激反应则完全正常。通过这个"痒基因"的发现，人类第一次证明了"痒"和"痛"是可以在分子和细胞水平上分开的。

在陈宙峰团队的意外发现之后，越来越多的科学家开始投入到关于"痒"的研究中去，而他本人也成了关于"痒"研究的先驱与专家，并牵头建立了首个关于"痒"的研究所。要知道，在这之前全世界连专门研究"痒"的实验室都没有，而关于"痛"的研究则有不少。

不过虽然"痒"和"痛"的信息是分开的，但这两种感觉也没有生分到老死不相往来的程度。

因为在神经通路的某一段中，痒和痛还是有可能共用同一段通路的。例如前文提到的患慢性疼痛病的病人案例中，医生切断了痛觉神经的一部分，其实这个过程中痒觉也同样遭了殃。当"痒"的信息在传递的时候，"痛"的信息传输就会受到阻碍，反之，"痛"的信息在传递的时候，"痒"的信息传输也会受阻。科学家推测这也就是我们在一般情况下，不会同时感受到"痒"和"痛"

的原因。

细心的人可能已经发现了，"痒"不但跟"痛"不一样，而且痒觉还可以分为两种。例如被蚊子咬和被别人挠胳肢窝，都用"痒"来表达，但实际上却是非常不一样的体验，分别被称为化学痒（chemical itch）和机械痒（mechanical itch）。顾名思义，化学痒是指由蚊虫叮咬后由化学物质（如组胺）引起的瘙痒。而机械痒，最直接的感受便是用一根羽毛，轻轻地扫一下自己的脚板底。那一阵阵难以忍受的痒，就是机械痒。但无论是哪一种痒，对人类来说都是必不可少的存在。

现在经过科学家的研究，大家才知道原来小小的蚊虫叮咬也可能会造成生命的危险。当我们大脑不知道这种潜在危险的时候，其实身体早已有了对应之策。

当一只蚊子在你的身上准备饱餐一顿，蚊子腿扫到你身上汗毛的时候就会触发你的机械痒，你便会察觉并把它赶走。如果你不幸被蚊子叮了一口，你的免疫系统分泌的组胺则会让你产生化学痒，让你知道你已经被咬了，需要做出相应的措施，比如涂药。毫无疑问，这种让人难以忍受的痒感使你在不知不觉中主动远离了这些昆虫。

有意思的是，不光是人类，在自然界中，就算是那些没有手的动物，也都在想尽各种办法来给自己挠痒痒。例如大象喜欢用鼻子，海狮喜欢贴着岩石，而熊习惯性地蹭树。就连海洋中最大的动物鲸鱼，自己挠不到痒也招来一群鸟类帮它剔掉身上的寄生虫。

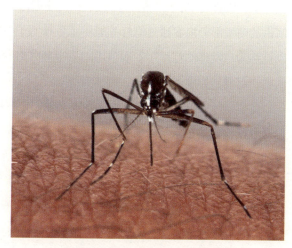

准备在人身上饱餐一顿的蚊子

科学家还认为人类非常热衷的相互挠痒痒（机械痒），也是具有进化目的的。神经科学家罗伯特·R.普罗文（Robert R. Provine）在《笑声：科学调查》（*Laughter: A Scientific Investigation*）一书中就说道，我们之所以会笑，很有可能来源于挠痒痒。

他通过观察各种猿类之间的挠痒痒打闹后提出，人之所以会"哈哈"大笑，就是从打闹时所发出的喘气声进化来的。这种挠痒痒行为除了可以加强伙伴间的社会联系外，还可以提高他们的反应和自我防卫的技术。毕竟很多我们能够挠痒痒的地方，如肋骨、胳肢窝、脖子等，是搏斗时最薄弱的地方。

年幼的孩童们通过这项看似游戏的机制，可以达到训练的作用，保证这些敏感的部位在受到侵袭时能有更敏捷的反应。所以不少科学家认为，"痒"几乎是仅次于"痛"的一种自我防御机制。没有"痒"这种感觉，人类就很难在恶劣的原始森林中立足。

实际上，"痒"这种感觉远比大家想象的更加复杂。而且大多数时候，它与皮肤完全没有关系。作为一种大脑的感受，"痒"虽然涉及具体的神经通路，但也还受着许多因素的影响。例如有的人截肢后，在已经没有了手或脚的情况下，还是能感觉到手脚奇痒无比，这也称为"幻肢痒"。

在一项研究中，德国的一位医学教授还进行了一次关于"视觉痒"的演讲。演讲的前半部分内容通过幻灯片展示了各种虱子、跳蚤或正在抓痒的人等，可以被称为"发痒幻灯片"。而演讲的后半部分内容，则多由一些让人感到舒服的图片组成，如婴儿的皮肤、游泳者等。

在整个过程中，没有人告诉这些观众他们正在做一个跟"痒"相关的实验。但通过摄像机的记录可以明显看出，在演讲前半部分，观众们抓痒的频率明显增加。而在后半部分时，抓痒的频率急剧下降。所以说，不论是外部化学或机械刺激都能引起瘙痒，光是想一想，就能让人们浑身难受。

不信你现在想象一下，有一只小虫子在你脖子上爬行？

不过有得就必有失，"痒"在保护人类的同时，也带来了那些不愉快的体验。俗话说"痛可忍，痒不可忍"，而受慢性痒折磨的人对这句话的体会会更深刻。毕竟那已经不是挠一挠就能解决的问题了。据德国的一项统计调查，成年人中有17%的人经历过慢性痒的折磨。银屑病（牛皮癣）、湿疹、肝胆疾病、糖尿病、内分泌失调等，都会引起慢性瘙痒，它们换着花样来折磨人类。

曾有新闻报道过，一位患有带状疱疹（带状疱疹是由水痘－带状疱疹病毒引起，主要侵犯神经，导致神经鞘膜损伤）的病人，因为头部奇痒难忍就不停地抓挠。他当时只是想用"以痛止痒"这种"土疗法"来获取片刻安宁。岂知两个月下来，他的头皮已经被挠得鲜血淋漓。当医生为他检查时，他的头部已经完全失去了痛觉，但还是奇痒难耐。

这种"以痛止痒"的方法，顶多可用于一些急性痒如蚊子叮咬等，对慢性痒不但没用，反而可能会触发可怕的"痒－挠"恶性循环。所以法国作家蒙田说"挠痒是大自然中最美好的事情，而且随时随地都能享用，但随之而来的后悔则让人心烦不已"。

不少人还因为严重的瘙痒，发展到抑郁甚至是动了自杀的念头。更让人绝望的是，还有研究表明不良的情绪还可以加剧慢性瘙痒的程度，这真是一个恶性循环。

虽然"痒"这种感觉一直在陪伴着人类，但我们对"痒"的了解还知之甚少。就目前来说，科学家关于"痒"这种感觉的探索才刚刚开始，后面还有很长的路要走。

或许未来的某天，人类能靠科技克服这与生俱来的"不愉快感觉"。

06 第 23 个发明电灯的人

托马斯·爱迪生，一个令人感到困惑的人。一个只上过三个月学却持有 1093 项专利的成功人士。一个几乎在所有中国孩子心中留下痕迹的地道美国人。毫不夸张地说，在中国的街头随便抓一个学生，十个里有九个都能生动地讲出爱迪生发明灯泡的故事来：

爱迪生很早就下定决心要发明一种比煤油灯更好的照明灯。于是他苦苦寻找能通电发光的材料，但这些做灯丝的材料效果都不理想。爱迪生为了发明灯泡尝试了 6000 多种材料，进行了 7000 多次实验。终于如愿以偿找到能持续发光 45 小时之久的灯丝材料，也标志着伟大的电灯被发明了出来！

这正印证了爱迪生的那句名言："天才是百分之九十九的汗水加上百分之一的灵感。"

托马斯·爱迪生（1847—1931）

　　但这故事最大的漏洞就是：小学没毕业的爱迪生怎么就知道电流能让导体发光呢？

　　这也是故事着重凸显爱迪生那百分之九十九的汗水而对前期那百分之一的灵感避而不谈的原因。事实的真相是爱迪生在电灯的发明中连那百分之一的灵感也没有，发明电灯的想法是他从英国人约瑟夫·斯万那里"顺"来的。

　　约瑟夫·斯万爵士是英国知名的化学家、物理学家和发明家。他早年在家乡的药店当学徒，跟随一位药剂师学习，出师后一直从事化学方面的工作。但斯万个人最感兴趣的研究还是电与光之间的神秘联系。早在1848年，20岁的斯万就开始着手研发电灯了，并在灯丝的材质选择上有重大突破。

　　在斯万之前已经有一些发明家尝试使用金属作为灯丝，比较常见的是铂丝。但铂丝成本非常高，并且1768℃的熔点导致其耐用性较差，并不是一种好的选择。斯万尝试用碳来替代铂丝，碳的熔点高达3500℃，不容易因为通电后的炽热而熔断。但碳也有一个很大的弱点——在空气中容易燃烧，需要与氧气隔离才能长时间工作。

　　斯万的真空碳丝电灯方案就这样敲定了。

　　他将一种硬纸板剪成马蹄铁那样的弧形，然后放在坩埚中烘烤制成碳化的碳阻丝。

　　把碳丝两头接上导线封闭在一个钟形玻璃罩内，并尽可能地抽出内部的空气。导线接上电池的两个电极，碳丝发出明亮的光芒，这便是最原始的白炽灯。

　　虽然斯万的灯泡只亮了13.5个小时就烧坏了，但这不妨碍它成为一项伟大的突破。那一年，爱迪生才1岁。

　　由于当时电灯的前置基础技术不成熟，用于供电的电池电压低耐久差，真空技术也没发展起来。斯万的电灯不仅没有什么实用价值，性能也相当差，糟糕的真空技术总是让碳丝很快就烧断。为此他一直在改进自己的这个发明，陆陆续续研究了12年之久。由于他始终无法突破耐用性这个瓶颈，在1860年彻底放下了实验工作。这一年，爱迪生已经是个13岁的小报童了。

　　停下电灯研究工作的斯万也没有闲着，他涉猎广泛已经成了当地学术圈内小有名气的人物。他从一家摄影底版制造公司的助手晋升为合伙人，还改进了当时的湿版火棉胶摄影法。斯万设计了一种干燥的摄影底版，用硝化纤维素塑料替代原先现场制备硝化纤维溶液的烦琐步骤。15年后，这项技术给美国的伊士曼带来了灵感，他后来成立了柯达公司。

直到1875年，斯万才又重新拾起最初的电灯研究。有两方面原因，一个是因为英国物理学家克鲁克斯为研究真空放电现象而改进了抽真空技术。另一个是比利时的工程师格拉姆和德国的西门子制造出了性能出众的直流发电机。这两项技术的完善让斯万看到希望，他只需要在制作灯丝的技术上努力就足够了。

斯万的电灯的确没有因为灯泡中残余的氧气而发生燃烧，但却暴露出了另一个问题。碳化灯丝的电阻太低，原先采用电池供电并没有过多地暴露出这个问题。如今采用直流发电机供电，碳丝在大电流的情况下就显得弱不禁风了。虽然研究结果还没有公开，但斯万平日关于白炽灯的谈论还是得到了圈内人的高度关注。

那一年，爱迪生在去怀俄明看日食的路上，闲谈中从物理学家巴克的口中得知了斯万的白炽灯。他顿时觉得白炽灯将来肯定会成为家家必备的照明设备，趁目前技术还不成熟赶紧加快研发抢占先机。

经过这些年，爱迪生可不再是个小报童了，他已经是发明了留声机、同步发报机的大发明家。虽然他自己科研水平不高，但他懂得用人之道，在他的实验室里不乏大学生和科学家，他立马指派手下的科学家乌普顿协助研发白炽灯的工作。另一方面，白炽灯的研发还远没到能应用的地步，爱迪生就已经成立了新的电灯公司，并且还登报宣传他已经解决了电灯的各种配套问题，吸引了不少投资者。这也逼得斯万不得不早早将自己还不算成熟的白炽灯拉上台面展示。

1878年，斯万在纽卡斯尔化学协会上公开展示了他的白炽灯，但最担心的事情还是发生了。灯丝还是由于过大的电流而被烧坏了，这个问题在次年的再次展示上才被解决。不过这并不妨碍斯万在英国申请碳丝真空玻璃罩白炽灯的专利。

而爱迪生投入的大量财力人力也没有白费，1879 年他的实验室采用碳化棉丝制成了持久的白炽灯，并在年底公开展示了他的白炽灯。

斯万得知后心里很不爽快，他在《自然》杂志上刊文指出："15 年前，我就根据白炽灯原理将焦化纸和焦化纸板用于制造电灯，确切地说，我曾将它制成马蹄铁的形状来使用，正如爱迪生现在使用它的样子。"

谴责是徒劳的，发明最终还是要靠专利来说话。1880 年末，斯万的白炽灯在英国获得了专利，成了英国第一个白炽灯专利。而爱迪生

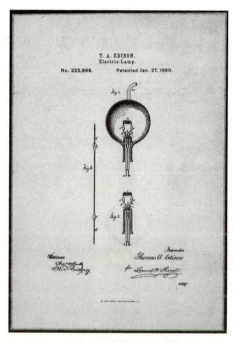

爱迪生白炽灯专利书

的专利就没那么顺利了，虽然申请日期比起斯万早了几个月，但在 1883 年被美国专利局判定是基于斯万发明的微创新，专利无效。

爱迪生上诉了 6 年之久终于在 1889 年拿到了白炽灯的专利。即使爱迪生的商业天赋再高，也无法撼动斯万白炽灯在英国的地位。

爱迪生公司的商业帝国触及英国市场，也不得不花高价购买斯万的专利授权，最终双方合作在英国成立"爱迪万"（EdiSwan）公司。

故事讲完，你一定会以为白炽灯是斯万发明的，那就未免错得有些离谱了。如果说电灯是英国人斯万发明的，那俄国人就肯定不愿意了。在他们的国家，前有洛德金于 1872 年发明的白炽灯，后有亚布罗契科夫于 1875 年发明的"蜡烛"碳棒电灯。

如果说电灯是俄国人发明的，那德国人又肯定不愿意了。德国人亨利·戈培尔 1854 年发明的碳化竹丝白炽灯当时就可持续照明 400 小时，那时他还没

有加入美国国籍。

如果说电灯是德国人发明的，那英国又会重新回到不愿意的行列。因为在1801年，大化学家、英国皇家学会会长戴维就通过实验让铂丝通电发光。8年之后，戴维和他的学生法拉第一起研制了碳棒弧光灯，但因为亮度太高损耗太快所以不适合家用。

电灯究竟是谁发明的？是把电灯推广到每家每户的第23个发明人爱迪生，还是更早制作出实用白炽灯的其他发明者？

都不是，没有人真正发明了电灯，电灯只是人类科技发展道路上一个必然的里程碑。

没有直流发电机技术，没有成熟的真空技术，没有电学理论的基础，就算带着现成的电灯回到那个年代也仿造不出合格的产品，斯万的经历就是最好的例证。

各国间关于电灯发明之争，无非只是为了显示国家科技的前沿而已，即使有一万个理由都不能把这全人类共创的成果贴上标签据为己有。

◎ 宋牧襄．《斯万对爱迪生——电灯发明的竞争及思想的交互》[J]. 中国工程师，1996(3).

◎ 黄飞英，黄建东．《发明电灯的专利权究竟属谁》[J]. 发明与革新，2001(4).

◎ 陈金波．《看爱迪生微创新造出了什么》[J]. 中国机电工业，2011(6).

食人族与神秘病毒

　　传染病与人类可谓是相伴相随，千年万年来从未改变。我们对呕吐物、排泄物以及各种体液产生的"恶心"反应正是拜这些传染病所赐。凡是对这些充满病原体的物质堆无所畏惧的，在历史进程中都被大自然淘汰了。即便人类将这些防范措施写进本能里，但还是无法摆脱鼠疫、天花、梅毒这些恐怖的瘟疫。直到现代医学发展起来，情况才有所好转。可当我们认为我们的医学已经足够高明时，传染病还是一波又一波地袭来。

　　恐怖的埃博拉病毒就是最典型的例子。埃博拉病毒能导致严重的出血热，患者的症状包括发热、恶心、腹泻等，很容易被误诊为一般的流行性感冒，错过治疗的最佳时机。短短几天后，被忽视的患者开始周身疼痛，七窍流血不止。同时体内的各个器官开始变形坏死、慢慢分解。脏器的碎片与血水一起被患者呕出，甚至连肠子都吐出来，极其惨烈。最后患者全身布满出血的孔洞，输液扎下的小孔都会往外渗血。因此有人形容染上埃博拉的人是在你面前慢慢融化掉。

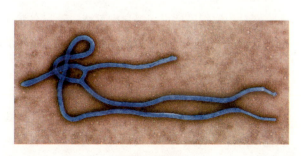

埃博拉病毒

生物学上有一项重要的指标，叫作生物安全等级，级别越高越危险。

HIV病毒（艾滋）是2级，SARS病毒一般被归为3级，而埃博拉则是最高的4级。科研人员要操作埃博拉病毒必须在安全等级同样为4级的实验室进行。所有要接触病毒的科研人员都必须裹得跟粽子一样。不过，就算是这样恐怖的病毒，也还有一线生机。2016年世界卫生组织（WHO）宣布，加拿大公共卫生局研发出了高效的埃博拉疫苗。另一方面，中非农村地区的居民有约五分之一的人在感染中幸存下来，他们拥有埃博拉的抗体。

然而，在埃博拉病毒之外还有更颠覆人类认知的东西存在，它甚至都不能够算是严格意义上的生物。它没有DNA，也没有RNA，仅仅是种结构异常的蛋白。被它感染的人，不会有猛烈的恐怖症状，只不过是一些不自主的颤抖，尔后逐渐失去运动能力，毫无由来地发狂大笑。一年之内便会不省人事，最终被死神带走，无一例外。

任何人只要被它感染，死亡率为100%，有时候甚至都让人怀疑这是不是一种遗传疾病。因为从患者已经海绵化的脑中，检测不到任何致病菌或病毒。

而关于它的事情则要从20世纪讲起。在大洋洲的巴布亚新几内亚，有一个很原始的土著部落，他们称自己为弗雷人。弗雷人世世代代都在这里生活，千百年来也算是生活和谐幸福。但在20世纪50年代，一种莫名的疾病突如其来，部落里有不少人开始感到头疼、关节疼，还伴有不自主的颤抖。因为这个症状，弗雷人把这种未知的疾病叫作"库鲁"，意为害怕地颤抖。

渐渐地，患上库鲁病的族人除了颤抖外还会失去大部分的运动能力，直至不再能够行走。

同时，他们说话也变得含糊不清，看起来就像痴呆了一样。病情严重的时候还会突然毫无征兆地手舞足蹈起来。不到半年的时间，这些得了库鲁病的族人就基本失去了所有记忆。

但他们却时不时像发了疯一样诡异地大笑，仿佛知道了什么愚蠢的事实。

库鲁病在弗雷部落中十分流行，当时每年有超过200人死于库鲁病。起初，人们认为库鲁病是一种高发遗传疾病。可是有一位叫盖杜谢克的美国科学家不信邪，他自始至终都认为库鲁病是一种传染病。在20世纪50年代中期，他毅然前往巴布亚新几内亚的原始森林，对库鲁病展开调查。

盖杜谢克一开始猜想库鲁病的致病源是微生物。但经过一轮调查和实验，并没有发现这些库鲁病患者身上有什么异常的微生物。既然不是细菌真菌这类微生物，那会不会是由病毒引起的。结果又是否定的，搞得盖杜谢克有些气馁。他再次冥思苦想，突然灵光一现觉得可能是某些毒害物质导致的。这个想法驱使着盖杜谢克开始着手重新调查，他先从弗雷部落的日常食物、饮用水、土壤环境查起，可依旧没有发现什么可能的致病源，很是让他费解。难道库鲁病真的是某种遗传疾病？

不愿服输的盖杜谢克索性跟弗雷人一起吃住，仔细研究他们的生活。

这天，部落里一位德高望重的长者因为库鲁病去世了。为了追思这位长者，部落里准备举行庄重的悼念仪式。盖杜谢克表示很感兴趣，希望能参与其中，弗雷人很热情地同意了。当晚，部落里逝者的亲朋好友聚在一起，似乎要做些什么秘密的事情。盖杜谢克凑上前去，只见族人将逝者的头颅割下，砸开取出脑子，切开分给在场的每一个人。

这会儿他想退出似乎是不可能了，只好硬着头皮接过分给他的脑片。这片脑子最终并没有被吃掉，而是被盖杜谢克带回了实验室。他将这片大脑研磨成浆，对其做了各种检验，但依旧没有任何收获。

不过，盖杜谢克却有了一个大胆的想法，可以验证库鲁病到底是不是传染病。他把从脑子里抽取的蛋白粒子放进了开在猩猩脑袋上的洞里。一段时间后，这只猩猩果然出现了库鲁病的症状。但是把经过蛋白酶处理后的蛋白粒子放入猩猩的脑中却不会引发库鲁病。

盖杜谢克大胆地提出了库鲁病是一种类似于人类克-罗伊茨费尔特-雅各布病（简称雅氏病）以及羊瘙痒症的病症，可能是由一种超出认知的病毒造成的。

然而直到1982年，盖杜谢克认为的这个超出认知的病毒才有了正式的名字，美国生物化学家普鲁辛纳发现了一种不知道如何定义的物质——朊病毒。虽然通常称其为病毒，但它与真正的病毒完全不同，朊字更能体现其蛋白质的本质。

这种微小的物质展现出了惊人的抗性，紫外线照射、电离辐射、高温、各种生化试剂都无法破坏它。甚至人体内的胃酸、蛋白酶都无法破坏它的结构。

朊病毒进入人体竟然不会引起免疫系统的警觉，这也导致了朊病毒引发的病症难以诊断，通常要等到患者死亡后才能确诊。可是仅凭蛋白质又是如何做到在感染者体内增殖致病的呢？最简单的猜想就是朊病毒以蛋白质本身作为遗传物质，通过逆转译和逆转录的方式产生 DNA，从而指导宿主体内的细胞复制自身。但这样的过程需要逆转译酶和逆转录酶的存在，并不合理。

就在人们开始猜想之时，科学家对朊病毒的研究又有了重大突破：研究人员发现人体内存在一种与朊病毒十分相似的蛋白质。朊病毒与这种蛋白质仅仅存在空间结构上的差异，这正好解释了为什么朊病毒不会引起免疫系统的反应。进一步的研究发现，朊病毒可能与正常的蛋白质聚合并将其转变为与朊病毒相同的蛋白质。这些朊病毒不断聚合在一起，形成了聚集纤维，并在人的中枢神经细胞堆积，最终损害神经系统。

这种假说虽能比较完美地解释朊病毒的致病机理，但具体的过程依旧没有得到证实。

朊病毒引发的病症主要出现在高级哺乳动物身上。它可以引发疯牛病、羊瘙痒症、海豹脑海绵化症、库鲁病、克-雅氏病。主要传播方式是食用被感染个体的肉，因为其耐 300℃ 的高温，烹煮也无济于事。人一旦感染发病，几乎无计可施，没有疫苗，干扰素也毫无作用，只能等死。

朊病毒的爆发其实离不开同类相食的行为。

1996 年，在英国爆发了震惊世界的疯牛病事件，成千上万头牛发疯后死亡。疯牛病爆发背后的原因正是牛饲料中添加的牛骨粉。正如弗雷部落分食逝者尸体，他们希望以此完成灵魂的轮回，谁知道真正完成轮回的是朊病毒。最新的研究发现，在一些吃过人肉但健康的弗雷妇女身上发现了抵抗朊病毒的基因，在全世界范围内的调查也发现了同样的情况。

这似乎表明，在几十万年前，人类一直遭受朊病毒的侵袭，自然选择导致了这些基因的流传，也就代表曾经人类吃同类是非常普遍的行为。

我们今天不再有"人吃人"的习惯，甚至听闻这样的行为都会感到作呕。也许这就是朊病毒在人类身上留下的印记吧。

千年法老的诅咒

"谁要是干扰了法老的安宁，死亡就会降临到他的头上。"

1923 年 4 月 23 日，法老图坦卡蒙陵墓挖掘工作的资助人卡纳冯伯爵在旅馆中神秘去世。英国的各大报刊相继报道了这起离奇的事件。报道中称，卡纳冯伯爵在法老陵墓被发掘不到半年内，左脸被奇怪的蚊子叮咬。他在刮胡子的时候不小心刮破了这个凸起的疙瘩，随后便高烧不退，几天后就一命呜呼。

更离奇的事还在后面，据检验图坦卡蒙木乃伊的医生说，法老的左脸颊有一处疤痕。这个疤痕与卡纳冯伯爵被叮咬的位置居然完全一致！卡纳冯伯爵去世的当天，开罗还发生了全城大停电事故，他生前在英国养的狗也离奇死去。

之后，除了卡纳冯伯爵外，先后有 22 名参与图坦卡蒙陵墓发掘工作的员工在 3 年内相继死于意外。

这便是骇人听闻的法老诅咒传说。

可以肯定的是，

法老图坦卡蒙陵墓

古埃及遗迹

这些说法都是出自近百年前的各大报刊，并非来自于"地摊文学"的杜撰。即便如此，事实的真相与报道之间就不存在偏差了吗？非也，要理清楚整个事件的来龙去脉，还要从当年发现图坦卡蒙陵墓的新闻说起。

20世纪初，是一个全球性侵略和掳掠的时代。西方帝国主义疯狂殖民，资本家们疯狂压榨，所有人都没能逃过时代的魔爪。就连躺在陵墓中安静的古埃及法老们也没能躲开这个野蛮的时代。位于尼罗河西岸沙漠的帝王谷，是古埃及新王朝时期法老和贵族的主要陵墓所在地。这里也是千百年来盗墓贼们最向往的地方。到了20世纪，几乎所有在帝王谷的法老陵墓都已经被盗墓贼掘光了，只剩下那位英年早逝的年轻法老图坦卡蒙墓了。

图坦卡蒙9岁继位，不到20岁驾崩，在位时曾终止前王的宗教改革，将首都迁回底比斯。这些史料，考古学家从史书和寺庙浮雕上已经熟知。可是却从来没有人能找到他陵墓的入口。从1902年开始，美国富有的业余考古爱好者戴维斯开始在帝王谷开展发掘工作。

戴维斯雇用了一批考古人员，在帝王谷内发现了一座小型矿坑。其中散落着大量的瓦罐，瓦罐里塞有亚麻布、已经破损的泥质印章、麻布袋、木屑、干花和大量碎瓶子等。这些物品被送到纽约大都会博物馆，经过鉴定，确定其中的一些物品是制作木乃伊的工具，并且泥章和亚麻布碎片上都写有图坦卡蒙的名字。

随后戴维斯又在附近发现了一座简陋的小型陵墓，他认为那就是被盗过的图坦卡蒙陵墓。戴维斯坚信这就是那个隐藏极深的法老陵墓，因此他放弃了原本在帝王谷的考古特权。

实际上被发现的那些物品和小陵墓也许不过是一些工匠的安葬之地。之后帝王谷的考古权被英国贵族，第五代卡纳冯伯爵乔治·赫伯特取得。卡纳冯伯爵当时因病在埃及休养，受到考古热潮的影响，渐渐成了一名考古爱好者。像美国人戴维斯一样，他也开始雇用专业的考古人员，其中就有后来名扬世界的霍华德·卡特。

虽然卡纳冯伯爵与考古队两者都相信戴维斯的说法，但卡特心中还是抱

卡特在图坦卡蒙陵墓

图坦卡蒙陵墓的完整密封件

有隐约的希望。

卡特本人制订了极其详尽的考古计划，但直到1922年初都没有任何可喜的成果。近5年的挖掘工作让伯爵的财务状况陷入了困境，已经不能支持更多的挖掘工作了。但卡特还是强烈建议再坚持一个季度的挖掘，并表示如果没有任何发现，经费由自己承担，卡纳冯伯爵同意了。

很快他就会为自己的心软而感到庆幸，挖掘工作因一个意外发现而变得豁然开朗。

工人在清理拉美西斯二世陵墓挖出的碎石时，无意中发现了通往陵墓的第一级石阶。随后经过进一步清理，石阶通向了一个由巨石封住的门廊。移开巨石，出现了第二个门廊，上面刻有图坦卡蒙的名字，这是令人振奋的发现。但卡特并没有贸然闯入，而是迅速发了一份电报通知卡纳冯伯爵。伯爵闻讯后，迅速赶来埃及共同见证这一伟大的发现。

由于之前遭遇过车祸，卡纳冯伯爵的身体极度虚弱，此前他都是躲在远处视察考古工作的。

这次的发现让他忍不住亲自与卡特一同进入陵墓。

而蹊跷的事随着他们的闯入开始出现。图坦卡蒙陵墓被打开的同一天，卡特养的金丝雀死去，这本是意外，却被传出是被眼镜蛇咬死的。这只本被挖掘工人当作吉祥物的金丝雀被象征法老的眼镜蛇所杀，在很多人看来正是法老诅咒应验的前奏。

随后，传说考古队在陵墓前厅的两座高大雕像的背后发现了用楔形文字写的警告："我是图坦卡蒙国王的护卫者，我用沙漠之火驱逐盗墓贼。"

法老石棺

而在图坦卡蒙棺椁附近有一块铭碑，上面写着那句著名的话："谁要是干扰了法老的安宁，死亡就会降临到他的头上。"次年，在闯入法老陵墓的4个月后，卡纳冯伯爵被一只蚊子叮咬。随后因为肺炎离开了人世。当天开罗全城停电，持续了5分钟。

卡纳冯伯爵去世的第二天，各大关注法老陵墓挖掘工作的报纸几乎都在头版头条报道了这件事。这些报道的标题大多都提到了"法老的诅咒""法老的复仇"等耸人听闻的字眼。

随后越来越多的陵墓考古人员非正常死亡事件被报道，继而与法老的诅咒扯上关系。美国铁路业巨头乔治·杰戈德，走进了图坦卡蒙的陵墓，仔细地参观了一遍。但第二天杰戈德便无缘无故地发起了高烧，并且在当天夜里猝死。

法国埃及学家乔治·贝内迪特在参观了坦卡蒙陵墓之后摔了一跤，这一跤就要了他的性命。同年，勒·弗米尔教授在参观了图坦卡蒙陵墓后的当天晚上，就在睡梦中死去。英国实业家乔尔·伍尔，他在参观之后发起了高烧，接着就莫名其妙地去世了。

第一个解开裹尸布，并用X光透视图坦卡蒙法老木乃伊的解剖学专家齐伯尔特·德利教授，才拍了几张X光片就发起了高烧，身体急剧衰弱。他不得不带病回到伦敦，第二年就死了。

被报道死于法老诅咒的人数多达22位，似乎没有人能摆脱死亡的命运。

然而首批进入图坦卡蒙陵墓的人员中非正常死亡的只占了5%左右。打开陵墓时，在场的26人中，只有6人是在10年内死去的。参与开棺仪式的22人中，只有两人去世，而亲眼见过木乃伊的10个人，在20世纪30年代仍然活着。

实际上并没有证据可以证明所谓的咒语铭文真的存在，开罗的停电也并非小概率事件。之所以会有这些危言耸听的报道出现，除了卡纳冯伯爵意外去世的原因外，还有一个十分重要的原因。当年卡特对外宣布发现了图坦卡蒙陵墓后，英国的《泰晤士报》花了5000英镑买来了陵墓挖掘的独家报道权。几乎所有媒体的新闻和图片都靠《泰晤士报》施舍。他们被拦在陵墓外，无法获得第一手资讯，这样的行为引起了许多媒体的严重不满。

于是，为了能抢占市场，很多媒体开始报道一些考古的花边新闻，甚至迎合大众的口味凭想象力捏造了许多故事。这些媒体打擦边球的水平也实在是高，报道中声称去世的人都是确有其事。只不过大多正常死亡的案例都被隐瞒了他们生前的健康状况，死因也被添油加醋地大肆渲染一番。

还有些只是同名不同人，与法老根本没有任何关联，也硬生生地被当成是死于法老诅咒的考古人员。

若法老的诅咒真的应验了，那为何考古队的领队卡特 64 岁时死于癌症，超过当年的人均预期寿命。另一位亲手将图坦卡蒙木乃伊肢解并取出的医生道格拉斯·德瑞也在那之后活了几十年。至于传说的源头卡纳冯伯爵，实际上死因也并不算离奇。他早在发现图坦卡蒙陵墓之前身体就已经十分虚弱，死于感染也实属正常。

近几年的研究发现，几千年前的墓室中存在不少例如黄霉菌、葡萄球菌等微生物。卡纳冯伯爵的死也许就是墓室中这些微生物所造成的。

奈何真相不如离奇故事吸引人。之后的各种文学作品、影视作品像是发现了新大陆，大量关于木乃伊诅咒的题材不断涌现，掀起了一股神秘考古风的热潮，著名的"印第安纳·琼斯"系列电影便是其代表。

得益于人民强大的创造力，图坦卡蒙这位在位仅仅 9 年的法老，成了最知名的古埃及"明星"。

启蒙中国近代化学的一股神秘的东方力量

很多高中生认为化学是一门打开书头疼，合上书迷茫的学科。尤其是那个化学元素周期表，前面的还念得出来，越到后面，越怀疑自己的语文水平。

铷锶钇锆铌钼锝钌铑钯银镉铟锡锑碲碘氙铯钡……宛如一张生僻字大全表。例如"氙"字，有不少人就不知道它的读音其实是 xiān。

所以说，只背化学元素周期表前二十个元素，已经是很幸福的事了。

把好端端的一个元素周期表搞成那么多生僻字是何原因呢？细说后，你就会更加感慨中文的博大精深了。中文版的元素周期表其实是一个精妙的设计，如果要硬拉关系，这事还跟明太祖朱元璋有很大渊源。

故事要从朱重八夺下了政权说起。

朱元璋小时候家里穷，在称帝之后为了彰显朱家深厚的"文化底蕴"，他亲自写下了 20 多首五言诗，钦定了

朱元璋（1328—1398）

老朱家未来所有男丁的名字，而且这些名字至少两三百年不重样。

当然太祖也没有那么"不讲理"，还留了点自由发挥的空间。他规定，朱家子孙名字的第一个字按辈分取，第二个字则要遵循五行相生以"木火土金水"的顺序取。

朱元璋这一规矩影响深远，尽管朱家人只掌控着自己名字中半个字的自由，但他们在太祖逝世后依旧默默遵循着。

可是没多久问题就出现了，字不够用了。尤其是火字旁和金字旁的，人家就算只能选半个字也要力求个性啊，总不能和自己的远房亲戚一个名字吧。于是他们翻遍了各种旧书古籍，把那些生僻的字全都挖出来了，甚至还造出了不少奇奇怪怪的字。

可以感受一下：

永和王	朱慎镭	封丘王	朱同铬	鲁阳王	朱同铌
瑞金王	朱在钠	宣宁王	朱成钴	怀仁王	朱成钯
沅陵王	朱恩铈	长垣王	朱恩钾	庆 王	朱帅锌
弘农王	朱寊镧	韩 王	朱徵钋	稷山王	朱效钛
内丘王	朱效锂	唐山王	朱诠铍	新野王	朱弥镉
伊 王	朱諟钒	金华王	朱翊铕	临安王	朱勤烷
楚 王	朱孟烷	永川王	朱悦烯	唐 王	朱琼烃
伊 王	朱颙炔				

是不是觉得很眼熟？这"朱家的家谱"根本就是小半个元素周期表。正是朱家人的"进取精神"，才让这些生僻字流传了下去。

你可能觉得这些不足为道，那就有必要听一听中国近代对化学术语翻译的故事了。自古以来，中国对外来专有名词都遵循以音译为核心不动摇的方针，像是英特纳雄耐尔（International）、常凯申（错译自蒋介石的韦氏拼音 Chiang Kai-shek）等等。

如果按照这种翻译方式来翻译学术名词，那肯定是个灾难。这里就有一个活生生的例子——日本。日本在发明假名的文字书写方式后，几乎所有的外来

专有名词都用片假名拼出，虽然说这样做有很大的灵活性，瞬间就可以吸收大量外来词语，但是从翻译理解角度讲，这跟没翻译基本没区别。例如元素周期表里的"钠镁铝硅磷"日语分别拼写为"ナトリウム、マグネシウム、アルミニウム、ケイ素、リン"（罗马音 Natoriumu, maguneshiumu, aruminiumu, keiso, Rin）"。

想想看，日本的孩子们是如何背诵化学元素周期表的？有没有对我国的版本感到钦佩？

这就要感谢徐寿（号雪村）了。

徐寿是个很有意思的人，他是清末科学家，中国近代化学的启蒙者。和朱元璋一样，他小时候家里也很穷。但是他天资聪睿，青少年时便研读经史、诸子百家，做什么都很有自己的想法。但是，有时候看上去顺利的事，往往结果都不尽如人意，他在参加科举考试的时候失败了，经过深刻反思，他发觉这样读书没什么用，于是就将注意力放到了技术方面，开始学习科学，为民效劳。

后来，徐寿和傅兰雅（英国人，在华翻译了相当多的西方书籍，此处他主要负责向徐寿口述书中原意）合著了《化学鉴原》一书中，当时他创造性地使用了偏旁部首表元素的状态，而另一半表英文首音节读音的方法，实现了用一个汉字就能指代化学元素的壮举。

而他所使用的字就有不少是出现在朱元璋后世子孙的名字中的，例如钠、钾、铬、铌等。虽然这些字也不全是在明朝被生造出来的，但的确是明朝的皇族们重新将它们挖出来的，

徐寿（1818—1884）

比方说钾字，在北宋修订的《广韵》中就有记录，但现在它早已失去了本意，成了专职的元素名称。

但这些字也不能满足当时的需求，徐寿又生造了一些，例如钙、镁、钍、铋等闻所未闻的生字。尽管用了一些造字，但大大降低了科学著作的阅读门槛，要知道那个年代中国可是连阿拉伯数字都还没引进呢。

包括后来的有机化合物简称也是受了徐寿这种翻译法的影响，这里面当然也有朱元璋的功劳，例如烃、烯、炔，以及后来的碳氧化合为羰，氢氧化合为羟。与其说这是中国人翻译史上的神来之笔，不如说是智慧前人的伟大创造，尤其是有机化学的名词创造，都可以写成一本小说了。

毫不夸张地说徐寿伟大的翻译工作启蒙了那个时代中国的化学，其影响之深远，从现代有机化学中各类化合物的名称中也可以窥斑见豹了。

◎ 钟葵. 朱元璋规定后代取名要用"五行相生法" [N/OL]. 广州日报，2015-08-09. http://www.xinhuanet.com//local/2015-08/09/c_128107542.htm.

◎ 杨根. 我国近代化学先驱者徐寿的生平及主要贡献 [J]. 化学通报，1984(4).

10 人体自燃，意外还是谋杀？

1853 年，英国著名的批判现实主义作家狄更斯出版了自己最长的作品之一——《荒凉山庄》。这部揭露英国司法黑暗的小说被认为是狄更斯的最高成就，但在其众多优秀的代表作当中显得有些黯淡。

今天《荒凉山庄》却被不少超自然现象爱好者津津乐道，其原因来自书中提及的人体自燃现象。为此，狄更斯还遭到了当时不少社会名士的炮轰，称其宣扬迷信。实际上，他也不过是想表达邪恶最终必定自我灭亡，为何偏偏选中了吊诡的自燃？

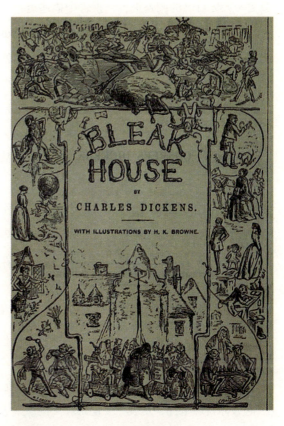

《荒凉山庄》

在狄更斯的时代，人体自燃事件算是一个颇具争议的话题。人体自燃现象似乎集合了所有"未解之谜"的完美特征。它悠久、神秘、惊悚、匪夷所思，却又有迹可循，让人永远在寻找那个合理的解释。

追本溯源，最早关于人体自燃事件的记录出自 17 世纪一位学者的描述：

"1470 年，一个意大利人在家中饮酒，当晚发生了离奇的自燃现象，酗酒者因此而亡。另一个案例称在 1725 年，法国莱茵一户人家嗜酒如命的女主人米勒被发现烧死在厨房火炉旁。遗体面目全非，只剩下部分头颅、下肢以及少许脊椎。"

更权威可信的报告在 18 世纪出现。英国伦敦的《哲学学报》上刊登了一篇关于人体自燃的调查报告。报告中描述道：

"1731 年，62 岁的伯爵夫人班迪（the Countess Cornelia Bandi）吃过晚餐之后，心情不畅，随后在女仆的陪同下回卧室就寝。翌日，家中女仆惊恐地发现女主人竟化为了一堆灰烬，一个大活人被烧得只剩下部分头颅和四肢。同时房间里弥漫着奇怪的油烟味，窗户上留有油腻且令人作呕的黄色液体。"

最终，报告中将原因归咎于酒精。

不难发现，这些被认为死于自燃的受害者都有很明显的共性。他们的躯干几乎都被烧成了灰烬，只剩下部分四肢与头颅。我们知道就算是火灾中的遇难者遗体也不过被烧得蜷缩焦黑，从未听说有化作灰烬，还能留下残肢。

吃过烤鸭烧鸡的人都知道，在火炉里最先烤焦的一定是四肢的末端处，四肢残留躯干烧尽实在是蹊跷。除了死状奇特之外，自燃现场除了与受害者直接接触的物品外，并没有其他可燃物被引燃。

这也是为什么几乎所有自燃案件都只在事后才被发现，从未有人亲眼目击。综合来看，这些案件并不是由周围环境起火造成的，更像是人体变成了燃料。也许秘密来自这些受害者体内的某些特质，那会是什么呢？

英国维多利亚时代的一位医生林斯利调查了 1692 年至 1829 年间发生的19 起人体自燃事件，发表在《记录和疑问》杂志上，并总结了受害者的特点：长期酗酒者和沉迷酒精者。

其实当时酒精导致人体自燃发生的说法十分流行，甚至有作家认为自燃就是上天对酗酒者的惩罚。

真的是酒精造成了这一系列的神秘现象吗？

很幸运，在那个时代已经涌现出了一批具备科学精神的学者，德国的大化学家李比希就是个典型。之前狄更斯被炮轰之事就有李比希的一份"功"，对于酒精导致人体自燃的说法他当然不会赞同。但是科学家不会信口胡诌，还是要靠实验来证明自己的观点。

李比希将大量酒精注射到老鼠体内，并做燃烧实验。结果，即使老鼠体内的酒精含量达到

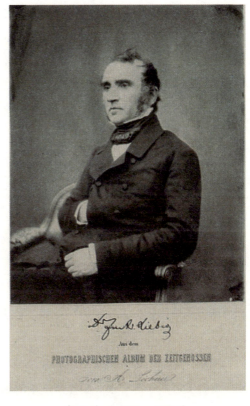

李比希（1803—1873）

70%，也并没有使其变得更容易被点燃。李比希的实验确实证明了体内酒精含量高并不是人体自燃现象的原因，但是受害者中酗酒者比例极高也是不争的事实，这其中必然有什么关联。

一个在人体自燃中幸存下来的特殊案例或许能带我们接近真相。

意大利牧师贝多利曾周游全国，某天正好来到姐姐所在的城市，就在那借宿。当晚，牧师向姐夫要了一条手帕，说是衣服磨得肩膀难受，想垫一垫。他姐夫将手帕送到房间便离开了，留他一个人在房中祷告。可没过多久，牧师发出了痛苦的呼救声，众人冲进房间，只见牧师全身被火焰包围，痛不欲生。

火焰消退后，牧师的右臂被烧得面目全非，肩膀与大腿也受到不同程度的

损伤。虽然捡回了一条命，但牧师的日子并不好过。之后的几天里，他的病情不断恶化，出现了异常的口渴、呕吐、抽搐等症状。

最奇怪的是他的主治医生形容他的身体发出了腐肉般的恶臭，坐过的椅子也留下"腐烂和使人恶心的物质"。

第四天，牧师在昏迷中死亡。随后，他的主治医生将这个病例刊登在了1776年的《佛罗伦萨学报》上。

这个人体自燃案件显得有些特殊，除了受害者没有当场死亡外，他的身份也十分特别。

作为牧师他不会与其他多数受害者一样是酗酒者，但他身体的症状暴露出了很多线索。口渴、呕吐、抽搐、气味恶臭，这些症状在今天看来极有可能是糖尿病所导致的酮症。

酮症是由于机体代谢紊乱或糖类摄入不足，脂肪大量分解代谢，产生并堆积丙酮等酮体物质，引发中毒。在胰岛素问世之前，大多数糖尿病患者都死于酮症。不过，酮症的病因不止糖尿病一种，除了最常见的饥饿性酮症外，还有一种酒精性酮症，多发于长期酗酒者。

这就不可能是巧合了。酮症所产生的酮类物质都是易燃物，尤其是丙酮，易燃性并不亚于酒精。有人尝试过用浸泡了丙酮的生猪做燃烧实验，据说最终的效果与那些自燃现场如出一辙。而残存的四肢也有了新的解释，是因为这些部位脂肪含量较低，囤积的酮类物质较少，所以没有成为灰烬。

那么，人体自燃之谜解开了吗？实际上即使酮症假说成立，也只解释了人体如何在普通环境中燃烧成灰烬的问题。而真正被神秘现象爱好者们重视的是人体如何自发地燃烧。要调查清楚这个问题，光靠历史久远只有文字记录的案件是远远不够的。在现代刑侦技术发展起来后，对此类案件的调查会更有参考价值。

1951 年 7 月 2 日，美国佛罗里达州的圣彼得斯堡发生了一起最为著名的人体自燃案件。当天早 8 时，房东卡宾特夫人收到了发给租客里瑟的一份电报。她走到里瑟的房门前正准备敲门，却发现一股热浪涌出，房门的把手也被烤得滚烫。房东以为房间失火了，连忙大喊救命，两名路过的油漆工跑来帮忙打开了房门。

结果迎接他们的是比火灾还要令人惊恐的画面。

67岁的寡妇里瑟被烧成了灰烬，就像是在焚尸炉里烧出来的一样，但却剩下一只穿着黑拖鞋的脚没有被火焰毁灭。房间里的大量物品也被火焰的高温影响，天花板被熏黑，蜡烛和塑料杯子也都融化了。

这件事引起了广泛的关注，起火原因也众说纷纭。有的说里瑟是被人用高温喷灯谋害的，有的说是因为吃了爆炸物被炸成灰，甚至都提到了球状闪电。

这时有人提出了一个新的假说——烛芯效应。

人体的脂肪约在250℃便会开始燃烧，当衣物着火时，皮肤绽裂露出脂肪。脂肪被高温烤化又渗入衣物，此时衣物就像是蜡烛中的烛芯，脂肪则扮演蜡的角色。这样的状态可以很稳定地保持12小时或者更久，足以将骨头烧成灰烬。至于四肢等没有衣物包裹的部位则很可能保存完好。

引发烛芯效应仅仅需要一根蜡烛或者一个未熄灭的烟头。里瑟太太的案件若以烛芯效应解释起来并不复杂。案件发生的前一天晚上，里瑟的儿子曾来探望她，并在20点30分左右离开。当时里瑟已经吃下了两片安眠药，并准备再吃两片。21点左右，房东太太透过窗户看到里瑟坐在沙发椅上吸烟，之后再见到她就已经是一堆灰烬了。

整个案件实际上并不神秘，也许就是里瑟在沙发上睡着了，没抽完的香烟落在衣物上，引发了烛芯效应。只是神秘现象爱好者们往往选择性忽略这些细节和线索，他们更愿意相信那就是恐怖的人体自燃。

那些有两三百年历史的陈年旧案实际上也都有明确的线索：法国的米勒太太喝着酒在火炉旁被烧成灰烬、伯爵夫人班迪灰烬旁的一盏油灯中的油不翼而飞。

当然，所谓的人体自燃事件也并非全是意外。烛芯效应也是谋杀案当中毁尸灭迹的一种高效手段。

1991年，美国俄勒冈州梅福特市附近的一座树林中，两名徒步者发现了一具正在燃烧的女尸。女尸趴在地面，体形肥胖，胸部和背部有被捅伤的痕迹。

等到警方赶到，女尸已几乎被烧尽，脊柱和盆骨烧成灰色粉末。

凶手在女尸的衣物上泼洒了一品脱（大约0.5升）的烧烤启动液，点燃后引发了烛芯效应，足足燃烧了13小时才被发现。

7年后，加州犯罪学研究机构的哈安教授在BBC的一个电视节目上验证了烛芯效应。他将大小与人体相当的死猪包裹在棉质的毯子里，洒上少许汽油并点燃。汽油在3分钟后就燃烧殆尽，随后毯子裹着死猪继续缓慢燃烧。燃烧期间火势较弱但稳定，产生的热量并不大，旁人几乎不受影响，房间的其他物品当然也一样安全。

最终裹着毯子的死猪燃烧了4小时，被人为扑灭了。经检查约有一半的猪肉被烧毁，甚至部分骨头也被烧成了灰烬。

实验证明了烛芯效应的确能实现人体自燃的效果，那两三百年前的"人体自燃"也就不难想象是如何发生的了。

人体真的不会自燃，你看到的不是意外就是谋杀。

只是人们更倾向于相信一种神秘未知的解释，几百年来选择性忽略细节，添油加醋继续传播。他们拥抱了神秘，享受的是在未知中人人都无法接近真相。

也许他们醒着，也许他们在装睡。

危险的实验，
惊人的发现

100 多年前，当他说："是医生们自己受污染的双手和器械，把灾难带给了产妇"，等待着他的却是无边的谩骂、讽刺与迫害，47 岁的他英年早逝，在精神病院中去了天堂。他是一位平凡的产科医生，也是一位勇敢的斗士。他将自己发现的谬误公之于世，并为改正这个谬误奋斗了一生。

01 "医学叛徒"的微生物预言

错误本身并不可怕,可怕的是不愿意正视错误本身。

维也纳的中心广场上,矗立着一座纪念雕像。高高的雕像下,环绕着天真可爱的孩子和抱着孩子的妇女。这座雕像,是为了纪念一位被尊称为"savior of mothers(母亲们的救星)"的医生。他的发现拯救了千千万万个可能死在产床上的产妇。

100多年前,当他说:"是医生们自己受污染的双手和器械,把灾难带给了产妇",等待着他的却是无边的谩骂、讽刺与迫害,47岁的他英年早逝,在精神病院中去了天堂。他是一位平凡的产科医生,也是一位勇敢的斗士。他将自己发现的谬误公之于世,并为改正这个谬误奋斗了一生。

伊格纳兹·塞麦尔维斯(Ignaz Semmelweis),来自匈牙利的产科

伊格纳兹·塞麦尔维斯(1818—1865)

医生。在那个还没有"微生物"概念的时代里，他揭开了人类产科医学无菌手术的序幕。1818 年 7 月 1 日，塞麦尔维斯出生在美丽的匈牙利布达（现与佩斯合并为布达佩斯）。塞麦尔维斯是家中的第五个孩子，父亲的生意一直红红火火，殷实的家境让他从未忧心过长大后的生活。

遵从父母的意愿，高中毕业后的塞麦尔维斯来到了维也纳大学学习法律。聪明伶俐的他在学校里取得了优异的成绩。毕业后回到家乡，依旧衣食不愁的他却成天闷闷不乐。他才 22 岁，他不想就这样庸庸碌碌地过完一生。

一个偶然的机会，他接触到了医学。医学和法律不一样，人体是个神秘而精巧的世界。塞麦尔维斯被深深地吸引了，他决定要学习医学。1840 年的某天清晨，微风拂面，细雨绵绵。塞麦尔维斯告别了父母，独自一人踏上了离乡的马车。经过 4 年的刻苦学习，他拿到了维也纳大学的医学博士学位。在导师的推荐下，他来到了维也纳总医院，成了一名产科医生。

他很喜欢小孩子，每当看到这些鲜活的小生命呱呱坠地，他总是感到无比欣慰。可在那个时候，有一种可怕的疾病——产褥热，使产妇的死亡率高达 20%~30%，让这三个字如同恶魔一般令人感到恐惧。高烧、打寒战、小腹疼痛难忍，号啕挣扎，最后产妇凄惨地离开人世，只剩下刚出生的宝宝和在一旁眼噙泪水的丈夫。

产褥热这个词成了笼罩在欧洲上空的巨大阴影。塞麦尔维斯所在的维也纳总医院是当地数一数二的研究型医院，仅仅他负责的 206 位产妇中，就有 36 位因产褥热而离开人世。有的产妇向他下跪，希望他能救下她的生命。高得可怕的死亡率让产妇们对医院望而却步，维也纳总医院的名声也因此而日渐下降。有些妇女宁愿在街边小诊所，甚至是家中生下孩子以后，才去医院。

一个深秋的雨夜，又一名产妇死在了他的面前。悲恸的丈夫在一旁痛哭，刚出生的宝宝仿佛感应到了妈妈的离去，也哇哇地哭着。

塞麦尔维斯焦急地搓着手，喃喃说道："这是我们产科医生的责任啊……"

实习医生无奈地说："没办法啊，我们已经努力了，这是上帝的安排。"

塞麦尔维斯坚定地说："不，这不是命运！一定有办法可以解决这个问题的。"

当时的医学，只针对患者的症状进行单独治疗。如果患者发炎了，医生会认为是血液多了造成的肿胀，医生就会给患者放血，甚至用水蛭把血液吸出来。患者如果发高烧，也是用类似的方法治疗。倘若患者呼吸困难，那就说明空气不流通，改善通风条件就好。可这些方法，对于患上产褥热而濒临死亡的产妇一点用处都没有，半数以上患产褥热的产妇在几天内便死亡了。

按照惯例，患者死亡后，医生要对其尸体进行病理解剖，因产褥热而死亡的患者也不例外。

在仔细地解剖了因产褥热而死的产妇尸体后，医生们发现在产妇的体内充满了一种难闻的白色液体。医生们对此提出了多种假设：难闻的气体来自医院，产褥热可能与磁场有关，白色的液体是产妇腐败的母乳，产褥热不过是由于产妇的恐惧心理造成的。

这些不着边际的说法当然没办法说服塞麦尔维斯，他决定用自己的方法，解决这个困扰医生与产妇的难题。

他所任职的维也纳总医院的产科分为两个科，第一科负责培训医学院学生，第二科则培训助产士。令他感到不解的是，在第一科，产妇的死亡率是第二科的2~3倍，甚至是10倍，仅在1846年，第一科就有451名产妇死亡，而第二科，只有90名产妇死亡。

困惑不解的塞麦尔维斯尽量让两个病房的情况保持一致——通风设备、饮食，甚至接生的姿势，当他把所有的环节都标准化后，两个病房的死亡率却依然没有变化，他做的所有尝试都无法解释产房死亡率差异巨大的现象。

绞尽脑汁仍一无所获的他请了4个月的假，去参观另一所医院。当他回来的时候，却惊奇地发现，在他离开的这段日子里，第一科产房的死亡率明显下降了。他找不到原因，可是死亡率确实下降了。冥思苦想的塞麦尔维斯实在不明白还能有什么原因会导致死亡率的变化。

这时候，一件意想不到的事情发生了：他的好友勒什克医生，因为意外突然逝世。

塞麦尔维斯注意到，勒什克医生在死亡前曾对死于产褥热的产妇进行过尸检，并且不慎划破了自己的手指，而勒什克医生死亡的症状几乎和那些患上产褥热死亡的产妇一模一样。

想到这里，塞麦尔维斯脑中仿佛划过一道闪电，他发现了一个被大家也被他自己所忽略的事实：第一科的医生和实习生们常常在解剖完尸体后就来到产科查房，也经常用触摸过尸体的手为产妇体检，而第二科的助产士，则从未参与过尸体解剖。

塞麦尔维斯想，或许是某种"尸体颗粒"（当时微生物学尚未发展）害死了产床上的产妇。医院里发生的产褥热，或许主要是来自于医生们自己受污染的双手与器械，医生没有经过充分洗刷与消毒的双手，将"毒物"带给了产妇。

为了验证他的推论，他要求第一科的所有医生在解剖后用漂白水洗手。年轻的丽莎是第一个接受这种新方法接生的产妇，丽莎仍然发了烧，但是相对来说病情轻了很多。

塞麦尔维斯决定提高漂白水的浓度，从原来的 0.1% 提高到 0.5%，还将医疗器械、绷带等都用漂白水严格消毒。奇迹出现了，医院产褥热的病死率从 18.27% 降低到了 0.19%。这是个令人振奋的消息，产妇们纷纷赞扬塞麦尔维斯医生是救命恩人。

1850 年，在维也纳医生公会的演讲上，塞麦尔维斯报告了他的发现。他说："我认为，正是我们产科医生自己受污染的双手和器械，把灾难带给了产妇……"话音未落，本来安静的会场里秩序大乱，在场的医生纷纷指责塞麦尔维斯。

顽固守旧的医生们无法接受塞麦尔维斯的说法。他的顶头上司，克莱因教授尤其反对他的观点与研究工作，几乎处处与他作对。与医院的合同到期后，医院拒绝与他续约。无奈之下，他只好申请无薪的教师职位。作为医学院的教师，他却不能解剖尸体，只能接触人体模型，他甚至没有权利为他课堂上的学生发听课证明（相当于学生白上了课）。

实在无法继续在维也纳生活的麦尔维斯，回到了故乡布达。回到故乡的他接手了布达的罗切斯医院的产科，成了产科主任。他要求自己管辖的病房医生和护士们严格执行消毒双手与器械的要求。这使得病房产褥热的发生率急剧下降，平均死亡率仅为0.85%。与此同时，维也纳总医院产科产妇的死亡率却直线上升。

塞麦尔维斯也从未放弃过将自己的理论公之于众的想法。他先是发表了3篇论文，可论文都是用匈牙利文写的，很难被主流医学界看到。

1861年，他用德文出版了《产褥热的病原、症状和预防》，这本书详细地描述了他的理论与实验，也针锋相对地回应了那些攻击他的言论。这本被后人称为"科学史上最有说服力、最具革命性的作品之一"的书，当时却遭到了反对者的压制，几乎所有的医学期刊都决定不再发表他的文章。

孤独与悲愤之下，塞麦尔维斯的言辞愈加激愤，性格变得固执好斗，他一次次地发表公开信，一次次地批判产科的医生，说他们是"妇女屠杀的参与者"。

1865年，精神状态越来越不稳定的他被认为患上了精神疾病，妻子与好友将他送到了维也纳的精神病院。7月，塞麦尔维斯遭到了精神病院的守卫殴打，受伤的他不幸伤口感染，半个月后，死于败血症。

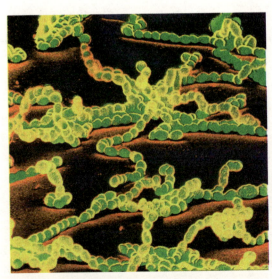

显微镜下的"尸体颗粒"

只有他的导师等寥寥几人参加了他的葬礼，甚至他的妻子也以抱恙在身为由缺席葬礼。

然而，在他去世之后，巴斯德发展了微生物学的基础理论。塞麦尔维斯提出的"尸体颗粒"终于能在显微镜下被人们看到，而在此之前，塞麦尔维斯只是凭借着现象推断有"尸体颗粒"（也就是细菌）的存在，并未真正观察到"尸体颗粒"。而李斯特的论文与理论也决定性地确定了消毒的重要性，外科手术术前消毒的步骤在全世界推广开来。

被人们称为"医学界叛徒"的塞麦尔维斯终于得以正名，被誉为"母亲们的救星"。而被人们逼死的塞麦尔维斯更像是一位悲剧英雄。倘若能早点利用显微镜证明"尸体颗粒"的存在，或许他就不会落得如此悲惨的结局。

在他的遗书里，有这样一段话：

"回首往事，我只能期待有一天终将消灭这种产褥感染，并用这样的欢乐来驱散我身上的哀伤。但是天不遂人愿，我不能目睹这一幸福时刻，就让坚信这一天早晚会到来的信念作为我的临终安慰吧。"

旧时代的奇葩同性恋治疗法

现在我们都知道，同性恋行为已经公认被从疾病名册中剔除，自然也无须接受治疗。但在 20 世纪几乎所有人都坚信同性恋就是病，为了"治愈"同性恋，各种残忍的治疗手段更是层出不穷。此外，还有"睾丸移植""直接切除脑前额叶"等骇人听闻的同性恋"矫正治疗"。回顾这荒诞的"同性恋治疗"背后，确实是一段让人毛骨悚然又刻骨铭心的医学黑历史。

在这段黑历史中，"人工智能之父"艾伦·图灵就是最有名的受害者，这也是"赦免同性恋法案"为什么叫《图灵法案》的原因。

第二次世界大战期间，图灵曾帮英国破译了纳粹密码，在诺曼底登陆等军事行动中发挥了重要作用。虽然他的一生功勋显赫，但最终还是逃不过因同性恋的身份被强制接受激素治疗。当时他被注射的是一种叫己烯雌酚的激素类药物，就是所谓人工合成的雌性激素。不过与其说图灵接受的是"激素治疗"，倒不如直接说是"化学阉割"，因为它与现代的化学阉割根本没什么两样。

这些激素药不但让他在生理上无法勃起，还使其胸部开始像女性一样开始发育。在巨大的压力下，图灵陷入重度抑郁，最终用毒苹果结束了自己的生命。图灵的一封信是这样说的："也许是药物的作用，我甚至梦见自己变成了异性恋。但无论是现实还是梦中，这个念头都让我痛不欲生。"

在那个年代，许多研究人员都认为同性恋行为是一种激素分泌异常引起的疾病。而同性恋的激素治疗法则起源于一位奥地利的生理学家，尤金·斯坦纳奇（Eugen Steinach）。他认为睾丸分泌的睾酮是维持男性正常性向的激素，如果缺少睾酮便会表现出同性倾向。与此同时，他也是第一个尝试通过移植睾丸，"治疗"男性同性倾向的医生。

其实睾丸移植在20世纪二三十年代还是一度流行过的，不过那只是打着"壮

艾伦·图灵（1912—1954）

阳"和"返老还童"的名号在进行，与同性恋治疗尚无瓜葛。有时候因为找不到那么多身强力壮的男子睾丸用于移植，有的人甚至选择移植黑猩猩的睾丸。当时斯坦纳奇就想"睾丸移植"既然能"壮阳"，那么能矫正同性恋倾向也不是全无逻辑。于是在1916年，他便将死去的一个异性恋男人的睾丸移植到一位同性恋者的身上。可能是安慰剂效应，这位同性恋者说自己生平第一次对异性产生了欲望。

"二战"期间，一位叫卡尔·瓦内特（Carl Værnet）的医生也开始大力推行这种"激素疗法"。当时的瓦内特医生就盯上了德国的"175条反同政策"，大量的男同性恋者被逮捕监禁。于是他便迫不及待地加入纳粹党，以治疗的名义对集中营的同性恋者进行了各种残酷的实验，以实现自己"伟大的愿望"。

当时的他也提出可以通过补充睾酮等各种激素，将男同性恋者扭转为正常的异性恋者。不过他的这种激素补充法也比较前卫，不是单单通过注射，而是通过手术植入"人工激素腺体"。原理大概就是将充满激素的胶囊埋入"患者"的鼠蹊部①，使人体能够长期获得激素补充。为了确定用药剂量，他还在这些"患者"身上设置了三个剂量梯度（1a、2a、3a）的对照。不过无论什么样的剂量，这些同性恋者都表示得到了"治愈"，毕竟实验有效他们就不用继续被监禁了。实验是否真正有效我们无从追踪，但可以肯定的是在这种手术中有多名囚犯因感染而死亡。

其实在"二战"后，医学界都已经基本清楚"激素治疗"对扭转性取向没有多大用处。但这种激素治疗法还是在那个"反同性恋"的大环境扩散开来。那时因为犯了"同性恋罪"被逮捕的男性只有两条路可走，一是坐牢，二是接受"激素治疗"。那些不愿被囚禁的男性，很多人在选择了这种形同"化学阉割"的治疗后，变得郁郁寡欢。图灵的自杀只是这些悲剧中的一个。

现在的医学表明，成年人的激素水平与性倾向的成因关系不大，因为性倾向是在成年之前就已经确立了。而且用激素注射法根本不能改变性倾向，更没有一个同性恋或异性恋者能够通过激素治疗扭转其性倾向。

不过恐怖的时代可没那么快结束，用激素无法"治愈"同性恋，人们又试图在脑结构上寻找"新的药方"。在20世纪40年代，一项叫脑前额叶切除手术被广泛地应用于精神病患者。而这项手术的创始人莫尼斯也因此荣获1949年的诺贝尔生理学医学奖。但谁也没想到，莫尼斯的疗法却成了另一代人最恐怖的噩梦。

这种手术可以说是治疗精神疾病的"万能钥匙"，只需把特殊的手术刀插入患者神经大脑，机械地捣碎前额叶神经即算完成。那时候的医学认定同性恋就是精神疾病，所以他们也认为切除脑前额叶是"治疗"同性恋的唯一疗法。从1939年到1951年这10多年间，光美国就有18000人接受了这种手术。而

---

① 鼠蹊部是指人体腹部连接腿部交界处的凹沟，位于大腿内侧生殖器两旁。

其中一位极为推崇此种手术的医生弗里曼，亲自操"锤"的手术就有3400例，他说其中40%都用在了同性恋者身上。

为什么说是操"锤"呢，因为手术就是拿类似冰锥的锤子从眼窝插进去，再拿锤子直接敲进前额叶区域，不用10分钟，手段极其粗暴简陋。而接受完这个恐怖手术的人，基本上都留下了严重的后遗症。他们变得孤僻沉默，麻木迟钝，神情呆滞，任人摆布，和傻子没有任何区别。

生理上的治疗也失败了，现代人又试图在心理上重觅"治疗同性恋"的良方。为了治疗同性恋行为，著名的"厌恶疗法"出现了。其原理是根据条件反射原理，强行建立一条"厌恶"的反射回路。其中最常用的方法就是电击治疗，和杨永信的差不多。不同的是，对同性恋者的电击治疗多了几分荒诞。

医生把"患者"绑住再脱掉裤子，接着不停地给"患者"播放同性的性爱视频或图片。如果他们对同性的影像有生理反应，则对他们狂电一通。每勃起一次就要被电一次，电到他们不再勃起为止。目的是在反复多次电击后，使"患者"形成一种只要看到有关同性恋的事物，就想起被电击的痛苦，从而使他们对同性恋行为产生厌恶情绪。

这不禁让人想起《发条橙》里面接受"厌恶治疗"的少年阿历克斯。医生用机器撑起他的眼皮，让他观看大量的色情和暴力影片，使其感到恶心直到完全丧失作恶的能力。

然而在现实中，使"患者"产生痛苦的手段还不止电击治疗一种，而且每一样都比电击更加骇人。例如阿扑吗啡就是一种能导致呕吐和令人感到极度恶心的药物。当"患者"看到男人裸体时，不用等他勃起就直接给他来一针，让他以后见到男性就觉得恶心想吐。1962年，一名叫比利的同性恋者就因注射了阿扑吗啡而引起抽搐最后死亡。

在这种疗法中，人们还给同性恋者一直灌输同性恋是恶心、肮脏的想法。有时候还对他们进行辱骂和殴打，企图让他们因同性恋的身份感到耻辱。无论是在身体还是心理上，他们都遭到了非人的对待。

与"厌恶疗法"相对应的，还有一种叫"愉快疗法"。这个实验来自一位叫罗伯特·希斯的精神病医生，主要通过对身体进行愉悦调节把同性恋"纠正"过来。在"愉悦治疗"中最有名的一位同性恋"患者"叫B-19（他给病人都按顺序编了号）。

1970 年，希斯将不锈钢和裹有聚四氟乙烯外层的电极植入 B-19 大脑中的九个不同区域，然后从后脑勺引出导线接电源。这次希斯医生给 B-19 看的是异性恋性交的影片，起初 B-19 表现得十分厌恶和愤怒，但是希斯医生只要按下特定的开关，B-19 就可以神奇地感到无比愉悦。原来 B-19 受到刺激的区域是伏隔核，它被认为是大脑的快乐中枢，与食物、性和毒品等刺激有关。

在接下来的日子里，B-19 重复着一边看"异性性交"，一边被刺激伏隔核享受愉悦的实验。慢慢地 B-19 会变得主动按下按钮刺激自己，发展到后来，在 3 小时的治疗中，他按下的次数就高达 1500 次。在这之后，希斯医生给 B-19 看异性色情电影时，他都不拒绝了，而且他还会勃起，并可以通过手淫达到高潮。后来，希斯医生还特地为他雇来了一名妓女，在妓女的诱导下他第一次尝试了与异性性交。

然而讽刺的是，在 B-19 做完这个"愉悦治疗"后的两年，1973 年美国精神病学协会就把同性恋行为从疾病名册中剔除。那么后来这位 B-19 如何了呢？他在接受完希斯的"治疗"后，与一位已婚女士维持了 10 个月的感情。但之后，他又恢复了同性恋的行为，而当初与那位女士的恋情也只是出于一种"买卖"的形式。

1990 年，世界卫生组织（WHO）正式将同性恋行为从疾病名册中删去。关于"同性恋治疗"的伪科学当然也不攻自破，人们也慢慢意识到这种不人道的治疗给同性恋人群带来的不仅不是"健康"，反而是一种巨大的伤害。目前，全球已有超过 20 个国家和地区规定同性恋婚姻合法。

但是这并不代表反同性恋的国家和团体就不复存在了，各种打着"科学"口号的"同性恋治疗"也从未真正消失。

从情感上，每个人对不同性取向的接受程度可能不同。但是，"同性恋治疗"却从始至终都是一个有关科学的问题。如果从情感出发，又滥用科学的名义，那么这种"伪科学"给社会带来的才是真正的疾病。

在脑袋上开个洞？
堪称科学界最恐怖黑暗的真实故事

影片《飞越疯人院》讲述了一个发生在精神病院里的故事，但却具有深刻的寓意和尖锐的讽刺力，深受观众好评。在1976年第48届奥斯卡上斩获最佳影片，最佳男、女主角，最佳导演和最佳改编剧本五项大奖。

影片中的主角麦克为了逃避监狱的强制劳动，装作精神病患者，被送进了精神病院。放荡不羁的麦克无法忍受疯人院死气沉沉的生活，对医院的制度发起挑战，还联合其他精神病人进行"飞越疯人院"的计划。

最后，精神病院以"康复手术"之名，把麦克弄成了真正的傻子。而医院当时给麦克做的手术正是脑前额叶切除手术。

说到给大脑做手术，一般人肯定觉得是个相当复杂的手术。

但这种手术操作起来简单粗暴，把特殊的手术刀伸进大脑，机械式地损坏前额叶神经纤维就完成了。

这种手术现在看来是多么骇人听闻，但在20世纪20年代到50年代，美国实施了四五万例这样的手术。而这种手术的发明者安东尼奥·埃加斯·莫尼斯却因此获得了1949年诺贝尔生理学或医学奖。

这或许是诺奖的一段最不堪的历史。

莫尼斯1874年在葡萄牙出生，随后在葡萄牙的科英布拉大学学医。年轻

时的莫尼斯是个学霸，28岁的时候
就成了科英布拉大学的教授。学霸
莫尼斯不仅搞科研，在处理社会关
系上也很有一套，时常出席各大社
会活动，享有美誉的他在第二年就
辞去了教授职位步入政坛，在"一战"
前还担任多年葡萄牙立法机构成员。

在1917年，年仅43岁的莫尼
斯居然当上了葡萄牙的外交部部长，
"一战"后，他还率葡萄牙代表团出
席了巴黎和会。年轻有为的莫尼斯，
在学术上有成果，在政治上有建树，
成为人生的赢家。但之后，他还是放
弃了政治，回到了医学研究上。

安东尼奥·埃加斯·莫尼斯
（1874—1955）

当时，他主要研究血管造影技
术。他将一种X光不能透过的物质
注射到脑血管中以拍摄X光照片，从而发明了脑血管造影术 ① 和造影剂。

这种技术一直沿用至今，他因此获得了两次诺贝尔奖的提名，莫尼斯在业
内的名气越来越大。但对他而言，最大的荣誉都不是这些，而是在这后面的
二十年中获得的。

精神病是指由于人脑功能的紊乱，而导致患者在感知、思维、情感和行为等方
面出现异常的总称。

即使是现在的医疗水平，精神病还是几乎无法治愈的。而自古以来，精神
病一直困扰着人们，古时候人们认为精神病是魔鬼附身。随之有人发明了钻颅

① 脑血管造影：至今一直广泛应用于临床，一般是在大腿根部刺一个小孔，从股动脉插入
一根导管，经腹、胸、颈部大血管，将碘造影剂注入动脉，然后摄片，使得血管显影。是对脑血
管状况全面了解的一种诊断方法。

术，他们相信这样可以驱除附身的妖魔。

精神病患者确实经常会对身边的人造成一些威胁，人们都在想各种方法去试图治疗。人们尝试过电击、水疗、鸦片、束缚、旋转疗法等奇怪的方法，都不能达到理想效果，精神病人到最后只能被关起来。

20世纪初，科学家们对精神病和大脑功能的认知还是一片空白。当时的神经学家们一直在研究大脑前区——脑前额叶，以试图治疗精神病。

莫尼斯也不例外，他很早就注意到在一些古代头骨上有洞，翻阅资料后发现这是古时候治疗癫痫病留下的痕迹。

脑前额叶位于大脑的前部，与学习和记忆等脑高级认知功能密切相关，并起着特殊重要的作用。额叶大约占人类大脑的1/3，并与其他脑区有着丰富的神经纤维联系，我们现在已经知道，其主要参与部分记忆功能（工作记忆等，如记电话号码）；负责高级认知功能，比如注意、思考、决策、执行等，还与社会功能密切相关。

1935年，伦敦召开了神经学大会，会上来自耶鲁大学的神经学家约翰·弗尔顿与他早期的同事卡莱尔·雅各布森发表了一项研究成果。

爱丁堡人的头骨，头骨后有洞

他们损毁了两只黑猩猩的前额叶与其他脑区的神经连接，结果发现这两只黑猩猩变得温顺了许多。这样一个研究结果在当时并没有引起多大反响，但莫尼斯却意识到，这也许可以应用到精神病治疗上。

就在同年，莫尼斯在里斯本的一家医院做了第一次尝试。他在病人的颅骨上开了两个口子，然后通过这个口子向脑前额叶当中注射乙醇来杀死那一片的神经纤维。那时的莫尼斯已经是 61 岁了，而且因患痛风，手不麻利，所以这次手术是在他的指导下，由他的助手利玛操作的。

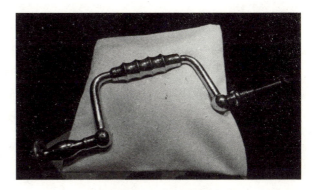

脑前额叶切除术钻

手术之后，病人居然活下来了，并且症状有所减轻。尽管病人最终没有真正康复，但莫尼斯还是觉得手术取得了他想要的成效。

他认定了自己的发现，又做了更多的手术。后来，莫尼斯发现用酒精容易损伤到其他无关的脑区，于是专门设计了一种被称为"脑前额叶切除器"的手术刀，用来机械式地损毁前额叶的神经纤维，这套莫尼斯开创的手术方法被称为"脑前额叶切除术"。

次年，莫尼斯发表论文，将实验结果公之于众。之后，他根据 40 个病人的临床效果，宣称脑前额叶切除术是"一种简单、安全可靠的手术，可广泛用于治疗精神错乱"。

莫尼斯本身的科学成就和政治成就在国际上颇有名望，这次他的研究成果一发表便备受全球关注。

精神病困扰人类实在太久了，人们都希望看到身边患有精神病的家人能好起来。很快，这种手术被越来越多国家认可，开始普及起来。

就这样，精神病人们的噩梦开始了。

莫尼斯将成果发布后，自然有了一大拨追随者。而在这场噩梦中真正的"恶魔"并不是莫尼斯，而是一个疯狂崇拜他的人，叫沃尔特·杰克逊·弗里曼二世。

弗里曼一直在研究精神病的治疗，在莫尼斯公布结果后弗里曼非常认同。就在同一年他便做了第一例手术，在接下来的 6 年里又进行了 200 次手术，并对外公布声称有 63% 的病人得到了改善，23% 的病人没有变化，只有 14% 病人的情况变差。

后来弗里曼又改良了手术，一个号称可以大大提高手术效率的方法——冰锥疗法。这种手术的操作方法简直可以用"丧心病狂"来形容。

弗里曼用锤子将一根大概筷子粗的钢针从病人的眼球上方凿入脑内，而后徒手搅动那根钢针以摧毁病人脑前额叶。这种手术不但简便快捷，而且还不需要严格的操作标准。病人被施以电击以代替药物麻醉，然后迅速完成手术，某些情况甚至不需要在手术室就可以施行。

弗里曼为了推广他的冰锥疗法，开始在全国各地走访精神病院，去展示他的手术，同时教育培训当地的工作人员来执行和传播手术。后来甚至只需要25美元就可以做手术，手术过程甚至没有消毒工序，连手套也不带。

到了20世纪40年代后期，脑前额叶切除术似乎已经成为行业内公认的精神病治疗手段。1949年，莫尼斯也因为发明脑前额叶切除术获得了诺贝尔生理学医学奖。

这下好了，有"官方认证"名号，加上媒体过分的鼓吹和宣传，手术被滥用得更加厉害。

这种本该是精神疾病治疗最后的手段却被当成了包治百病的妙手回春术。

在日本，家长仅因为小孩不乖，就送小孩去做前额叶切除手术；在丹麦，类似的医院遍地而起，针对的疾病从智障到厌食症无所不包。情况最严重的当然要属美国，弗里曼等人鼓吹"精神病要扼杀于摇篮"，成千上万的人在没有经过仔细检查的情况下，就被拉去实施该手术，更有甚者将这种手术用在了暴力罪犯、政治犯、同性恋者身上。

弗里曼还为一个叫作罗斯玛丽·肯尼迪的女病人实施了手术，治疗她的智力障碍。这位肯尼迪小姐，便是著名的美国总统约翰·肯尼迪的亲妹妹。

手术的结果非常糟糕，肯尼迪手术后的智力不升反降，成了一个整天只会发呆的"木头人"。虽然弗里曼本人也因此遭到了不少指责，但他反倒在民间名声大噪，来向他寻求医疗帮助的民众更加趋之若鹜。

随着手术在全球滥用，以及当时的手术条件大多较为简陋，对损伤的脑区缺乏精准的控制，对术后效果的评价没有客观、可信的标准，越来越多的人在术后产生可怕的后遗症，表现出类似痴呆、智障等迹象，有些人变得犹如行尸走肉一般，甚至有许多死亡案例。

就这样，仅仅在"诺奖"颁布的第二年，在苏联精神病理学家瓦西里·加雅诺夫斯基的强烈建议下，苏联政府最先宣布全面禁止脑前额叶切除手术。到了 20 世纪 50 年代后，一种吩噻嗪类药物——氯丙嗪被意外发现可用于治疗有躁狂症的精神病人，精神病的医治慢慢走向药物治疗。

到了 20 世纪 70 年代，脑前额叶切除手术被大多数国家所禁止。但是，这项手术的滥用所造成的伤害已无法弥补。

而莫尼斯虽然获得了一生中最大的荣誉，成为葡萄牙第一个诺贝尔奖得主，但也让他的余生在争议中度过。1955 年，莫尼斯在声名狼藉中死去，但莫尼斯在医学上的贡献依然被人们所铭记。

现在看来这一切无比荒谬，但在当时人们认知有限的情况下，这似乎是那些因为精神病造成破碎的家庭的救命稻草。

可能在几十年、几百年后回过头来看今天，我们身边也充满着荒谬的事情。

发光千年的骨头

当人们摆脱了在温饱线上的挣扎后，便对生活的品质有了更高要求。然而随着生产力的提高、科技的发展，人们似乎有了更多的担忧。不仅食品有安全问题，环境有污染问题，日化用品更是重灾区。

曾经有那么一段历史时期，人类被新发现的物质所迷惑，妄想着能依靠它们治百病、延年寿。

它们被疯狂地添加到人们所能及的各种食品用品，化妆品、牙膏、玩具，甚至饮料、药品里。可它们的威力绝不是什么荧光剂、激素、塑化剂所能企及的，它们的唯一作用就是给人体带来"纯天然无添加"的辐射。

1898 年，居里夫人采用了新的电学测量方法测量铀的辐射强度，推断出："铀的辐射强度正比于所用铀的数量，不受铀和其他元素化合的影响，并且也不受光或温度变化的影响。"

可她发现有些沥青铀矿样品的辐射量异常高，甚至要高过纯铀。于是夫妇二人从几吨的沥青铀矿中才分离出了少量氯化镭，10 多年后才用电解法制得了金属镭（Radium）单质。

镭的面纱终于被揭开了，这种拥有极强放射性的金属元素看起来是那么神秘，在黑暗中幽幽地闪着绿光，仿佛拥有源源不断的能量，甚至还让热力学定律陷入了危机。

居里夫妇证实了镭元素的存在，使全世界都开始关注放射性现象。镭既然能发光千百年，活力无穷，想必对人体也一定会大有裨益！于是，世界上出现了很多充满活力的"镭"产品。

20 世纪初，德国的 Batschari 烟草公司推出了一款含镭的香烟，号称可提神醒脑，舒筋活络。

不过，吸烟人士似乎不太关注香烟的保健功效，他们选择香烟的那一瞬间就已经放弃了健康。但商人们既然决定了用放射性元素赚钱，那他们肯定还有千万种方法。

没多久，一种保健储水罐获得了专利，号称在陶瓷内壁中富含铀、镭、氡等纯天然放射活性元素，将饮用水置于水罐中一夜让其接受大自然的辐照，饮用后便可以治愈一切病症。

结果可想而知，这种储水罐没有为医院减轻任何负担，还输送了大量口腔癌患者。类似的还有纯天然辐射矿泉水，来自天然镭矿区的山泉水。

随后又出现了大量含放射性元素的食品，镭可可粉、镭冰激凌。

原本镭在体外衰变产生的 α 射线因为穿透力弱，根本无法穿透皮肤影响肌体，但进入体内后就完全不同了，细胞近距离接受辐射易发生癌变。也许是商人们意识到了镭进入体内的巨大风险，辐射食品很快就被淘汰了。

不过，商人们很快又换了一个思路，将镭添加到日化用品当中，在降低风险的同时又不失噱头。首当其冲的当然是时尚女性必备的化妆品，这些化妆品打着让人焕发新生的噱头招摇过市。

早在镭单质被提取出来的那一年，居里先生就用自己的手臂做了试验，与镭亲密接触了一段时间后，衰变产生的 γ 射线让他的手臂开始发红、表皮坏死、结痂，一个多月后才开始重新生长。

把这些东西抹在脸上，还真的有机会让皮肤"焕发新生"。不过很多人不知道，居里先生的那次实验最终留下了一个不小的灰色永久疤痕，也不知道当年用过这些化妆品的女孩子是否安好？

以上这些都还不是最奇葩的。"二战"时期同盟国的间谍得到线报，称德国的一家工厂正在大量购买囤积钍。消息一出引起各国恐慌，纷纷怀疑德国的核武器研究已经十分深入，工厂只是一个伪装。

结果这家德国工厂不久后推出了一款含钍的牙膏。这款被寄予厚望的牙膏宣称通过辐射能有效杀死口腔内的有害细菌，强健牙齿远离蛀牙，说得有理有据。依照他们的意思，恐怕几年后牙齿都还健在，人却已经走了。

市场上辐射产品的乱象直到 20 世纪 30 年代才开始有些好转，其中有两起事件最为关键，其中最著名的一起是"镭姑娘事件"。

"镭姑娘"是对在钟表工厂给指针涂夜光涂料女工的昵称，当时广泛采用的夜光涂料以硫化锌为基质添加一定量的镭，因此女工们每天都和镭打交道。

她们和所有民众一样从来不觉得夜光涂料有害，还把这些涂料抹在头发上，甚至用来美甲。一些姑娘为了省事还常常用嘴嘬笔尖，以此保持笔尖的锐利从而能更细致地涂绘表盘。

这是当时工薪阶层比较好的工作，没有繁重的体力劳动，收入还高，每画一个表盘能获得 8 美分的提成。优秀的女工一天可以画上 300 个，算下来一个月能有近 500 美元的收入，而那个年代的美国人均月收入也就 100 美元左右。

不过很奇怪，这些优秀的女工都做不长久，他们总是很快就生了重病，没多久就离开了岗位，几乎无一例外。她们常常贫血、牙痛、下颌溃烂、关节疼痛、自发性骨折。

镭进入人体会被当作钙质吸收，大量聚集在骨骼内，原本衰变产生的连纸都穿不过的 α 射线，现在在人体内终于可以跟鲜肉亲密接触了。

"镭姑娘们"神秘而相似的死亡引起了一些法医的重视，他们开棺验尸，将清理过的遗骸放入暗房，用 X 射线底片包裹。一段时间后，底片上布满了各种白点，那都是姑娘们骨头里的镭辐射造成的，可想而知这些姑娘生前摄入了多少镭。

当"镭姑娘们"还在法院与公司打官司时，纽约传来了另一个爆炸性的消息。钢铁集团富翁、著名业余高尔夫运动员埃本·拜尔斯因为长期服用医生给他推荐的保健产品"镭补"，最终去世。

拜尔斯本是健壮的业余运动员，曾获得美国业余高尔夫锦标赛的冠军。退役后，他在一场足球比赛中受伤，不堪忍受持续性的疼痛，他接受医生的建议开始服用镭补——一种含有超高剂量镭的保健药水。

三年来，他一共喝下了1400瓶镭补，当他意识到问题的时候已经晚了，做了两年的活死人后，最终在他去世的时候连大脑里都出现了明显的空洞，连他的棺材都要加上厚厚的铅板隔绝辐射。

有了镭补事件的加持，"镭姑娘们"顺利赢下了官司，这些才20出头的年轻姑娘们虽然拿到了高额的赔偿金，但也无法改变自己将死的命运。

"镭姑娘事件"是美国劳工制度重要的一次战役，它直接促成了《劳工法》的建立，提出了职业病的概念。更重要的是，人们对放射性物质的狂热终于有所减退，美国食品药品监督管理局也将所有基于辐射的产品赶尽杀绝。

如今，人们对放射性物质的危害已有所了解，并利用其特性使其在医疗事业上做出了贡献。

放射治疗其实早在居里夫妇分离出镭后不久就已经有了雏形。其原理也相当简单，主要是利用放射性同位素所产生的各种类型的射线，破坏细胞的遗传物质，以此杀伤肿瘤组织。现在放射治疗是应用最广泛的一种癌症治疗方法，有超过70%的癌症患者可以使用放疗疗法。

放射线对不同细胞的杀伤力各不相

正在工厂里工作的"镭姑娘"

同，它对生长速度快，分化程度低的肿瘤杀伤力较大，而人体的正常细胞虽然也会被损害，但其程度远小于肿瘤。尽管如此，放射治疗还是会产生很多不良反应。

和各种辐射产品类似，除了体外照射还有体内植入放射性粒子的治疗方法，用于生长在重要脏器上的肿瘤治疗。似乎放射元素这匹烈马已经被人类完全驯服。

然而，当人们淡去了对放射性元素的狂热，又掀起了一波对磁铁的热潮。其背后的逻辑简直如出一辙：天然磁体富有能量，佩戴这些磁体自然也能益寿延年。人类的迷信似乎是可以遗传的。

甚至还有所谓的氡气 ① 温泉号称能治疗多种顽固疾病，颇有百年前的"风范"。

尽管科技在不断发展，但总有一些人会陷入盲目迷信的泥潭。古有希波克拉底用鸽子屎治秃头，未来可能还会有暗物质壮阳、石墨烯排毒养颜等更加荒谬的传言诞生。

---

① 氡，镭-226衰变后的产物，无色无味，化学性质不活泼，对人体脂肪有很高的亲和力，吸入后会影响神经系统导致痛觉缺失，同时也是世界卫生组织公布的19种主要致癌物质，是引起人类肺癌的第二大元凶。

05 进化论的另一个发现者

　　谈起关于生物的起源与演变，我们不得不提起伟大的达尔文以及他的著作《物种起源》，他向人们解释人并不是上帝所创造的，每一个物种都不是平白无故诞生的，而是有规律地演化而成的。

　　实际上早在 1836 年，达尔文就完成了他的坏球考察。而后的几年里，他已经有了自然选择学说的构想。然而，直到 1858 年，达尔文才开始紧张地撰写《物种起源》一书。

　　这将近 20 年的时间，他迟迟不肯动笔，为何突然之间快马加鞭，仅仅一年就写就此书？

　　这一切要从一个年轻人说起。

　　有人说，维多利亚时代的英国人个个都是冒险家。这一点在这个叫阿尔弗雷德·R.华莱士的年轻人身上显得尤为贴切。华莱士的童年生活过得并不好，他原本生在中产阶级家庭，却因为父亲被人骗去财产，一家人陷入了困境，14 岁的华莱士不得不中断了自己的学业。

　　辍学后，华莱士在经营土地测绘的大哥身边做助手。担任测绘助手的几年间，他跑遍了英格兰的乡村田野，不仅学到了勘测、制图的技能，而且见识了大千世界的美妙。

　　五彩斑斓的蝴蝶、奇形怪状的甲虫、开着清艳小花的莫名野草、果实清甜

Charles Darwin.

查尔斯·罗伯特·达尔文
（1809—1882）

阿尔弗雷德·拉塞尔·华莱士
（1823—1913）

的高大乔木……华莱士对乡野的各种动物植物产生了浓厚的兴趣，他渐渐地开始阅读生物图鉴，也收集起了标本。

可是这样的好光景只持续了六年半，因为大哥的生意不顺，华莱士不得不另谋生路。幸运的是华莱士在一所高校的职位申请通过了，他可以在学校教制图、测量等对他来说了如指掌的技能。学校的工作对华莱士而言简直就是久旱逢甘霖，倒不是因为教师的工作有多高的收入，而是因为图书馆里丰富的藏书。华莱士在知识的滋养下，对博物学的兴趣越来越浓厚。

与此同时，他在学校里还认识了业余博物学家贝茨①。受到贝茨的影响，华莱士逐渐转向收集研究昆虫标本。

偶然中的必然，华莱士在图书馆接触了许多有影响力的著作，包括鼎鼎有名的达尔文的作品《贝格

① 贝茨：昆虫学家，后以其"贝茨氏拟态"的发现而成名。贝氏拟态简言之即亲缘关系较远的昆虫在形态上存在较高的相似性，多为可食用的品种模拟不可食用品种的形态，以欺骗捕食者。

尔号航行期内的动物志》以及钱伯斯的《自然创造史的痕迹》，其中关于生物演化的探讨在华莱士心中深深地扎下了根。

他对物种的发展变化感到十分好奇，一心想亲自求证这个观点。很快华莱士便以收集标本的名义邀请贝茨一同前往南美，开启人生中第一次冒险之旅。

然而在南美，也许是因为气候的缘故，华莱士病倒了。之后回国的轮船又遭遇大火，他在救生艇上漂流了 10 天，终于被路过的轮船搭救，算是捡回一条命。

但是四年的心血付之一炬，几乎所有标本和笔记都随船沉入大海。

这段不幸的经历给华莱士造成了很大的打击，刚回国的那段时间，他心里满是迷茫，仅仅靠着保险公司的赔偿独自生活了一年半。

可华莱士最终还是挺了过来，并且打算继续自己的研究，这一次他打算远足东南亚，好好研究那里错落的岛屿，正如当年达尔文航行路上对岛屿的探索。

华莱士在马来群岛一待就是八年，其间他进行了六七十次考察，收集到了超过 12.5 万只鸟、甲虫等的标本。在马来群岛的这些年里，华莱士渐渐发现，在相邻的岛屿上，看似不同的物种始终会有或多或少的相似性，这让他开始思考新物种的起源与诞生。

每一物种的出现都与早已存在的密切相近的物种，在时间上和空间上是一致的，他把相似物种在地理分布上比较集中的规律写成文章。这篇被称为“沙捞越①定律（Sarawark Law）”的理论发表在 *Annals* 期刊上，但是并没有引起多大的反响。这一定律的发现同时也启发了华莱士自己去探讨生物的进化。

也许是命运的安排，正在苦思的华莱士不幸罹患疟疾，卧床不起的痛苦让他想起《人口论》当中人口数量与资源量的矛盾，他突然悟到，资源限制正是生物进化的原动力，只有最适应环境的物种才能够留存下来。

每一个存活下来的物种都经历了自然的筛选，它们是环境中最健康的佼佼者。华莱士奋笔疾书，花了两晚撰写了一篇阐述自己理论的文章，并立马把稿

———

① 沙捞越，砂拉越州的旧称，是马来西亚面积最大的州。

件寄给他崇敬的达尔文先生,请达尔文前辈为自己审稿,并推荐给著名学者赖尔。

达尔文收到文章大为惊讶,这个年轻人的理论正是他这 20 年的成果。

"我从未见过如此惊人的重合。华莱士所用的术语就在我文章的标题里。"

达尔文慌了,他害怕华莱士的文章发表出来,自己 20 年的辛苦研究会被人认为是剽窃之作,所有的原创,无论有多少,都将被打破。

但达尔文还是将文章转给赖尔,并建议发表。作为达尔文的老朋友,赖尔明白他心中的不甘,那可是他 20 年的成果。因此赖尔建议达尔文将华莱士的论文与自己的手稿整理在一起发表。

达尔文接受了赖尔的建议,并通过书信与华莱士商量。华莱士得知后,非但没有拒绝,反而感到非常荣幸。与学界老前辈、自己的偶像一起发表文章是天赐的幸运。

可是达尔文却感到十分愧疚,担心有人指控他剽窃。

"我宁愿烧掉我所有的书,也不愿意让他(华莱士)或者其他人觉得我以如此渺小的心灵行事。"

1858 年达尔文亲自在林奈学会会议上发表了这篇文章,达尔文的这一番

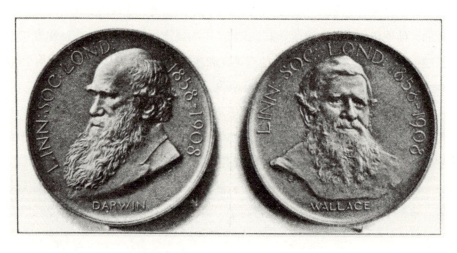

达尔文与华莱士林奈学会发行的特制奖章

宣读与演讲引起了学界不小的关注。从此人们第一次听说了自然选择的观点，人们称它为"达尔文 – 华莱士学说"。

此时的华莱士仍在马来群岛与疟疾战斗，可是达尔文已经没有时间沉浸于女儿夭折的悲伤中。他快马加鞭，将原本详尽的手稿压缩了1/3，尽快发表出版。

远在东南亚的华莱士在得知自己的研究已经公之于众后不免有了一些担心，他担心自己的文章阐述得不够详细，他开始筹备着将研究内容整理成书。

可还没动笔，就得知达尔文已经在撰写《物种起源》，华莱士并没有感到自己的成果被剽窃和盗用，反而非常支持达尔文的写作，因为他相信达尔文。

一年的时间很快就过去了，《物种起源》竟已成书了，很难相信这部影响人类的巨著竟然仅仅用时一年就完成了。没过多久，华莱士就在市面上看到了达尔文的著作。

达尔文果然没有让华莱士失望，《物种起源》一书引起了轰动，书中详细地列举了支撑自然选择理论的客观证据。显然达尔文在物种进化方面的研究比华莱士更为深厚。达尔文成了颠覆人们世界观的伟人，而华莱士自己也得到了应有的名誉。

自然选择学说被世界认可后，林奈学会还发行了特质的奖章，奖章正反两面分别印有达尔文与华莱士的头像，用于奖励在进化生物学领域有突出贡献的科学家。

除此之外，华莱士似乎淡出了人们的视野，默默地继续着自己对博物学的追逐。他以出售标本得到了一笔不小的收入，但华莱士晚年因为投资失败，一贫如洗，生活艰难。1913 年，90 岁高龄的华莱士在睡梦中平静安详地离开了人世。

我们有理由相信华莱士此生是无悔的，达尔文并没有利用自己的权威打压华莱士。而华莱士也没有为自己的成果被他人发表而愤愤不平，他们两人高尚的品德成为历史上的一段佳话。

可世人似乎只知道达尔文的进化论，华莱士墓碑上刻着"自然选择的共同发现者之一"这件事，又有多少人知晓呢？

06 病菌培养液的味道——一段实验室"黑历史"

提起实验室，大多数人的印象应该都是整洁、干净，规章制度多。当年高中化学实验室的要求都已经让人头大了，更不用说那些专业实验室了。可是，在差不多 100 年前，这些"高大上"的实验室其实随意得可怕。

他们的实验防护措施实在太简陋了，甚至有些操作方法可以用"惊悚"来形容。

移液操作可以说是各种生物医学或化学实验里最常见的操作了，以至于很多人都有深刻的印象。然而，从 19 世纪末到 20 世纪初，很多科学家竟然都是用嘴来吮吸移液的！那个年代可没有移液枪这样的高级工具，移液需要的真空源基本上只能靠手捏橡胶头产生。可是这种方式对付一般的粗略移液还行，精确的移液操作就无能为力了。

那时候碰巧发生了一件大事。美国商人马文·史东从美国人爱用麦秆吮吸冰冻酒的习惯中获得了灵感，在自己的卷烟工厂中用纸造出了一根纸吸管。从那时开始，吸管就掀起了饮料界的大革命，很多人都在用吸管，仿佛那是时尚的象征。

在这样的背景下，也不知道是谁突发奇思，想到了用吸管喝饮料那样的方法来移液。为了保证移液量的精准，他们将一根有刻度的细长玻璃管的一端含在嘴里，另一端伸入液体中，看着刻度想吸多少就吸多少。

　　虽说靠嘴巴解决了精确移液的问题，但也带来了新的麻烦。实验用到的液体可不是无害液体，万一不小心吸入身体，轻者拉肚子，重者不省人事。

　　有的人就想到在玻璃管的上端垫上一块棉花，防止误将溶液吸入嘴里。垫上棉花的确能降低一定的风险，但棉花并不能承受浓氨水、浓盐酸等溶液的腐蚀。

　　这还不是最致命的，在一些生化实验室里，实验员甚至会用嘴直接吸病原体的培养液。

　　有资料记载，第一次因嘴部移液导致的感染发生在1893年。一位内科医生在操作时因为意外而吸入了伤寒杆菌的培养液，不幸感染。有调查指出，到1915年，约有40%的实验室源感染事件都是因吮吸移液导致的。几乎每五次吮吸移液操作中就有一次会发生感染。

一位女士在实验中进行嘴移液

这些实验员们吸过伤寒杆菌、沙门氏菌、炭疽芽孢杆菌、链球菌、梅毒螺旋体、肝炎病毒等等。

除了这些生理上的折磨，他们还很有可能遭受心理上的冲击，甚至要吮吸尿液样本、粪便样本和寄生虫样本。

吮吸移液的做法确实让人觉得毛骨悚然，但有一些大发现却是依靠这样的操作实现的。糖精、甜蜜素、阿斯巴甜这三种世界知名的甜味剂是靠乱尝未知化学品意外发现的。据说，糖精的发现者做完实验没洗手，回家吃饭因手指碰到餐盘，享用了一顿"甜蜜大餐"。他百思不得其解，回实验室把接触过的所有药剂、溶液都舔了一遍，终于发现了一种比蔗糖甜 500 倍的物质。

大名鼎鼎的居里夫人也是个好的例子。她常年与各种放射性元素打交道，醉心于放射性的研究。

夜晚走进工作室是我们的乐趣之一，盛放实验产物的玻璃瓶在黑暗中影影绰绰，从四面八方散发出微光。那景象是如此可爱，令人百看不厌。那些带着光亮的试管如同童话里的点点灯火。

——玛丽·居里

她甚至常常随身携带装有镭和钍的小玻璃瓶，随时拿在手上把玩，出于个人职业习惯，居里夫人也一样不注意及时洗手。而她生活工作的地方却成了重灾区，直到现在，居里夫人的实验室还是全球十大辐射最高的地点之一。居里夫人的笔记本也不得不常年保存在铅盒之中，隔绝辐射。

如果说吮吸移液、舔舐实验品、暴露在辐射下这些实验操作是因为技术不允许或缺乏认知还可以理解。

但是有一些科学家从他决定做实验开始，就已经是个"残障"人士了。

化学家罗伯特·威廉·本生的一生简直就是一本活生生的实验安全指南。本生对科学的兴趣极高，尤其喜爱化学，他这个人胆子大，但没有什么安全意识，还特别喜欢危险的实验。

他早年就开始研究一些剧毒物质，像砷酸盐、亚砷酸盐，氰化物等，一直以来，不但没有发生什么意外事故，还找到了一种砷中毒的解毒剂。但可能正是这段经历，导致他越发不注意安全。没过多久，本生利用两种剧毒物质，制出了二甲砷氰化物。这是一种十分危险的物质，其本身有剧毒，还非常不稳定。

本生在没有任何防护措施的情况下研究这种物质，在一次实验中，一个盛有二甲砷氰化物的容器发生了爆炸，炸瞎了他的右眼。

随着对二甲砷基化合物研究的深入，本生收获颇丰。但同时，他因为吸入了大量的二甲砷基化合物蒸气差点丧命。

纵观人类科学实验发展的血泪史，不禁让人沉思。他们当中的一些人无视实验室安全，当然大多数科学家都受制于当时的认知水平。

他们不知道哪些东西有害，不知道怎么避免伤害，只好用血肉去试错。

但无论如何，他们都是伟大的。

对于科研工作者而言，这些勇士用血与泪筑起了如今可靠的实验安全规章。这些勇士用自己的健康甚至是生命为全人类的事业做出了伟大的贡献。

量子力学之父普朗克的故事

德国著名诗人席勒曾说："我们不知道20世纪会怎样或者它会有什么成就，但它之前的每个时代都致力于造就20世纪。"

就科学领域来说，20世纪之所以前所未有的伟大，是因为量子物理学的诞生。量子物理的出现撼动了经典物理的绝对权威地位，把人类带到了一个全新的世界。但是，大家一定没有想到这个划时代的理论的提出竟来得如此"不情愿"。被誉为"量子物理之父"的普朗克在提出量子论之后的多年，竟一直在不断尝试着推翻自己的量子理论。

1858年4月23日，马克斯·普朗克诞生于德国基尔。他的家族可以称得上是当时那个年代德国的"贵族"。纯正的"雅利安人"血统，再加上那些光鲜体面的社会身份：牧师、法学家、大学教授等。优越的家庭背景使普朗克从小就受到很好的教育，无论是人文科学还是自然科学。

普朗克9岁时，一家人就搬离基尔城迁往慕尼黑，在那里普朗克开始了他的中学生活。和其他很多天才科学家不一样，普朗克那时候并没有在科学方面表现得出类拔萃。反而是在音乐与艺术方面显现出不一样的才能，他钢琴、管风琴等都演奏得很好。这导致了他在进大学前都不知道选择什么方向作为一生的奋斗目标，是音乐、语言学还是科学。

在普朗克生活的那个年代，自然科学远不像人文和艺术那样受到重视。然而他还是选择了自然科学这条不太容易走的路，当然音乐也作为一种爱好时常陪伴在他身边。起初他主修的是数学，但是慢慢他的兴趣便转向了物理。然而在 19 世纪中后期，经典物理学的大厦已经基本竣工了，物理学家能做的顶多就是在这座辉煌的物理殿堂扫扫灰尘罢了，再也不会有什么重大理论被提出了。当时普朗克所在的慕尼黑大学的一位老师就曾苦口婆心地劝诫普朗克：不要再研究物理了，这一行里已经没有任何机会留给年轻人了。

但普朗克不为所动，依旧选择了物理学。普朗克本身就是个偏"冷淡"的人，根本不在乎什么名利，他并不在乎这些划时代的理论是谁提出的，只是想知道"为什么"。多年后他在《从相对到绝对》中写道："绝对的东西多半是一种理想的目标，它总是显现在我们的面前，但是永远也达不到，这是一种令人感到烦闷的东西，只有在追求这个目标的时候才会觉得满足。"

一踏入物理世界的大门，普朗克就对热力学表现出极大的兴趣，或者说沉湎其中。1879 年，年仅 21 岁的普朗克就凭论文《论热力学第二定律》获得了慕尼黑大学的博士学位，论文中贯穿了他对"熵"深刻和独特的见解。1880 年，他取得大学任教资格，而使他获得该资格的也是一篇关于热力学的论文。他后来写的《热力学讲义》一书更是在 30 多年内都被认为是热力学经典著作。在物理学界，他的地位更是节节攀升。世纪交替之际，他就已经是热力学方面公认的权威了。然而当时专注热力学方面研究的他又怎么跟量子论扯上关系了呢？

正如前文所言，经典物理学已经算是一座竣工的大厦，而普朗克就是这座神圣的物理殿堂最虔诚的信徒之一，一旦这座大厦有什么风吹草动，他总是第一个站出来修缮的人。那时候物理学就有一个让人陷入困惑的问题：黑体辐射。所谓黑体，是指这样一种物质，在任何温度下，它都能将入射的任何波长的电磁波全部吸收，没有一点反射和透射，绝对黑体在自然界中是不存在的，只是一个理想的物理模型，以此作为热辐射研究的标准物体。

然而，在那个时代，人们对黑体辐射的研究却得出了两个不同的公式。这两个公式分别来自德国的物理学家维恩和英国的物理学家瑞利和金斯。维恩的公式只有在短波（高频）、温度较低时才与实验结果相符，但在长波区域完全不适用。相反，瑞利－金斯公式却只在长波、高温时才与实验相吻合，在短波区并不适用。这个公式在短波区（即紫外光区）时显示辐射能力随着频率的增大而单调递增，最后趋于无限大。这和实验数据差了十万八千里，所以这个荒谬的结论也被称为"紫外灾难"。

一个现象，对应两个公式？在经典力学时代,这完全是个不可思议的悖论！

因为自 17 世纪牛顿力学建立以来，自然过程连续性的观念就在物理学中深深扎根，一向认为能量是连续的，而普朗克父亲的老师说过，"自然界无跳跃"。"紫外灾难"更意味着整个经典物理学的"灾难"。普朗克是热力学的权威，所以他对黑体辐射的研究并没有像前人那样从频率和温度入手，而是从自己擅长的熵和能量作为突破口。然而经过一次次实验，得出的结果仍和维恩他们的公式一样并不得法。出于无奈，他不得不着眼于之前他并不认同的玻尔兹曼方法，而他也隐约地意识到，传统物理学的基础还是太狭窄了，需要从根本上改造和扩充了。普朗克注意到，如果认为原子不是连续地而是断续地放出和吸收能量，或者说，把"粒子"的性质赋予光的吸收和放射，那么他便可以用"内插法"把维恩公式和瑞利－金斯公式正确的一部分综合起来，使辐射公式完整。

1900 年 10 月 19 日，普朗克在德国物理学会会议上，以《论维恩光谱方程的完善》为题，提出了他重新构造出来的新辐射公式。这个公式在任何情况下都与实验值无差异。

在同年的 12 月 14 日（历史上也把这天认为是量子的诞生日），他发表了《论正常光谱中的能量分布》论文。文中给出了循着玻尔兹曼的思路推导出的黑体辐射公式。也就是著名的普朗克公式 $E=hv$（其中 E 为单个量子的能量，v 为频率，h 是量子常数，后人称普朗克常数）。论文中，他指出："能量在辐射过程中不是连续的，而是以一份份能量的形式存在的。"这无疑使整座经典物理大厦开始摇摇欲坠，这也是普朗克自己都难以接受的事实。他表示在这篇论文发表前的几个月内，他都是抱着孤注一掷的心情来完成这一结论的。他想或许之后可以通过另外的解释，来修缮这座经典物理圣殿。

　　而他也确实这样做了。在那篇确立量子论诞生的论文发出去后，他还一直想把自己的理论纳入经典物理学的结构中去。从 1901 年至 1906 年，他都在对抗自己提出的量子理论，以至于没有做出任何新的成绩。他一直在尝试修改自己的量子理论，想让它对经典物理造成的伤害降到最低。但是他越努力答案就越趋向于大自然的运转不是连续的而是跳跃的，它必然像钟表里的秒针那样一跳一跳。他就像一个被逼出来的革命家，被经典物理逼得走投无路，但是却又不忍心将其毁于一旦。就像一个虔诚的基督徒找到了证明上帝不存在的证据，心理上的冲击不是那么容易平复的。

　　玻恩在评价普朗克时写道："从天性来讲，他是一位思想保守的人，他根本不知道何为革命，只是他惊人的逻辑推理能力让他不得不在事实面前折服。"在经过多年的混沌后，普朗克才从对抗自己中彻底清醒过来。在后来的演讲中，他开始自豪地宣称："量子假说将永远不会从世上消失。"这敲开了量子论的大门，也使他获得了 1918 年的诺贝尔物理学奖。

　　普朗克像是给一片森林带来火种的人，之后量子革命的大火熊熊燃烧。1905 年爱因斯坦的杰作《论动体的电动力学》发表，宣布狭义相对论诞生。这篇论文在当时虽没几个人能看懂，但也在物理学界掀起了一阵巨浪。后来德国更是出现了庞大的反对相对论的机构，对爱因斯坦进行"批判"。而普朗克在那时作为比爱因斯坦年长又更有地位的学界权威，他成为相对论最早的庇护人。普朗克作为德国《物理年鉴》主编，他不顾反对把爱因斯坦的论文发表。毕竟，在五十多年前，这本刊物的主编就曾拒发过迈尔关于能量守恒定律的文章。此外，普朗克还给予爱因斯坦其他方面的帮助。相信很多人都知道，爱因斯坦的讲课水平实在是不敢恭维，但普朗克却大力支持爱因斯坦成为教授。甚至在聘书中特别注明：聘请爱因斯坦为柏林洪堡大学讲席教授，一节课都不用上。

　　普朗克在德国已经可以称得上是学术最高的权威。一生受尽称颂和爱戴，还没有离世，他的头像就被印在两马克金币和邮票上。然而在科学界的勤恳和奉献，并不能带他逃离"悲情"二字。他经历了德国的崛起和德国引起的两

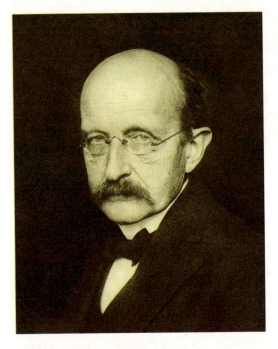

晚年的普朗克（1933）

次世界大战的悲剧。普朗克原本幸福的家庭，就像他的经典物理信仰一样开始分崩离析。1909 年，普朗克的妻子因病去世，而他的四个孩子，长子在凡尔登战场战死，两个女儿在第一次世界大战期间也死于难产。而最大的不幸当属次子，他几乎无助地亲眼看着自己的儿子死去。次子埃尔文在一战期间就曾被法国俘虏，在 1944 年，他被卷入刺杀希特勒的 7·20 政变中，被纳粹关入监狱。那时普朗克几乎动用了自己所有的力量，也没能把他唯一在世的亲人救出来。1945 年，埃尔文被处以绞刑。那一年，普朗克已是 87 岁的高龄，孤身一人。

埃尔文去世的同一年，普朗克位于柏林的家在一次空袭中被摧毁，家中无数的藏书和毕生的研究成果也毁于一旦。一时间，他失去家园和亲人，只留下一副病躯。即使拖着这副病弱躯体，他还是远赴英国伦敦，参加因战乱推迟了四年的牛顿诞生 300 周年纪念会。他是唯一被大会邀请的德国人，那时的他仍致力于战后重建德国科学界的地位。

1947 年 10 月 4 日，普朗克在哥廷根逝世，享年 89 岁。他的坟墓上只有一块长方形的石头，上面刻着他的名字，底部刻着属于他永存于世的普朗克常数。

玩出来的地理学"教科书"

自 15 世纪末，人类进入了大航海时代，诸国纷纷疯狂分割世界版图上的那些无主之地，而航海家们则致力于在全世界的角落都留下自己的名号，麦哲伦、哥伦布这些耳熟能详的名字就是最典型的例子。

可是有这样一位人物，他并非航海家，但世界上以他的名字命名的地点却数不胜数。有澳大利亚和新西兰的山脉，有美国的湖泊河流，甚至包括月球上的盆地。他是一个拥有超凡身体的著名旅行家，登上过 5800 多米的高山，打破了当时全人类的登高纪录，还是多门学科的创始人与奠基者。

19 世纪初，他游历南美，行程超过 10000 千米，将 3000 种新物种，近60000 株植物标本带回欧洲。拉瓦锡的好搭档化学家贝托莱都忍不住惊呼："他一个人就是一座活科学院！"

此外，他最早提出了等温线、等压线、地形剖面图、海拔温度梯度、洋流、植被的水平与垂直分布等概念，甚至连侏罗纪也是他最先提出的，他的存在简直就是一本当代的中学地理教科书。因此，德国的著名高等学府、世界百强大学也被冠以他的名字，俾斯麦、马克思、爱因斯坦、普朗克等知名人物都曾在此大学任教或学习。

达尔文读了他的《个人自述》后，毅然背上了行囊周游世界，投身科学研究，这才有了后来震惊世界的《物种起源》。成名后他说："年轻时我钦佩他，现在，我几乎是崇拜他。"

这位两条腿的"移动科学院"是出生在柏林贵族家庭的亚历山大·冯·洪堡。他是家里的次子，兄弟二人从小都很有天赋和才华。但哥哥威廉·冯·洪堡因为更安分一些深得家里长辈的喜欢，亚历山大·冯·洪堡则爱四处瞎逛，饱览大千世界，母亲认为他这是不学无术，经常将他软禁在家中忍耐寂寞。

10岁那年，洪堡很不幸地失去了父亲。一般来说，这对一个家庭的打击会是毁灭性的，好在洪堡的父亲是世袭男爵，父亲的去世并不会让家庭陷入困境。在那之后，母亲操起了家里的大权，她对兄弟俩都寄予厚望，还请了最好的家庭教师。可洪堡心中却渐渐有了些抵触，他有更远大的理想……

转眼间洪堡已经18岁了，严格的教育为他打下了坚实的科学基础。他向往着诗和远方，可他母亲却紧盯着公务员的职位。正如当代多数父母为独生子女规划了一生那样，母亲将洪堡送到了柏林的法兰克福大学（奥德）学习经济，希望将来能拿到一份政府的安稳工作。

刚踏入大学，洪堡就疯狂接触新鲜事物，也开始频繁出入在柏林的那些知识分子沙龙。洪堡发现原来世界上不仅有秀丽的山河，还有令人着迷的科学。不久后洪堡的热情似乎动摇了母亲安排他学经济的决心，他执意转学，尽可能多地去触及每一个让他感兴趣的学科。此时任何举措都无法改变洪堡对自然科学的向往。

他在柏林大学学习期间，自学了希腊文，并开始研究植物学；在哥廷根大学，洪堡学习了物理、语言学、考古学；拜著名动物学家、解剖学家巴赫为师，结识了远航归来的地理学家福斯特，这彻底激发了他对自然科学的兴趣。

最终，洪堡毕业于当时有名的萨克森弗莱贝格矿业学院，师从誉满四方的矿物学家维尔纳，也是地理学水成论（一种强调以水流作用解释岩石形成的理论）的提出者。毕业后，洪堡按部就班地被任命为普鲁士弗朗科尼亚矿区的检查员，成了一名国家行政官员。

洪堡惊人的才能在出任矿区检查员时就开始显露。在工作之余，他钟情于观察各种自然现象，凭借自己在物理学、动物学、植物学、矿物学、地质学的广阔的学识，就不同岩石的磁偏角效应，撰写出了人生第一篇科学论文。然而，纵使矿区为洪堡提供了展示才华的舞台，这远不能满足他探索世界的欲望。

1796 年，这是洪堡最悲伤的一年，也是他生活发生重大转折的一年。这一年他的母亲病逝，给他留下了一大笔遗产。次年，洪堡刚从悲痛中恢复就果断地辞去了工作，周游世界，考察研究。

起初，洪堡打算前往美洲考察，但那里受西班牙的辖制，作为德国人是无法贸然闯入的。于是洪堡觐见西班牙国王，以勘探新矿源的目的获得了西班牙皇家特许护照，便顺利地乘"毕查罗"号前往美洲，踏上了伟大的旅程。

这艘船上搭载了当时能够想象到的所有顶级仪器，包括象限仪、六分仪、磁力计、比重计、气压计、温度计、天蓝仪、空气纯度计、计时仪、莱顿瓶，这艘全部由洪堡一人出资的船可以说是个移动的研究所。

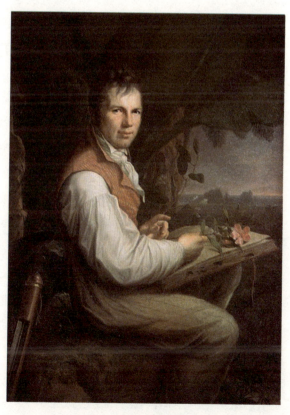

"我要采集植物，搜寻化石，观察天象。但这并不是此番旅行的主要目的。我想探考自然界的各种力量怎样相互作用，地理环境怎样影响动植物的生活。换言之，我要找到自然世界的一致性。"

虽然准备充足，但洪堡还是预计到了旅途的艰险，在出发前，他已经立下了遗嘱。结果还没等到上岸，就

青年时期的洪堡

面临第一重难关：拿破仑联合西班牙、荷兰发动英法战争，面对强大的英国海军舰队洪堡不得不躲躲藏藏，保护同船的法国人和他那些宝贵的科学仪器。

上岸后，他与植物学家邦普朗两人划着小船，一路沿着委内瑞拉最大的河流奥里诺科河考察。两人历经 2760 公里，深入南美洲内部，绘制了很多森林区的地图，证实了这条河流与亚马逊河相通。路途中他们耗尽了干粮，只能以香蕉和淡水鱼为食。亚马逊丛林的环境恶劣得难以想象，这一路上，他们遭遇了各种蚊虫的骚扰，不少随从都患上了严重的流行病，只有洪堡一人奇迹般地从未被感染。

对河流的考察结束后，洪堡又马不停蹄地展开了对安第斯山脉的探险。他不顾危险几度与活火山亲密接触，为了研究从地球内部释放出的气体，甚至连地震都不能阻止他对火山的热爱。因此当地到现在还流传着一种说法："当年有一个不怕死的德国人把火药投进火山口，引发了地动。"

在安第斯山脉，洪堡还研究了许多不同种类的岩石，他发现花岗岩、片麻岩等大量岩石都是火成岩，毫不客气地推翻了恩师维尔纳水成论的普适性。在研究之余，洪堡出于小小的虚荣心，还攀登了钦博拉索山（距地心最远的地表）。他与邦普朗一起攀登至 5878 米，打破了人类登高纪录，这一记录后来保持了 29 年之久（此峰当时被认为是世界最高峰，后来洪堡得知珠穆朗玛峰后倍感沮丧）。

在高耸入云的山峰上，洪堡用仪器测得了气压、温度、地磁场，因此诞生了海拔与气压气温的规律［海拔每升高 12m，大气压下降 1mmHg（1 毫米汞柱）］、地磁强度分布、海拔变化造成的垂直植被分布规律。除此之外，洪堡还记录了因缺氧导致的高山病（即高原反应）。

结束了对安第斯山脉的考察，洪堡一行乘船北上。途中他顺带发现了一股洋流，将它称作"秘鲁洋流"，但如今人们出于对洪堡的敬仰，更喜欢将这股寒冷的洋流称作"洪堡洋流"。

这一年，关于洪堡的传言层出不穷，有报纸称他被北美印第安人用箭射死，还有的信誓旦旦地称著名旅行家洪堡先生不幸罹患黄热病，命丧黄泉。实际上洪堡当时正在美国与杰斐逊总统谈笑风生。

1804 年，洪堡结束了长达 5 年、总行程 65000 千米的旅行考察，乘法国快船"幸运"号抵达法国巴黎，引发了不小的轰动。随船归来的还有 40 余箱来自美洲的物资，包括大量动植物标本、矿物、化石、旅行日志。全社会都为这名勇士欢呼，像恭迎国王一样欢迎他，当时全法国只有拿破仑比他更出风头。

洪堡成了全欧洲最受尊敬的人物，上流社会以与他共宴为荣，法兰西学院主动为他接风，巴黎植物园里还有他的展品专区。洪堡带回来的已经不是一堆标本了，而是一片新大陆。在他的库存里，光是全新的物种就超过了 3000 种，也难怪化学家贝托莱会感叹："他一个人就是一座活科学院！"

洪堡归来后，定居法国巴黎专注于整理自己记下的资料，这一住就是 20 年，在各界一流科学家的陪伴下，一套 30 卷的巨著《新大陆热带地区旅行记》问世。随后他马上回到故乡德国，开始筹划和构思自己的思想专著《宇宙》。

洪堡打算在这本专著中以大一统的原理描绘整个宇宙（在那个年代，洪堡的宇宙指的是自然界），在此之前，还从未有人将地球作为一个整体来研究。

洪堡在晚年才开始撰写这部作品，同时还要迎接来自各地的贵客。国王向他请教外交事务，经济学家就财政制度求教于他，地理学家向他讨教有关南美的第一手知识，甚至连作家都希望从他旅行的经历中获得一些创作灵感。

洪堡在忙碌中走完了一生，以 90 岁的超高龄去世（当时平均年龄 48 岁），临终前恰好完成了这部《宇宙》，仿佛是使命的召唤。《宇宙》一经出版瞬间被抢购一空，随后立马加印了几乎囊括欧洲所有语言的版本。洪堡去世这年，达尔文的《物种起源》刚刚出版，也正因为读了洪堡的《个人自述》，达尔文才开始探索世界，研究科学。

洪堡除了是科学界的超级权威外，同时也是一个教育家、慈善家和人道主义者。晚年他与哥哥一同创办了"现代大学之母"——柏林洪堡大学，主张科学研究与教学并行的前卫理念，是欧洲乃至世界最重要的一所大学之一。

此外，洪堡的心中充满了博爱，他反对奴隶制度，支持南美解放者玻利瓦尔，反对种族歧视，认为所有人种都不分轩轾。早年担任矿区主管时，他就致力于改善矿工的生活条件，晚年虽入不敷出，但却依旧慷慨资助贫苦学子。

巴黎曾流传着一个美丽的故事：

一个穷人家的女孩子为了给母亲买药治病，在理发店里央求理发师用60法郎买下她的一头秀发，但理发师只愿意付20法郎。在女孩与理发师讨价还价的时候，一旁的银发老人站起来，一把夺过剪刀，往她手中塞了200法郎，然后轻轻地剪下女孩的一根头发，夺门而出。据说那位老人正是亚历山大·冯·洪堡。

纵观洪堡一生的学术贡献，虽然几乎没有系统性地编写过地理学专著，也不是一个开创学科的拓荒科学家，但是他的研究却将地理学原本一个个孤立的地桩连成了一块宏伟且稳固的地基。

首创等温线、等压线概念，绘制出世界等温线图；指出气候不仅受纬度影响，而且与海拔高度、离海远近、风向等因素有关；研究了气候带分布、温度垂直递减率、大陆东西岸的温度差异性、大陆性和海洋性气候、地形对气候的形成作用；发现植物分布的水平分异和垂直分异性；论述气候同植物分布的水平分异和垂直分异的关系，得出植物形态随高度而变化的结论；根据植被景观的不同，将世界分成16个区，确立了植物区系的概念，创建了植物地理学；首次绘制地形剖面图，进行地质、地理研究；指出火山分布与地下裂隙的关系；认识到地层愈深温度愈高的现象；发现美洲、欧洲、亚洲在地质上的相似性；根据地磁测量得出地磁强度从极地向赤道递减的规律；根据海水物理性质的研究，用图解法说明洋流……

所有的这些新概念新知识足以写成一本中学地理教科书，但洪堡的名字却还不如这些知识点出名，实在令人唏嘘。

史上最冤的艾滋病"零号病人"

　　自艾滋病被人类首次发现以来，科学家们除了积极寻找治疗方法外，也一直在试图解开艾滋病起源之谜。

　　艾滋病来源于非洲的黑猩猩，是现阶段被大多数权威科学家认可的观点。艾滋病被发现的 20 年后，科学家才从黑猩猩体内发现 SIV 病毒。SIV（猴免疫缺陷病毒）和 HIV（人免疫缺陷病毒）同为灵长类免疫缺陷病毒，基因十分相似。他们认为，SIV 病毒变异后，从猿猴传播到了人类身上。

　　那么问题就来了：

　　黑猩猩又是怎么把病毒传染给人类的？现在大多数艾滋病专家认为，这与非洲一些国家捕食猿猴的习惯有关，他们在屠宰或食用的过程中被感染了病毒。所以，不要再乱猜想人类对猩猩做了什么奇怪的事情了。不过，以上的观点都只是最合理的推测，艾滋病起源之谜到目前还不算真正解开。毕竟第一次将病毒传染给人类的黑猩猩，或是第一次把艾滋病传染开来的病人，已经没办法找到了。

　　虽然，这些最原始的病例无从考证，但"第一个"将病毒传入美国的人却仿佛有迹可循。他就是被称为艾滋病"零号病人"的盖尔坦·杜加（Gaëtan Dugas）。"零号病人"，是指第一个得传染病并开始散播病毒的患者。在流行病调查中，也叫作"初始病例"。

因为"零号病人"这个错误标签，杜加被认定为把艾滋病带到美国、性生活混乱，并且恶意传播艾滋病的反社会分子。这个不幸患了艾滋病的可怜虫，还被指为艾滋病疫情的"源头"，受尽了千夫所指。直到 2016 年年末，研究者才通过历史和基因分析，洗脱了他身上的罪名。

原来杜加并非臭名昭著的"零号病人"，他只是成千上万被感染 HIV 的一员，更不是他把艾滋病带到美国来的。然而，这场闹剧已持续发酵了近 30 个年头。

盖尔坦·杜加，出生于 1953 年，是一名加拿大籍的航空乘务员。他相貌英俊，身材健硕挺拔。这样的条件可以说是迷倒了一大波年轻小伙子——没错，他是同性恋者。从 20 岁起，他就成了一名加拿大"空少"。在飞行之余，他每到一处就会去各个城市的同性恋聚集地寻欢，如同性恋酒吧和桑拿房等。有着英俊的外貌且极具亲和力，杜加在同性恋圈子里大受欢迎，他也很享受这种生活。

然而，他的好日子并没有过多久。1980 年夏天，杜加的身上长出了许多红疹和紫斑。随后他便被医院确诊为卡波西肉瘤①。

然而杜加和那个时代的所有人一样，并不知道这是艾滋病并发症的一种。他只知道，自己是众多同性恋中倒霉的一员，也没有想过这种疾病竟可以通过性生活传播。所以除了积极参与化疗外，乐观的他该怎么过还是怎么过。因为接受皮肤癌化疗，他的头发不断脱落。

后来，他就索性剃了个光头，并在头上系一条豹纹发带，是当时最为时髦的打扮。

但是生活从来就不会因为乐观和积极变得简单。1981 年 6 月，美国疾控与预防中心就在《发病率与死亡率周刊》上介绍了 5 例艾滋病病人的病史（那时候还没命名为艾滋病，杜加并不在这份名单上）。这也是世界上第一次有关艾滋病的正式记载。然而，官方唯恐造成社会恐慌，并没有向大众透露太多该方面信息。他们只是打算悄悄地调查，把这种疾病的传播源头搞清楚再说。

---

① 卡波西肉瘤（Kaposi's Sarcoma，简称 KS）当时是一种多见于男同性恋人群的皮肤癌，故被称作"同志癌"。

　　1982 年，美国疾控与预防中心将目光投向了男同性恋中高发的卡波西肉瘤。当时有卡波西肉瘤的同性恋患者可不止杜加一个，但就只有杜加最配合调查。不过，也就是他的异常配合，导致了后面的悲剧。

　　调查人员希望他提供五年内的性伴侣信息，协助他们弄清这种免疫缺陷症的传播方式。同其他患者的缄默和记忆模糊不同，杜加表现得十分积极。他不但专程从加拿大赶到美国亚特兰大，接受详尽的生化检查，此外，还自报了让人惊讶的性史，列出了 72 位性伴侣名单。根据这份名单，疾控中心的人也顺藤摸瓜地找到了这些人，并进行了一系列的调查。结果显示，很多杜加的情人，或情人的情人等，都出现了不同程度的病症。

　　杜加的坦诚，使研究人员认识艾滋病及其传播途径的进程大大加快。那年的 9 月，疾控中心就把这种疾病命名为获得性免疫缺陷综合征（AIDS）。为了方便研究艾滋病的传播途径，疾控中心的调查员将所有关联的病人，以城市和序号的方式进行标注。例如这批病人来自洛杉矶，则标注为 LA1、LA2、LA3……而另一批病人来自纽约，同样标注为 NY1、NY2、NY3……

　　然而，在这组美国艾滋病关联图中，杜加是唯一一个加拿大人。

　　所以便用字母 O 来代替，表示"Outside-of-California"。问题就出在这个字母"O"上。因为和数字"0"长得很像，很多研究人员都误以为这个字母"O"是数字"0"。在这个乌龙事件中，杜加成了所谓艾滋病的"0 号病人"。

　　这份错误的报告把杜加称为"0 号病人"，并发表于《美国医学》杂志上。这"0 号病人（Patient 0）"和代表疾病起源的"零号病人（Patient Zero）"，只是写法不同而已。当时报告一出，民众哪管什么是 Patient 0 和 Patient Zero，就直接炸开了锅。

　　虽然研究人员一再澄清，并没有证据表明杜加就是把艾滋病带到美国的罪魁祸首，但每一个报道都对杜加非常不利。虽未指名道姓，但报道时处处暗示着这位经常往返加美的加拿大人，就是美国艾滋病疫情的"源头"。那些人一下子就猜到了，杜加就是这个"0 号病人"。曾经的情人对他怒不可遏，曾经爱慕他的人也对他充满鄙夷，每个人都在有意地疏远他。

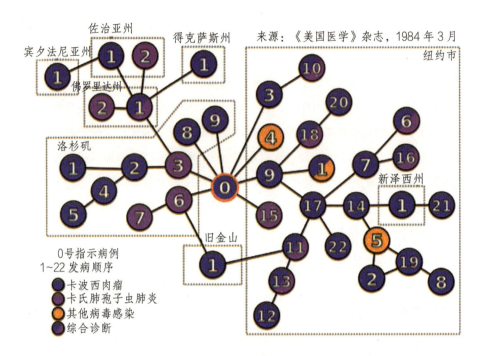

美国艾滋病关联图

在艾滋病患者的世界里，比病毒本身更可怕的是对艾滋病群体的冷漠、误解、恐惧和歧视。1984年，刚满31岁的杜加，在病魔与舆论的双重折磨下离开了人世。

然而，他的离去并没有带来片刻安宁，这场闹剧仍在不断发酵升温。当时野心勃勃的记者兰迪·席尔茨（Randy Shilts），正在写一本关于美国艾滋病的书，想要解释艾滋病是如何席卷美国大地的。同时，他也敏锐地感觉到，可以在这位"0号病人"上做点文章。在《曲未终》（*And the Band Played On*）一书中，兰迪虽然没证据说明杜加就是美国艾滋病病毒的传播源，但却一直用"零号病人"称呼杜加。最重要的是，他还把杜加描述成一个具有反社会人格的艾滋病"恶棍"。称他在得知自己患病后，仍故意通过性行为散播艾滋病病毒，还推测说杜加共有2600个性伴侣。

那时美国正处于同性恋轰轰烈烈争取平等权的时期，媒体对同性恋话题本来就敏感。艾滋病的出现，更是被称为"同性恋"瘟疫，大肆宣扬。这下可好，这书一出，在社会上可谓引起轩然大波。各路媒体纷纷引用兰迪书中对杜加的描述，惊人的性史和恶意传播艾滋病的行为，成了抨击这位已故人士的有力武器。谣言不断发酵，"艾滋病哥伦布""没良心""反社会人格""美国艾滋病传染源""疯狂滥交"等标签，牢牢地贴在他的身上，想撕都撕不掉。

在之后的30年里，几乎没有人质疑故事的真实性，更没有人想要提起杜加对艾滋病研究的巨大贡献和牺牲。毕竟，总要有人出来接受整个社会的愤怒。杜加自然也成了美国艾滋病传播史中的替罪羔羊。各种歧视、谩骂、误解、愤恨全部发泄到杜加的身上，就连杜加的家人也难逃此劫。

但杜加真的如此不堪吗？

2016年3月，美国亚利桑那州立大学的进化生物学家，利用最新的技术手段"RNA jackhammering"，重新分析了20世纪70年代来自纽约和旧金山的8份男同性恋艾滋病血样，并与杜加的血样进行了对比。分析表明，杜加的病毒更像是后来变异的HIV，在杜加患病之前，HIV病毒早已存在于美国大地。

这篇发表在《自然》杂志上的论文，正式把杜加身上"零号病人"的标签摘除，社会对他的误解也终于消除。此时，杜加已经去世32年。参与研究的剑桥大学的理查德·麦凯说，杜加当时只是个青少年，不太可能拥有如此活跃的性生活，更不可能与2600人发生性关系。

除此之外，他更不是媒体口中所说的反社会人格，在最后的一段日子里，他都非常积极地参与艾滋病组织的志愿工作。就算有情人邀请他发生关系，他都竭力避免，有意地在弥补年轻时犯下的错误。当年，多亏了他的积极配合和提供的72名性伴侣的名单，疾控中心关于艾滋病和艾滋病传播途径的研究才得以进展顺利。

在这个世界上，没有人会想得艾滋病。就算是真正的"零号病人"，也只是不幸被病毒侵蚀的人而已。把某个人，或某个群体钉在历史的耻辱柱上，对消灭艾滋病也并没有任何积极的作用。

当百年前的宗教遭遇科学斗士

现代科学的昌盛离不开先人前赴后继的努力，相信没有哪个人会对这句话有异议。可是说起科学的起源，就没有这样一个共识了。

有人说现代科学起源于古希腊那个大名鼎鼎的亚里士多德。有人说那个"统治"了物理教科书的牛顿才是现代科学的真正起源。

我们无法否认亚里士多德的贡献，称他是世界科学的奠基人也毫不为过。可是他笃信单纯依靠思辨就能得出真理，这同今天理论与实验相结合的现代科学大相径庭。

而牛顿作为理科生无法回避的一代"大魔王"，显然也是整个科学史上最浓墨重彩的人物之一。但是牛顿的时代又太晚了，现代科学的普罗米修斯之火早已照亮了欧洲的大地。

在牛顿出生之前，科学还是宗教圈养的"家畜"。

听起来有些吊诡，现代科学的起源还真离不开那个打压哥白尼，火烧布鲁诺的天主教。这段科学挣脱宗教枷锁的历史当中，有一个关键人物功不可没。纵观他毕生的贡献，虽然融会贯通了数学、物理学、天文学三门学科，成果多却算不上开天辟地。可即便如此，他还是被誉为"现代科学之父""近代力学之父"。

他有一个很特别的名字，姓与名只相差一个字母——伽利略·伽利雷

（Galileo Galilei）。听到伽利略这个名字，大多数人脑海里第一个冒出来的会是那个知名的自由落体实验。这是很多课本当中都出现过的一个科学故事。

古希腊哲学家亚里士多德认为，物体的自由下落速度与其重量成正比，越重越快。

千百年来这都是一条不可置疑的真理，只有伽利略不这么认为。他找来了一轻一重的两个球，从比萨斜塔上当众抛下。结果出乎众人的意料，两个球几乎同时落地。在众人的惊呼声当中，一个伟大的定律就此诞生，自由落体运动定律推翻了千年前的真理。

可实际上，自由落体运动定律的诞生并没有那么戏剧化，正如现代科学的起源一样。

伽利略的人生从一个没落的贵族家庭开始。

他的父亲芬琴齐奥是一位出色的音乐家，以理论与实践相结合的音乐思想闻名。作为长子的伽利略不可避免地受到了这种思想的熏陶。10 岁时伽利略才开始上学，早年多是在一些修道会与修士一起学习。7 年后，伽利略跟随父亲进入比萨大学。

在比萨大学，伽利略很早就闻名全校了，倒不是因为他成绩出众，而是他尤其喜爱反驳教授。

他在那个时期就已经着手研究亚里士多德的自然哲学，并产生了怀疑。尤其是物体的下降速度与其重量成正比这一条。

因为如果亚里士多德的理论是正确的，那从天而降的冰雹会发生多诡异的事情。所有较大的冰雹将会第一时间落下，而较小的那些永远会在最后才到达地面，这显然是不符合事实的。

也正是在这个时期，伽利略迎来了自己的第一个重大发现。

据说当时还不满 20 岁的伽利略在比萨的教堂里观察吊灯的摆动，发现无论摆动幅度如何变化，摆动的周期总是相同的。为了验证这个发现，伽利略又做了很多实验，最终确定，一个简单摆的摆动周期是固定的，与摆动幅度无关。

后来他还以此原理制作了可以供医生测量脉搏的装置。调整绳子的长度，使得装置的摆动周期与病人的脉搏一致，读出绳子上的刻度就能快速得出脉搏的准确数值。

他对自然科学的兴趣随着一场几何学的演讲而蔓延开来。

伽利略常常向当时的数学教授请教一些几何学的问题，其中一位宫廷数学家发现了伽利略的天赋，希望他未来能从事数学研究。可是伽利略的父亲很早就希望他将来能够成为一名医生，毕竟当时医生的收入起码是数学家的30倍。

伽利略哪里会管这些，他连教授都敢反驳，违背父亲的意愿又算什么。他没有完成父亲为他选择的医学课程，也没有取得学位就离开了比萨大学。随后伽利略便跟随这位宫廷数学家，正式开始了他的科学生涯。

让他成名的研究自然就是反驳亚里士多德的理论。

不过与我们的常识不同，伽利略实际上很可能并没有在比萨斜塔上做过自由落体的实验。因为要推翻亚里士多德的观点，用亚里士多德最爱的思辨方式就足够了。

以亚里士多德的观点，一块大石头的下落速度要比一块小石头的速度大。如果将两块石头绑在一起，下落快的会被下落慢的拖着而减慢，最终的速度介于两者之间。假设这个结论成立，两块石头作为一个整体其重量比原本的大石头还要大，可下落速度却不增反降。很显然，亚里士多德对自由落体的观点是自相矛盾的。

伽利略就是通过这样的逻辑推理直接推翻了亚里士多德的1900年前的"真理"。为了验证，他当然也做过相关的实验，只不过不是在比萨斜塔上，而是在严格控制坡度的斜坡上。而比萨斜塔实验的出处据说是来自伽利略的支持者，其目的是让理论更容易理解。

对物体运动的研究也让伽利略注意到了阻力的存在。

羽毛之所以下落得慢是因为空气的阻力，在地面运动的物体之所以会停下来也是因为阻力。这又与当年亚里士多德的观点相异。

所以有这么一个幽默的说法，现代科学的诞生就是从反驳亚里士多德开始的。不过这些现代人看起来正确无比的结论并没有让伽利略功成名就，反而让他成了众人排挤的对象。

当时比萨大学的教材均出自亚里士多德学派之手，伽利略虽然没有将自己的研究公之于众，但也常常发表一些尖锐的反对意见。这些言论引起了校内学派很大的不满，因此常常歧视和排挤伽利略。同时也因为父亲的离世，伽利略选择了离开比萨前往威尼托的帕多瓦任职。

在帕多瓦的这段时间里，伽利略研究发明了许多新玩意，包括一种能解决炮击问题的机械计算器，还有远称不上实用的试验性温度计。

除此之外他还结识了好友开普勒，在与开普勒的书信来往中，伽利略曾表示自己已经相信了哥白尼的理论。

但是谁都知道这种事情轻易不能张扬，哥白尼的遭遇就是前车之鉴。

1600 年，又发生了一件大事，一位公开反对地心说的勇士布鲁诺被视作异端，烧死在罗马鲜花广场。

这件事给了伽利略当头一棒，他明白，想要彻底推翻亚里士多德学派还需要等待。在布鲁诺被烧死的第九年，传说一名荷兰眼镜师发明了一种叫望远镜的仪器。从小就热爱钻研仪器的伽利略立马也开始制作自己的望远镜。

不出一年，伽利略就制作出倍率达到 33 倍的望远镜，用来观察日月星辰，甚是美妙。伽利略的望远镜也给世人带来了许多新发现：月球高低起伏的表面，木星的四颗卫星，无数发光星体组成的银河。

教会十分欣赏伽利略的天文学成果，对他也相当认可。不久，他就收到托斯卡纳公国的邀请，担任宫廷首席数学家，同时出任比萨大学首席数学教授。

实际上他的这些天文学发现都是证明哥白尼学说的最好证据，教会的认可让伽利略认为时机到来了。之后伽利略前往罗马，意图赢得宗教、政治与学术上的认可。教皇保罗五世亲自热情地接待了伽利略，还给了他一个院士头衔。

只不过神父们虽然承认伽利略的观测与发现，但是对于他倾向哥白尼学说的一些解释并未认同。

几年后，一群教士联合众多伽利略的反对者攻击他为哥白尼辩护，并控告他违反了基督教义。伽利略当然明白事态的严重性，他立马赶往罗马挽回自己的声誉。最终，教廷免除了对伽利略的惩处，但是下达了一项禁令，禁止伽利略以口头或文字的形式为日心说辩护。

不过，柳暗花明又一村，伽利略的好朋友乌尔邦八世即将出任新教皇。

他以为等到好友新官上任，自己就有机会实现梦想了。

1624 年，伽利略第四次前往罗马，恭贺好友乌尔邦八世上任，同时也打算说服新教皇解除禁令。结果没想到好友表示十分理解和同情，但一口拒绝了他，继续坚持禁令不动摇。

可作为好友，教皇还是心软了，允许伽利略写一本同时介绍日心说和地心说的书，态度必须中立。于是伽利略花了 6 年时间完成了自己的大作《关于托勒密和哥白尼两大世界体系的对话》（以下简称《对话》）。

这本书很有意思，两位分别代表托勒密和哥白尼的学者在一个聪明却不懂天文的人面前辩论。两人以非常浅显易懂的语言解释各自支持的学说，文风诙谐幽默，甚至还风趣地影射了教皇。一经出版，迅速火爆全意大利，甚至被认为是意大利文学史上的名著。

不过书中以支持哥白尼的学者大获全胜结局，加上对教皇侮辱性的影射，被有心之人抓住了把柄。不少人在教皇面前煽风点火，包括教皇背后的政治集团也不断施压。

教皇也许心里支持好友伽利略，但现实逼迫着他审判这个异端。年近七旬的伽利略被传唤至罗马，等着他的是严刑威胁下的审判。最终伽利略被迫跪在地上，在一份由教廷写好的"悔过书"上签了字。随后主审官宣布，判处伽利略终身监禁，《对话》一书尽数销毁，永远不得出版。

也许是因为伽利略良好的认罪态度，也许是因为教皇内心的挣扎，伽利略的判决不久后又改为在家软禁，由他的学生和故友负责看管。在故友的鼓励下，伽利略又振作了起来，重新研究起了物理学问题。同样以对话的形式将自己毕生的科学思想与科研成果撰写成书，偷偷在荷兰出版。

在人生的最后几年里，伽利略经历了最痛苦的时光。

他因为早年观察太阳而双目失明，大女儿在照顾他的时候不幸离世。尽管如此，伽利略在生命的最后一刻也没有停下科学研究，享年 78 岁。

1979 年，在伽利略被审判的 300 多年后，梵蒂冈教皇代表罗马教廷公开在集会上宣布：1633 年教廷对伽利略的宣判是不公正的。

这位科学史上的先锋终于被平反。

可那已经不重要了，伽利略的科学精神早已深入人心。

牛顿系统地总结了伽利略及惠更斯的工作，得出了万有引力定律和牛顿三定律。爱因斯坦也这样评价：伽利略的发现，以及他所用的科学推理方法，是人类思想史上最伟大的成就之一，而且标志着物理学的真正的开端！

科学的发展总是要经历阵痛，最早接近真相的人很多时候并不是这些流芳百世的名人。只不过他们除了应有的学识外，还拥有追求科学所需的特殊勇气。

改变文明进程的科学时刻

CHAPTER 3

第**3**章

曾经德国人就依靠自己发明的一套牢不可破的加密技术，搞得对手们焦头烂额。这套加密技术被德国人称作"恩尼格玛"（Enigma），译作"像谜一样"。围绕着恩尼格玛密码机，最残酷、最高级的人类智力较量拉开帷幕，波兰、法国、英国等国家的顶尖智慧群体，也包括那位传奇天才图灵，都陆续被卷入了这场旷日持久的密码战。加密——破译——不断疯狂升级。然而，图灵实际上也只是这场密码战中贡献突出的一员罢了，真正的历史远比电影来得精彩。

攻克人类历史上最可怕的传染病

古埃及法老拉美西斯五世突然患上了一种奇怪的疾病，他突然发起了高烧，头痛欲裂，任何降温方法都不管用。大约 3 天后，他的身上便出现了密密麻麻的红色疹子，这些疹子逐渐变大，并开始化脓。随着化脓的疱疹逐渐干缩，他的皮肤表面结出了厚厚的痂。一个月之后，这些痂皮才开始慢慢脱落，可法老的脸上、脖子上、肩膀上，却永远留下了丑陋的瘢痕。千年之后，当考古学家挖开拉美西斯五世的陵墓，已被制作成了木乃伊的拉美西斯五世身上的瘢痕还赫然在目。

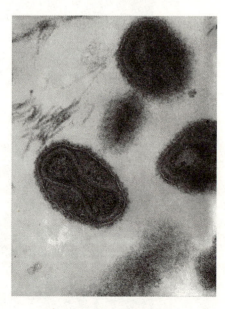

电子显微镜下的天花病毒

考古学家和古代病理学家认为，这可能就是人类历史上所找到的最早的一个天花病例。推算起来，早在公元前 1161 年，天花就开始袭击埃及。古罗马帝国在 2~3 世纪之时因为无法遏制天花的肆虐，国威日蹙。公元 16 世纪至 18 世纪，亚洲每年约有 80 万人因感染天花病毒而死去。仅仅是在公元 18 世纪的那 100 年间，欧洲死于天花的人数就多达 1.5 亿。

天花是一种致死率超过 30% 的烈性传染病，是一种被史学家称为"人类史上最大屠杀"的疾病。不过，正因如此，天花也是第一种被人类消灭的传染病。

早在距今 1000 多年前的唐朝，"药王"孙思邈就提出了以毒攻毒的方法。他从天花患者的疮中取出脓汁，将脓汁敷在健康者的皮肤表面以此预防天花。到了明代，这种人痘接种法才渐渐流行开来，各种有关种痘的书籍如雨后春笋一般冒出来。在中医著作中被提及最多的，除了伤寒之外，就属种痘了。

而到了清朝，在康熙皇帝的建议下，人痘法得到了大范围的推广。1742 年，清政府还命人编写了大型医学丛书《医宗金鉴·幼科种痘心法要旨》。此书介绍了 4 种种痘方法，其中以水苗法最佳，旱苗法次之，痘浆法危险性最大。人痘接种术一定程度上阻止了天花在中国的传播。伏尔泰曾经评价道："我听说一百年来，中国人一直就有这种习惯（指种人痘）。这是被认为全世界最聪明、最讲礼貌的一个民族的伟大先例和榜样。"

看到了种痘的效果，各个国家也都开始效仿中国，包括俄罗斯、日本、朝鲜、阿拉伯、土耳其等。在公元 18 世纪之前，人痘接种术是人类对抗天花的主要手段。

可是，当人痘接种术传到西方，却出现了问题，难以保存的人痘疫苗在接种时容易失败。很多不明就里的医生将其归咎为"手气差"，于是渐渐变得迷信。

不仅如此，人痘接种术虽然降低了天花的威胁，可仍然是一种具有传染性的免疫方法。1762 年巴黎爆发的天花就是由于处理不当，使得接种人痘的健康人反而成了天花的传染源。人痘接种术让人们看到了根除天花的曙光，可天花带来的阴霾仍然没有完全散去。

他的出现，才真正为根除天花带来了希望。爱德华·琴纳是英国的一位乡村医生。在他 5 岁的时候，他的父母就双双去世了。作为家中最小的孩子，他一直在长兄的呵护下成长。童年时期的琴纳对什么都充满了好奇心，他搜集过化石，调查过家乡的地质情况，认识身边的每一种小鸟。

8 岁那年，琴纳进入了小学，接受传统的学校教育。18 世纪的欧洲，已经有了人痘接种术，可仍然有着极大的风险。接种人痘的患者仍然有死亡的可能，因此必须先进行隔离，否则可能会传染给家人。

琴纳想要找到更好的天花预防方法，而不是继续使用虽然有效但风险也不小的人痘接种术。于是，他便立下了攻克天花的志向。读完小学后，琴纳就放弃了传统的学校教育。比起学校中的课程，他更希望能尽早开始医疗实践，从事第一线的工作。当时他找到了一位当地的外科医生卢德洛，成了一名学徒。在卢德洛的诊所里，他学习了外科和制药的知识。

21岁那年，他去了伦敦，跟着著名的医学家约翰·亨特学习，在圣·乔治医院里，他系统学习了解剖学、病理学、药物学和产科学的知识。聪明独立、坚持不懈，琴纳有着外科医生应有的优秀品质。很快，他就成了老师的得力助手，帮助约翰进行实验研究。

此时的琴纳心中时刻牵挂着自己的故乡，两年的学习结束后，他离开了伦敦，回到了家乡。琴纳医术高明，医德高尚，名声很快就传开了。他成了村子里最出名的医生，有很多病人甚至会舍近求远慕名来找他看病。

然而，琴纳的心中却片刻都不得安宁，他始终惦记着自己儿时的梦想——攻克天花。在他的家乡，一直以来都有一个传说：得过牛痘的人不会感染天花。确实，在那些挤牛奶的姑娘和牧牛的小伙身上几乎看不到天花感染留下的痕迹——麻脸。可仅凭这个，怎么能断定牛痘和天花之间就有必然的联系呢？

一个人的力量终究有限，琴纳希望能动员广大同行一起进行调研。当时的琴纳，已经是格洛斯特医学会的会员，能够参加学会定期举行的研讨会。在一次医学会的例会上，他将自己的想法说了出来。可是，医生们都没了平日的友好，开始嘲笑、挖苦琴纳。

琴纳万万没想到，这样一个严肃的话题却成了人们的笑柄。琴纳意识到，医学会的同行们是指望不上了。想要了解牛痘与天花的关系，他只能靠自己。

琴纳不辞辛苦地走访于大大小小的牧场，调查牛痘。他详细地记录下了牛痘发病的症状，各阶段的情形。可几年过去了，他的家乡伯克利没有流行天花，也没有发生大范围的牛痘。琴纳的调查几乎没有进展，陷入了困境。

正当琴纳一筹莫展的时候，他邻居家的男主人却患上了天花。患者的妻子从没有感染过天花，没办法照顾病人。于是，患者的妻子请了一位挤奶女工帮忙。女工眉清目秀、皮肤光滑，俨然从没得过天花，把琴纳吓了一跳。女工却很自信地说，她是不会感染天花的。琴纳不放心，他日夜守在邻居的床边，生怕邻居和女工会患病。

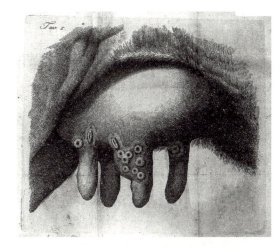

牛痘

一个月后，邻居痊愈了，而女工也确实没有患上天花。这个结果让琴纳松了一口气，也让他喜出望外。或许传言是真的，患过牛痘的人真的不会再感染天花。为了证明自己的猜测，琴纳给5位曾经得过牛痘的牧工接种了天花脓液。

琴纳很兴奋，他公开宣布了"接种牛痘能获得对天花的免疫力"的发现。然而，仅仅5例样本，根本不足以说服医学界接受这个观点。他的人体实验还让他差点被医学会除名。

还需要更多更具有说服力的证据，琴纳心想。于是，琴纳又重新投入了抗击天花的战斗之中。纵然伴随着他的只有同行的嘲笑，他也没有退缩。甚至有人提出类似"给人种牛痘会不会长出牛角来"的质疑。巨大的争议之中，琴纳只好自己在各大牧场做实验。他将天花患者的脓液接种到牧场工人的手上，结果没有人患上天花。他还给一些自愿接种牛痘的孩子接种了牛痘，这些孩子也没有在天花流行的时候患病。

经过10多年的研究，琴纳觉得已经是时候了。1796年5月17日，这一天，是琴纳47岁的生日。清晨，琴纳的候诊室里聚集了一群人。这些人并不是来给琴纳过生日的，他们是来看一场实验的。上午10点，琴纳让所有的人都进入了他的实验室。除了围观实验的人，实验室里还有一位挤牛奶的姑娘尼姆斯和一个8岁的小男孩詹姆斯。他小心翼翼地从正在患牛痘的尼姆斯的手上提取牛痘疱疹中的脓液，再轻轻划破詹姆斯的手臂，将脓液滴在詹姆斯划破的伤口上。

整个实验室里没有一个人说话，所有人都屏气凝神，生怕漏过一个动作。

三四天后，詹姆斯手上种痘的地方有了轻微红肿，后来起了痘，渐渐变成了脓疱，也开始发低烧。这个变化让所有人都紧张了起来，琴纳却仍然是胸有成竹的样子。果然，一个星期后，詹姆斯的体温恢复了正常，身上的脓包也逐渐干枯结痂，脱落后只留下了一个小疤痕，詹姆斯完全恢复了正常。

两个月后，还是在琴纳的实验室里，还是之前的那一群人，这一天，琴纳要给詹姆斯接种天花脓液。如果詹姆斯因此染病，甚至死亡，那么琴纳就成了罪人。琴纳也有些紧张，试了好几次都没有成功划破詹姆斯的皮肤。实验很快完成，詹姆斯便跟着父母回到了家中。

20多天的观察期，琴纳一直没有离开詹姆斯。他每一天都备受煎熬，提心吊胆。然而，观察期过去后，詹姆斯仍然活蹦乱跳，没有丝毫感染上天花的迹象。

这是个令人振奋的结果。牛痘能预防天花的消息也很快传遍了附近的几个村子。很多人慕名而来，找到琴纳，希望能接受牛痘接种术。琴纳欣然接受了人们的要求，接种的结果也十分成功。

1798年，琴纳将自己两年以来的实验情况与结果写成了论文《天花疫苗的因果之调查》。他本以为，这次有了那么多的实验，人们一定会接受牛痘接种法。可是，他得到的仍然是一片讥讽。英国皇家学会拒绝接收这位来自穷乡僻壤的乡村医生的论文。还有人责难他，说他在"哗众取宠、沽名钓誉"。

面对这样的质疑，琴纳还是没有灰心。他只是有些焦虑，当时的欧洲天花疫情十分严重，尽快推广牛痘接种法才能救更多的人。他陆续又发表了5篇文章，还将自己的实验病例汇集成了一本小册子《种牛痘的原因与效果的探讨》。在这本小册子中，他详细介绍了牛痘接种法的具体做法。琴纳还在家乡为人们免费进行牛痘的接种，他的家门前总是排起长长的队伍。接种过牛痘的人也确实没有再感染天花。渐渐地，牛痘接种法的名声传了开来。

到 1801 年，英国有 10 万人进行了牛痘接种。而到了 1871 年，英国还出台了强制接种牛痘的法令。琴纳那曾经遭受嘲笑的文章被翻译成了德语、法语、西班牙语等多种语言，牛痘接种法也随之传到了世界各地。拿破仑更是将琴纳称为"伟人"，对他尊敬有加，还为他建造了雕像。牛痘接种术渐渐代替了原来的人痘接种术，它更安全，对人体的影响也更小。

在牛痘接种法的推广之下，天花渐渐淡出了人们的视野。1979 年 10 月 26 日，联合国世界卫生组织宣布全球消灭天花。这种曾经杀死过上亿人的传染病从地球上消失了。

现在，只有美国和俄罗斯的两个生物安全防护等级高的实验室里还存放着天花病毒。天花病毒，成了教科书上的例子，而不是临床实验的标本。这是人类历史上第一次在与传染病的战斗中获得胜利。想来，也还是要感谢那位乡村医生。正是因为他的执着，他的勇敢，才让人类加速赢得了这场战争的胜利。

◎ 刘欣.《天花的征服者》[J]. 中国医学人文 ,2016,2(12):43.

◎ 吴慧玲.《西伯利亚 300 年历史木乃伊中的天花病毒》[J]. 农业生物技术学报 ,2012,20(12):1368.

◎ 张箭.《天花的起源、传布、危害与防治》[J]. 科学技术与辩证法 ,2002(4):54-57+74.

◎ 李白薇.《天花终结者——爱德华·琴纳》[J]. 中国科技奖励 ,2012(5):140-141.

◎ 刘学礼.《叩开现代免疫学大门——琴纳牛痘接种术的发明》[J]. 生物学通报 ,2002(11):59-60.

02 密码战：人类智慧的巅峰对决

1940 年 5 月 25 日，英法联军被德国机械化部队的钢铁洪流打得崩溃。40 万大军被逼至法国北部狭小的敦刻尔克，一场史上最大规模的撤退行动即将上演。

虽然在正面战场，盟军被打得节节败退，可在另一片智力战场上，盟军却拿下了另一场大战的胜利：那场旷世密码战。信息与情报从来都是战争中不可忽视的一环，它让战争成为武力与智力的综合较量。

如今谈起密码，大多数人会想到在各式各样的登录界面里必填的那串字符。但在大半个世纪前，密码指的几乎就只是保证情报安全的加密手段，这是一种关乎战役胜败的重要技术。

曾经德国人就依靠自己发明的一套牢不可破的加密技术，搞得对手们焦头烂额。这套加密技术被德国人称作"恩尼格玛"（Enigma），译作"像谜一样"。围绕着恩尼格玛密码机，最残酷、最高级的人类智力较量拉开帷幕，波兰、法国、英国等国家的顶尖智慧群体，也包括那位传奇天才图灵，都陆续被卷入了这场旷日持久的密码战。加密——破译——不断疯狂升级。然而，图灵实际上也只是这场密码战中贡献突出的一员罢了，真正的历史远比电影来得精彩。

恩尼格玛机最初由德国发明家亚瑟·谢尔比乌斯（Arthur Scherbius）于 1918 年发明。按照他的设想，密码机主要出售给大型企业用于商业通信，不料市场反应非常冷淡。虽然在民用上没有市场，但恩尼格玛却引起了德国军方的兴趣。

那时正值第一次世界大战后，英国政府公布了一战的官方报告。报告中谈到一战期间英国因破译了德军的无线电密码而取得了决定性的优势。这份报告同样引起了德军的思考，恩尼格玛出现的正是时候，德军马上对其进行了安全性和可靠性试验。

检查结果让德军非常满意。恩尼格玛并不难理解，

在博物馆展出的恩尼格玛密码机

其加密的原理本质上是一种替换加密（Substitution Cipher）。古时候，人们希望加密一段文字时，会将原文（即明文）的字母按照某种一对一配对关系替换成另一个字母。这种做法优点是非常方便，而且密码强度也很不错。理论上，如果破译者想用穷举法来进行暴力破解，那么他就要尝试 26 个字母一共 4.03×10^{26} 种可能的排列顺序。因此在很长一段时间内，这种简单的替换法也被认为是十分安全的。

然而，语言学和统计学教会人们破解这个难题。事实上在字母文字的语言使用中，每个字母的使用频率是不一样的。例如一张英语报纸中 "e" "t" 的出现次数就要大于 "j" "z" 这些字母。即使通过替换，各字母在文章中出现的概率还是不变的。所以通过统计一段足够长的密文中各字母出现的概率，破译者就能猜出它们代表的真正字母了，这也是全文采用同一种替换加密方式的缺点。

理解了普通版本的替换加密，再思考恩尼格玛就容易多了。这种方法的目的是实现每加密一个字母，就更换一种加密方式。如此，每个字母的加密方式

都不一样，在概率上就没有规律可循了。

那么恩尼格玛如何实现这种方案？从构造来看，一台恩尼格玛主要由转子、灯盘、键盘和插线板组成。键盘用来输入密码；对应的灯盘则会在输入后亮起，显示经过替换后的字母；而转子和插线板则是恩尼格玛提高加密性的关键部件。

举一个简单的例子，当我们在键盘输入字母"S"时，灯盘上会亮起加密后对应的字母，与此同时转子会向前转动 1/26 圈，机器的加密方式也因此发生改变。跟之前提到的字母一一对应的替换法类似，此时连续输入"SSS"，得出来的加密字母可能会是"YJG"。

最巧妙的是，第一个转子转动一圈后会带动第二个转子转动一格。同理第二个转子转动到某个位置就会使第三个转子往前转动。而每次转子的转动，都会让恩尼格玛的加密方式产生变化，在 26×26×26=17576 个字母后才完成一次循环。因此恩尼格玛基本达到了每个字母都用上不同的加密方式的要求。

严谨的德国人对加密效果还不满意，他们进一步将转子设计成可拆卸替换位置的形式，三个转子共有 6 种排列方式。此时加密方式已达到了 10 万种（17576×6=105456）可能性。而恩尼格玛的插线板设计才是真正让破译人员望而生畏的主要结构。德国人为恩尼格玛增加了额外的插线板，将恩尼格玛的密码设置增加到 159 百亿亿种（实际上为 158,962,555,217,826,360,000 种）。

操作员可以通过用电线将插线板中的两个字母连接起来，这两个字母在加密时就会被互换。例如 S 和 O 被连在一起，那么操作员在键盘上输入 S 时，字母 S 就会先替换成 O，再进入机器进行加密，然后得出加密结果。如此一来，即使机器落入敌军手中，只要重新制定转子与插线板的具体排列，破译人员就要面对近乎无穷的可能性。

在接下来的 10 年中，德国军队大约装备了 3 万台恩尼格玛，德国人对这种机器的信任完全到了有恃无恐的地步。事实上，自从 1926 年德军陆续开始装备恩尼格玛以来，周边各国对德情报的破译率就一直在下降。

英国人和法国人虽然对这种新出现的加密方式一筹莫展，但他们心里却不怎么着急。英法作为一战的战胜国对德国的形势始终看低，危机感不足也导致两国的密码学家越来越懒惰。与他们相比，波兰的内心却是非常惶恐不安的。在一战后，波兰与德国就领土划分出现了不少矛盾，同时在波兰东边的苏联也是虎视眈眈。夹在两股力量中的波兰必须要掌握他们的情报，才能在潜在的威胁中占据主动。

多次尝试破译德军情报接连失败后，波兰人意识到单靠语言学家是无法成功的。他们在境内靠近德国的波兹南大学中招募了一批数学系学生，其中的马里安·雷耶夫斯基（Marian Rejewski）成为后来破译的关键人物。

通过盟友法国的情报，马里安得知德国人在发报时，会先用当日的通用密码将代表转子初始位置的三个字母连续加密两次作为电报开头。然后他们会将转子调整到对应的位置，并开始加密后续的正文。收报方获取电报后，同样使用当日的通用密码解密电报前六位字母。比如"BKFHIA"解密得到"ABCABC"，那么就可确认转子初始位置是"ABC"。于是操作员调整转子位置，然后继续解密后续的正文内容。

但是这种格式有一个破绽，第一个字母与第四个字母虽然采用了不同的加密方式，但都对应了同一个明文字母。同理第二与第五、第三与第六个字母也是如此。马里安敏锐地抓住了这一点，并开展了研究。

通过数学上的严谨推理，他找到了密文与通用密码的联系，且巧妙地消除了插线板对加密结果的影响，加密方式顿时降到了10万种可能性。这意味着如果使用100台仿制的恩尼格玛进行暴力破解，每10

"炸弹"（bombe）

秒钟完成一次检查的话，就能在 3 个小时内完成暴力破解。

1938 年他们发明了名为"炸弹"（bombe）的机器，完全破解了当时那个版本的恩尼格玛。这台机器装有许多机电转鼓，转起来震耳欲聋，不断复制着恩尼格玛可能的密码设置。马里安的研究工作让波兰始终掌握着德国无线电通信的绝大部分内容。

然而欧洲日益紧张的局势没有让波兰当局高兴太久。1939 年 3 月，希特勒占领了波西米亚和摩拉维亚的余下地区，下一步入侵波兰的意图不言自明。情况危急之下，波兰人决定把有关恩尼格玛的研究成果转交给英法两国，并且成功说服了他们聘用数学家参与破译而非语言学家。

不久后，希特勒对波兰宣战，第二次世界大战爆发。德国采用闪击战，仅 27 天就占领波兰全境。首个破解恩尼格玛的国家被占领，德国更是在战后及时为恩尼格玛追加了很多措施来提高安全性。他们不仅更换了前 6 个字母的加密方式，还将转子数量增至 5 个。而新的插线板甚至支持交换 10 对字母，波兰人钻研出来的破译方法已经不再适用。

马里安利用了德军加密操作上的漏洞来破译情报，一旦德国人改进操作，破译方法就会彻底失效。而获得了波兰研究成果的英国人则希望掌握一种更加灵活的暴力破解方法。他们在布莱切利园（Bletchley Park）中召集了一群数学家与密码学家，其中就包括了著名的艾伦·图灵（Alan Mathison Turing）。

图灵与他的研究小组首先将目光投向了德国人每天早上发出的电报。原来，德国人偏爱在早晨 6 点左右发送一条天气预报，因此早上 6 点钟截获的电报中肯定包含德语"wetter"（天气）这个词。另外德国人在电报中也喜欢用一些固定的词组，就如最常见的"Heil Hitler"（希特勒万岁）。因此破译人员每天可以方便地从电报密文中猜测出个别对应的明文词组。

根据猜测出来的词组，图灵也摸索出了密码与转子的对应关系。这种方法同样避开了插线板的干扰，将转子可能的组合总数降到 100 万种。于是图灵着手改进了波兰人破解密码的机器，并且保留了它响亮的名号——"Bombe"。

"Bombe"包含许多 3 个一组的转盘，每一个转盘都相当于恩尼格玛中的一个转子。每组转盘就相当于一台恩尼格玛，它们被用来模拟加密的过程。操作员将之前猜测出来的词组作为线索输入"Bombe"后，机器就会自行进行暴力破解。当机器得到了可能的解后，它就会停下来给操作员记录结果，人们再根据结果筛选出符合德语拼写的唯一解。

图灵为机器引进了大量的电子零件与更有效的算法，使"Bombe"的运转速度超出了当时人们的常识。为了进一步提高效率，图灵还利用统计原理，帮助机器移除了大量不必要的搜寻任务。一般情况下，"Bombe"可以在不超过11分钟的时间里找到正确的解。

当这些机器全速运作时，布莱切利园中就会响起像很多织布机同时工作一样的声音。在二战期间，共有约200台"Bombe"加入工作。这些机器每天能够破译3000多条德军密电，使英国军方能够提前知晓希特勒的行动计划。可以说"Bombe"对尽早结束战争起到了不可取代的作用。

德国人设计制造的恩尼格玛，可称得上是当时世界最先进的通信加密系统。基于对其安全性的信赖，上至德军统帅部，下至海陆空三军都将恩尼格玛作为密码机广泛使用。但德军不时暴露出的漏洞成了密码战失利的最大原因。

在信息产业高度发达的今天，加密方式早已推陈出新变得更加严密。可信息安全问题仍层出不穷，并不是因为没有完美的密码，而是没有不犯错误的人。

以恩尼格玛为代表的密码战也不过是战争的另一种形式，究其本质依旧是人与人的对弈。只是除去了真实战场的血腥与残酷，密码战这场策略战争被人为地蒙上了神秘感。

◎ 欧阳江南.《密码战：没有硝烟的战场》[J]. 文史博览 ,2014(9):25-26.

◎ Meltzer T, 陈铎.《阿兰·图灵的遗产：我们与"思考"机器有多近？》[J]. 英语文摘 ,2012(9):36-40.

◎ 吴开胜，田颜昭.《是谁敲响"恩尼格玛"的丧钟》[N]. 中国国防报 ,2004-07-27.

收割欧洲一代男青年的大杀器

如果问世界历史上什么武器杀人最多、威慑力最强，10 个人的回答可能会有 10 种答案。有人认为是二战落幕时的两颗原子弹，一瞬之间千里焦土、生灵涂炭。有人认为是"陆战之王"坦克，论精有一代德意志之魂虎式坦克，论量有拖拉机厂生产的 T-34 苏维埃铁流。

但是真正的"军迷"肯定会笑这些答案太肤浅。

要论对步兵的杀伤力，当然是枪械的天下，不说恐怖分子最爱的 AK-47 步枪，光是二战中大量装备的自动步枪在杀敌数上也足以击败那些所谓的"大杀器"。而被盟军称作"希特勒的电锯"的 MG-42 通用机枪，也靠夸张的射速成了士兵的噩梦。

然而，这些知名枪械的地位全都比不上一款百余年前的枪械——马克沁重机枪。

马克沁机枪是世界上第一款能够靠弹药能量自动射击的枪械，如今几乎所有的自动步枪都得认它作鼻祖。18 世纪末的英军士兵 50 余人的小队靠着 4 挺马克沁重机枪硬生生打退了 5000 余人的祖鲁精锐。英军那一仗无情屠杀了近3000 人，剩余的 2000 余人落荒而逃。

第一次世界大战的索姆河战役，装备了大量马克沁重机枪的德军从容地迎接英军一次又一次的冲锋。仅仅一天，英军就伤亡近 6 万人，创下了当时世界战争史上单日伤亡的纪录。到战役结束，半年时间里，新式武器的加入让伤亡人数多达百万（英法联军伤亡 79.4 万人，德军损失 53.8 万人）。而整个第一次世界大战期间，据估计马克沁重机枪造成了上百万的欧洲男青年死亡，被戏称为第一代"寡妇制造机"。

马克沁重机枪的装备加速了英国人动用坦克这种尚不成熟的秘密武器，可以说改变了战争的面貌。而制造这一切的那个发明者，不是什么科班出身的高级工程师，而是个安分守己的农民的儿子。

19 世纪是个靠发明改变命运的年代，海勒姆·马克沁正是最成功的典型。他出生在美国农村的一个贫苦家庭里，家里 7 个孩子，有时候饭都吃不饱。14岁，马克沁就离开了学校，进入了一个马车作坊当学徒。在每天 16 小时的艰苦工作折磨下，马克沁还是学到了不少人生经验。

其间，他有机会和哥哥一起进行一段短期的旅行和狩猎，那是马克沁第一次深入地了解枪械。归来后，他还幻想着将狩猎来的兽皮卖掉，用这笔钱重返校园。现实是马克沁又回到了作坊里，再次光荣地成了一名被压榨的工人。不过，马克沁这次选择的是另一家马车作坊，他在工作的同时还投入了大量精力在学习制图和机械加工上。

在他的努力下，重新设计的马车零件效果良好，作坊的生意也蒸蒸日上。4 年后，马克沁靠自己的积蓄开起了一家小面粉厂，但没多久就因经营不善倒闭了。随后马克沁做过各种工作，但每种都不太长久。1863 年，马克沁回到故乡，遇上了一本影响他大半辈子的书——《尤尔艺术、矿藏和制造技术词典》。

之后，他来到波士顿，加入了一家从事机械生产的公司。那段时间，马克沁内心的发明激情被释放了出来，拿到了人生中的第一个专利——烫发棒。紧随其后，马克沁又发明了自动灭火器，甚至发明了一种灯泡，可谓是美国红极一时的青年发明家。靠着灯泡的专利，马克沁成立了一家照明灯公司。

然而，好景不长，资本主义商人爱迪生正觊觎着照明市场的大蛋糕。1880年，美国市政照明投标，马克沁的灯泡是夺标的大热门之一。爱迪生动用了一切商业手段排挤马克沁这个强劲的对手，甚至逼迫马克沁卖掉了成立不久的公司。马克沁自然明白爱迪生的难缠，于是决定离开美国另闯一片天地。实际上马克沁离开美国前往战乱的欧洲还有其他的原因。

一位朋友对他说："如果你想发大财就发明一种可以让欧洲人更容易自相残杀的武器。"也许就是这句话给了马克沁很大的启发，从而开始研究武器。

那个年代，时值枪械的大革命，击针式后膛枪和金属壳子弹的发明让枪械的发展有了长足的进步。与从前需要从枪口装填火药的老式步枪相比，这种新式枪械拥有较高的射速和可靠的结构。高射速所带来的火力压制也让许多军队尝到了甜头。

因此，自 19 世纪以来，人们都在不断追求各种提高射速的方法。其中最为著名的就是"大力出奇迹"的加特林机枪①。加特林机枪采用多枪管旋转击发，需要手动摇动手柄才能工作。在美国南北战争期间，加特林机枪凭借每分钟 200 发的射速引发了不小的轰动。

而马克沁要挑战的正是加特林机枪这样的高射速枪械。

当时的欧洲远不止马克沁一人想靠发明武器发财，武器发明的氛围空前的热烈。但马克沁还是沉住了气，仔细思考，他想起了许多年前跟随哥哥打猎的经历。

作为一个十几岁的孩子，他曾被后坐力不小的猎枪撞肿了肩膀。这后坐力给了马克沁最重要的灵感。马克沁设想，枪管中的火药将子弹送出后仍有一部分能量被浪费了，如果能将其利用起来，应该能设计出一种全自动的枪械。

于是他和合伙人组建了公司，全力研制自动武器。仅仅两年，马克沁就造出了一架原型机枪，机枪利用火药的剩余能量实现了击发、抛壳、装填一系列动作。

他本想自己暗中进行射击试验，怎料走漏了风声，英国的剑桥公爵乔治亲

---

① 加特林机枪是由美国人理查·乔登·加特林（Richard gordan gatling, 译格林）在 1860 年设计而成的，是在世界范围内大规模地实用化的第一支机枪。1874 年前后，加特林机枪输入中国，当时称其为"格林炮"或"格林快炮"。

王闻风赶来参观。试射时马克沁只用一个简易的垂直漏斗装填了 6 发枪弹，半秒钟就全部击发完毕。

可是问题来了，新机枪空有高射速没有可靠的供弹系统，还不能算完整。为此，马克沁又设计了一种可容纳 333 发子弹的帆布弹链。

同时，由于射速过高，枪膛聚集的热量无法快速散去，很容易导致枪膛出现故障。马克沁又在枪管上添加了一个水冷式的散热器，保证机枪的持续射击能力。这下，这款射速高达 600 发每分钟的机枪总算完成了。

1884 年，马克沁在英国举行发布会时，将一棵一人粗的大树拦腰打断。当时参加发布会的清政府代表李鸿章观后也忍不住连连惊呼："太快了！太快了！"但在得知马克沁机枪的售价和耗弹量之后，又再次惊呼："太贵了！太贵了！"

虽然无法大量采购装备军队，但李鸿章对马克沁的发明仍然十分感兴趣，于是购买了两架机枪回国研究。

虽然马克沁的机枪造成了非常大的轰动，但刚开始却没有被大量采购。直到英军部队凭 50 人 4 挺马克沁机枪打退了 5000 多祖鲁人，马克沁机枪的威力才被认可。随后，苏丹的恩图曼之战，2 万名士兵被英国侵略军屠杀，其中约有 1.5 万人倒在了机枪阵地前。

在欧洲之外的亚洲战场，马克沁机枪也是中国人民的老朋友。1905 年，沙俄与日本争夺中国东北和朝鲜半岛，爆发了日俄战争。在旅顺会战中，俄军使用改良后的马克沁机枪对日本的进攻部队造成了毁灭性的打击，将日本人的"万岁冲锋"变成了"万岁牺牲"。

最后日本还是靠从国内调来的重型炮火才攻下了旅顺要塞，伤亡 59304 人，堪称惨烈。

著名的索姆河战役中，德军采用改进版马克沁机枪 MG-08 死守防线，直到战役结束时，英法联军总共才推进了 7 英里①。这场战役中德军还应用了先

① 1 英里 ≈ 1.6 公里。

进的超越射击战术，第一天就收割了英军近 6 万人。

所谓超越射击战术就是通过带仰角射击，将子弹抛射至有效射程外的区域，依靠密集的弹雨杀伤躲在掩体和战壕的敌人。

这种战术可以让马克沁机枪的杀伤范围提升至 4000 米。英军首日伤亡的士兵大多是倒在了德军机枪阵地 2 公里开外的地方。这场持续了 141 天的战役里，100 多万人丧生，马克沁机枪"功不可没"。

耐人寻味的是，就在这场惨绝人寰的战役结束时，已经加入了英国籍并被封为爵士的马克沁悄然离世。

但马克沁机枪却一直改变着世界。有传言说，一战中阵亡的士兵中，有三分之一都是死于马克沁机枪之下。

一战结束后，战胜国协约国对同盟国的合约当中，就限制了德国不得生产重机枪，尤其是马克沁式的水冷机枪。这其实是对马克沁机枪的最大认可。也许有人会批判马克沁，为了财富竟设计了这样一款威力无比的"大杀器"。马克沁机枪几乎收割了一代欧洲男青年，导致数百万单身女性、人妻因此孤独终老。

其实马克沁在发明了重机枪之后也没再继续设计武器，而是专心搞发明为人类做贡献，只不过没有多少人知道他具体在研究些什么。

马克沁靠售卖机枪发达之后，开始研究大飞机。其中一款飞机长 12 米，翼展 34 米，重达 3.5 吨，虽然装载了大马力的蒸汽引擎，但是想要将这个庞然大物送上天简直就是异想天开。大飞机计划流产之后，马克沁竟然开始研究起了大型游乐设施，在英格兰建起了世界上第一座游乐场。也许这是他对自动武器所带来的暴戾和残酷的一种弥补吧。

如果说有这样一个平行宇宙，那里的马克沁没有遭到爱迪生的挤兑，而是留在了美国经营照明事业，那么欧洲燃烧的战火中少了马克沁机枪的身影，在这个宇宙里，人类文明会因此而少一分残酷吗？

◎ Martin G. A History of the Twentieth Century Volume One: 1900 -
1933[M]. New York: Harper Collins, 1997.

◎ 刘亚军 .《马克沁：自动武器之父》[J]. 智慧中国 ,2017(10):28-29.

◎ 周谦 .《马克沁和他的机枪》[J]. 现代兵器 ,1993(10):44.

海森堡之谜

1945 年 8 月，美国在日本广岛和长崎投下的两枚原子弹，让日本的军国主义迅速冷却，宣布投降。以原子弹这种同样残酷的形式结束二战，也许是回应纳粹的最佳选择。

战事告一段落，战胜的同盟国开始对战败的轴心国兴师问罪。除了狂热的希特勒外，那些曾为德国服务的科学家也难逃其责。在科学界，首当其冲的便是著名的量子物理学家——海森堡。作为德国"铀俱乐部"总负责人的海森堡，即使没能赶在美国之前造出原子弹，仍然被推向舆论的风口浪尖。

既然海森堡都参与了"铀俱乐部"，那为什么德国没能造出原子弹？这也是大众最关心的问题之一。抽丝剥茧，最主要的原因其实是海森堡算错了一个数据。他的错误数据拯救了世界，德国原子弹计划因此满盘皆输，但他依然避不开道德的拷问。

如果他是因为预见了原子弹的残酷，出于科学家的良知而故意"算错了"，他将成为万人拥戴的科学英雄；若他只是因为能力不足而"算错了"，人们将会坐实他狂热纳粹分子的身份。

正因为如此，关于海森堡在二战中角色的问题，到现在也依然争论不休，这也被称为 20 世纪科学史上最大的谜题——"海森堡之谜"。

沃纳·海森堡，生于 1901 年，是拥有纯正日耳曼血统的德国物理学家。

他年仅 24 岁便发表了关于量
子力学的第一篇论文著作，
创立了矩阵力学。随后，他
便提出了著名的"不确定性
原理"，奠定了整个量子力
学发展的基础，是量子力学
的主要创始人。1932 年，31
岁的海森堡便凭着"不确定
性原理"，获得诺贝尔物理
学奖。一言蔽之，海森堡就
像被上帝眷顾的天才，是 20
世纪最杰出的物理学家之一。

沃纳·卡尔·海森堡（1901—1976）

　　1938 年 12 月，德国科学
家哈恩[①]和斯特拉斯曼发现了重核裂变反应。重核裂变也为世界带来了一个爆
炸性的概念——核武器。热衷于战争的希特勒，便如同发现世界上最棒的珍宝，
迅速在德国开展了核武器的研究计划。被希特勒任命为德国原子弹计划总负责
人的，理应是那位被上帝眷顾的天才——海森堡。

　　那时，全世界也就只有德国，在进行这种利用原子能的军事应用项目。虽
然在纳粹上台的第一年，就有 2600 名德国科学家背井离乡，其中包含了多位
诺奖得主，希特勒的种族政策逼走了近一半的科学精英，如爱因斯坦、薛定谔、
费米、玻恩、泡利、玻尔、德拜等世界顶级科学家都选择离去。

　　不过，即使流失这么多科学家，德国依然人才济济。从 1901 年到 1932 年
间，德国获诺贝尔奖的科学家就有 27 人（英国 16 人、美国 6 人），可以说是
遥遥领先。其次，德国化工与重工业实力在世界上是首屈一指的。德国还在捷
克斯洛伐克占领着世界上最大的铀矿，在挪威拥有最先进的重水生产系统。如

---

　　① 奥托·哈恩，德国放射化学家和物理学家，曾获 1944 年诺贝尔化学奖。

此厚重的实力下，核计划的成功几乎是可以预见的。

一个代号为"铀俱乐部"的核计划小组高调展开研究，"俱乐部"包含了重核裂变反应的发现者——哈恩与斯特拉斯曼。还有波特、盖革、哈特克、舒曼、沃兹、迪布纳、施泰特等首屈一指的杰出物理学家。当然，也少不了海森堡这个原子弹计划的总负责人。

万事俱备，只欠东风。希特勒的原子弹计划眼看着就要腾飞而起，一统天下指日可待。然而两年飞逝，德国不但没造出原子弹，甚至还进入了完全放弃的状态。而让原子弹计划搁置的主要原因，竟来自海森堡这个总负责人的一份报告。

报告的大意是，据初步计算显示，要想通过核裂变链式反应来生产核武器，至少得需要几吨的铀-235，所以在战争期间造出原子弹的可能性极低。但是他又同时表示，德国目前在核技术方面还是领先世界的。当时，海森堡申请的研究预算也不过寥寥 35 万马克，和美国"曼哈顿计划"花费的 22 亿美元相比真是九牛一毛。

得知这个结果的希特勒，可以说是大失所望。因为在战况吃紧的二战时期，整个德国的研究都热衷于较为"速效"的武器。如果不能在短时间内看到成效，整个计划都会被搁置暂停。那时候希特勒特地下令，对原子弹不必花太多心思，可以转向建造能提供核能的大型原子反应堆。

有着海森堡的报告做担保，德国的原子弹计划自然而然地被搁置了整整两年。当另一位纳粹狂热分子希姆莱，再次大力推进这个原子弹计划时，已经到了无力回天的地步。那时候德国大势已去，许多重要的工业已遭到毁灭性的轰炸，想要制造原子弹也有心无力。

1945 年 8 月 6 日，原子弹在日本广岛爆炸的消息让全世界人都为之震惊。当时情绪最为激动的莫过于发现重核裂变反应的哈恩。他不断质问当初负责原子弹理论部分的海森堡，就因为他犯了一个如此低级的错误，帝国的原子弹率先炸在了自家盟友的土地上。

哈恩崩溃地指责海森堡是个"二流的家伙"，一流的家伙不会出现这种错误。

海森堡因为没有把中子扩散率计算在内，把造原子弹所需的铀-235的质量夸大了好几个数量级。原本只需要十几千克的铀-235，他竟算成了需要好几吨。

好几吨铀-235是什么概念？天然铀矿中，铀-235的含量极低，只有0.7%。就算是只分离提炼一点点铀-235，美国"曼哈顿工程"就修建了大量电磁分离工厂。工厂里的电磁分离装置，还是从美国财政部借了4.7万吨银币和3.9万吨银锭加工制造而成的。当时美国"曼哈顿计划"可是动员了50万人，耗资22亿美元，并占用了全国近1/3的电力，才得以完成。

但对最鼎盛时的德国而言，没有海森堡的计算错误，造原子弹的费用完全可以承担。海森堡的失误对于整个二战格局的影响，可想而知。造成这种局面的海森堡，在二战后也发表了声明，内容大致是：他能预见原子弹给人类带来毁灭式的灾难，并不愿意打开这个"潘多拉魔盒"。

只是因为他身为德国人，有义务、有责任为国家而工作。所以在矛盾的心理下，他开始消极怠工，并有意无意地夸大研发原子弹的难度。这份声明看上去毫无瑕疵，一方面解释了海森堡为何犯下如此低级的错误，另一方面又回应了来自全世界的道德谴责。

但是海森堡的这份声明，却让"曼哈顿计划"的重要领导人古德斯密特[①]嗤之以鼻。因为在他看来，海森堡这两全其美的解释不过是彻头彻尾的马后炮，就好像公然嘲讽这项耗费巨大的美国原子弹计划一样。毕竟古德斯密特全程紧跟着美国"曼哈顿计划"，最清楚造原子弹的难度之大。他觉得完全就是德国科学家水平不足，造不出原子弹，故意算错数据和消极怠工只是杜撰的说辞罢了。

在战后，不只是古德斯密特对海森堡有意见，整个科学界对海森堡的态度都不太友好。海森堡曾访问过某个原子弹基地，但是那里的科学家都拒绝和他握手，只因他是"曾为希特勒造原子弹的人"。海森堡何止难堪，这些"实际造出了原子弹的人"，竟还拒绝与自己握手。在他看来，原子弹的本质就是邪

---

① 古德斯密特（1902-1978），荷兰-美国物理学家。

恶的，无论是盟军的还是希特勒的。

面对这些质疑，海森堡从不避让。海森堡曾和古德斯密特在《Nature》杂志和各种报刊上公开打笔仗。但争论持续多年，仍然没有结果。

其实关于"海森堡"之谜，可以从海森堡与恩师玻尔1941年在哥本哈根的会面得到一些信息。在德国原子弹投入研究后，海森堡曾借着开会的理由，前往哥本哈根，去见他亦师亦友的恩师玻尔。

根据海森堡自己的回忆，他这次去见玻尔的主要目的是分享与交流原子弹计划的最新进度。他认为要想通过核裂变制造核武器，其实困难重重。但也因为困难，科学家们就能利用这个为借口，来抵抗上层施加的压力。

言下之意就是，海森堡想要说服玻尔，达成默契，用困难当挡箭牌，消极对待原子弹的研发。就像海森堡曾为自己的行为辩解说："在专制政权统治下，只有那些表面上与政府合作的人，才能进行有效的积极抵抗。" 会谈内容到底如何，我们无从求证，但是唯一能够知道的就是当时玻尔一直沉默，一言不发，而海森堡之后则表现得十分失落。

在战后玻尔虽没有提起这些事，但是为不让大家再胡乱猜测，他曾给海森堡写过这么一封信。这封信原定在玻尔死后50年公开，由玻尔家人在第40年时提前公开了信件。信中显示，玻尔听到的，不是海森堡在说服自己，反而是有些"劝降"的意味：他感觉海森堡是在向自己炫耀德国已经开始制造原子弹，并获得突破。海森堡是在努力说服自己归顺德国，因为德国胜利已十分明显。

但是当年与海森堡同行，一起去拜访玻尔的魏扎克却表示，玻尔当时得知德国正在造原子弹时深感震惊，才犯下了一个"可怕的记忆错误"。

另外一份证据，是来自英国秘密安全局对战后德国"铀俱乐部"科学家的监听报告。在报告中，海森堡听到广岛原子弹爆炸后，以为这是个假消息。因为他一直确信，自己的判断是正确的，原子弹没有那么快能造出来。还是在广岛原子弹爆炸后的三天，海森堡才把参数算对，慢慢接受了这个事实。所以我们只能知道，海森堡确实算错了数据，而且他也不知道自己算错了数据，并确信原子弹不容易造出。

但是这也并不能证明他就是狂热的纳粹科学家，或许这只是傲慢与自负带来的结果。就连一些德国教授都曾这样评价他："海森堡大约是死都不肯承认德国人在理论上技不如人的。"无论事实是有心还是无意，在阴差阳错中，海森堡确实是毁了德国的原子弹计划。

这位德国原子弹计划的核心人物，不是什么十恶不赦的纳粹分子，也称不上完美的科学英雄。毕竟在战争年代，科学家早已不再是科学的主人。在战争的裹胁下，即使再伟大的专家也不过是政治的棋子。

◎ 北京晚报. 《海森堡是纳粹帮凶？诺贝尔奖师生书信公开》[EB/OL]. (2002-02-09). http://news.sina.com.cn/cl/2002-02-09/1747472946.html.

◎ 曹天元. 《上帝掷骰子吗？量子物理史话》[M]. 北京：北京联合出版公司. 2013.

05 一个拯救了无数人生命的中国老人

南京农业大学里，有一座看上去极为普通的砖瓦楼。这栋两层的小楼就是中华农业文明博物馆，里面的千余件展品似乎将中国农业的历史铺展在人们眼前，木犁、石磨、秤杆，水稻、小麦的标本，《齐民要术》一类的善本古籍。在博物馆里，有三样镇馆之宝。一是春秋战国时期的鸡蛋，这可能是世界上"年龄"最大的鸡蛋。二是《齐民要术》全套刻本，是我国最早、最完整的农书，现仅存两套。而那最后一样镇馆之宝，与这两样相比，看上去就"逊色"多了。

在偌大的玻璃展柜里，安安静静地躺着三支密封的试管，里面装着黑乎乎的沙土，看上去像是发了霉的面包。因为年代久远，试管上的标签磨损严重，已经看不出字迹，唯有展柜旁边的介绍板上写着："中国最早的一支青霉素。"原来这三支装着黑乎乎的沙土粉末的密封玻璃管里，保存着中国最早的青霉素菌种。那看似肮脏的沙土，实则是菌种最好的温床。几十年前的中国，还没能研制出自己的青霉素。而将青霉素带到中国的，正是南京农业大学的老校长、中国的农业微生物学开创者、"中国青霉素之父"——樊庆笙。

1911 年，辛亥革命爆发，结束了中国千年来的帝制，开启了民主共和的新纪元。就在这一年，樊庆笙出生在江苏常熟。革命时期的中国军阀混战、民不聊生，内忧外患威胁着国家的发展。年少的樊庆笙眼看着自己的国家被外人欺负，内心愤懑难平，他决心要发奋读书，科学救国。

他并非生于大富大贵之家，也算不上是书香门第，只是个普通的小职员之家，家里的兄弟姐妹众多，常常入不敷出，可他的父母还是咬着牙将他送到了苏州的萃英中学读书。聪明与勤奋让樊庆笙顺利地被保送到金陵大学学习森林学。成绩优异的他年年都能拿到奖学金，从而顺利地完成了学业。毕业的时候，他更是拿到了金陵大学的最高奖项——"金钥匙奖"，留在了金大任教。

1940 年，洛氏基金会（洛克菲勒基金会）给了金陵大学农学院一个留美名额。可僧多粥少，校方实在是难以安排。于是，院里将一份奖学金分成了三份，送三个人去留学，时间由三年改为一年。工作勤奋又聪明的樊庆笙成了首选的三人之一，于是他告别了身怀六甲的妻子，漂洋过海去了美国，转而学习微生物学。

一年的进修时间很快就过去了，按照约定，樊庆笙应该返回中国。可就在 1941 年，珍珠港事件爆发，随之而来的是更为激烈的太平洋战争。海上交通基本阻断，樊庆笙根本没有办法回国，他只好向洛氏基金会申请了半年的延期。半年过后，战火仍然没有平息，樊庆笙的生活已无着落。幸好他的细菌系导师对他很是看重，愿意资助他继续攻读博士。

当导师问樊庆笙每个月需要多少生活费的时候，他只说了一个最低的数字：60 美元。即使在 20 世纪 40 年代的美国，每月 60 美元的生活费也属于贫困线之下，刚刚能吃饱饭。靠着导师每个月给的 60 美元，樊庆笙在威斯康星大学攻读博士学位。他几乎每天都在实验室和图书馆度过，在实验室一站就是十多个小时，在图书馆里贪婪地汲取着世界上最新的科技资料与知识。

三年后，他拿到了威斯康星大学的博士学位。随后，他得到了一份在南方西格兰姆发酵研究所的工作，留在美国，他将会拥有最先进的研究设备，有丰厚优渥的待遇。但是祖国的半壁江山还在日军的铁蹄下遭受着蹂躏，大洋彼岸的亲人也已经有 4 年未曾相见。他深爱的妻子，尚未谋面的孩子，更是让樊庆笙归心似箭。

可是太平洋上的战火愈演愈烈，他心急如焚，却无可奈何。就在这时，樊庆笙收到了一个美国医药助华会的邀请。原来，美国组建了一个援华机构，这个机构由许多医学专家发起，是一个民间医药援华团体，他们决定捐赠一座输血救伤的血库给中国。助华会的筹建进展很顺利，只是还缺少细菌学方面的检验人才。对樊庆笙来说，这正是个千载难逢的机会，既可以回国参加抗日，还能学以致用。他毫不犹豫地辞去了美国的工作，去了纽约，对助华会的会长说，他希望回国后在承担血库工作的同时，也能够进行盘尼西林的研制。

这种抗生素神奇的抗菌效果，挽救了无数士兵的生命，可当时的中国却无法自己生产盘尼西林，前方将士天天流血，中国实在是太需要盘尼西林了。助华会的会长很理解樊庆笙的想法，想方设法为他准备好了所有的仪器与试剂，还为他找到了两支极其珍贵的菌种，威斯康星大学也赠送了他一支菌种。

1944 年 1 月，确定了归期后，兴奋不已的樊庆笙给自己在金陵大学的同窗好友裘维蕃写了一封信。他与机构组成员携带美国捐赠的 200 多箱设备、试剂与制备的 57 份干血浆登上了回国的运输船。可这艘船开出没多久，竟然被日军炸沉了，樊庆笙的好友悲伤地以为他已经去世，却不敢将这个消息告诉他家中的妻子。

然而半年之后，樊庆笙却神奇地出现在了昆明。原来当时的谍报活动相当厉害，樊庆笙他们为防不测，在纽约附近的军港偷梁换柱，悄悄地上了另一艘船。一路上凶险万分，炸弹在船边掀起数丈的巨浪，轰炸机在天空中呼啸而过，甚至还绕道印度洋，换乘"驼峰航线"①，飞越喜马拉雅山，终于回到了昆明。

血库的设备很快安装完毕，1944 年 7 月 12 日，被命名为"军医署血库"的血库在昆明昆华医院举行开幕典礼，为中国远征军驻滇部队服务，归军医署管理。这是中国第一座血库，从输血到提取血浆，从干馏到检验，都处于世界先进水平。

_____

① "驼峰航线"是二战时期中国和盟军一条主要的空中通道，始于 1942 年，终于"二战"结束，为打击日本法西斯做出了重要贡献。航线全长 800 多千米，地势海拔均在 4500~5500 米上下，最高海拔达 7000 米，山峰起伏连绵，犹如骆驼的峰背，故而得名"驼峰航线"。

血库初建之时，受到迷信思想的影响，献血的人寥寥无几。樊庆笙带着工作人员到附近的部队、学校、工厂里宣传，还在各地的报纸上进行了宣传。渐渐地，主动献血的人越来越多，西南联大的学生更是献血的主力。战争时期物资匮乏，条件也处处受制，血库的工作只能因地制宜，土洋结合。没有自来水，就自制蓄水箱用人力汲水。没有柴油，就用木炭做高压蒸馏锅的燃料。没有高温高压灭菌锅，就将每天要用的200多个采血瓶每只冲洗5遍，过肥皂水，再冲洗5遍，稀硫酸浸洗，再冲洗5遍，过蒸馏水。几十甚至上百米长的胶管，每一毫米都不能放过，清洗后还要在蒸馏水里煮沸以保证无菌。制成的冻干血浆用飞机运往滇西前线，救治伤员。血库起到了应有的作用，在战争中挽救了无数士兵的生命。一名军医的前线报告中写道，"在战地救治中，接受过血浆输注的伤兵只有百分之一不治而亡，凡经血浆救治的伤兵，无一不颂血浆之伟大"。

血库对面，是当时的中央卫生署防疫处。防疫处的处长汤飞凡当时正领导着一个小组进行盘尼西林的研制。看到樊庆笙，汤飞凡很高兴，立刻邀请他加入自己的工作。盘尼西林的研制，也是樊庆笙回国的目的之一，他欣然接受了汤飞凡的邀请。樊庆笙有仪器有设备，还有从美国带回来的新技术和菌种，汤飞凡则已经在盘尼西林研制方面有一定的经验与基础，两个人一拍即合，使得盘尼西林的研制进度大大加快。

就在1944年的年底，中国第一批5万单位/瓶的盘尼西林面世。战乱中的中国成了世界上率先制造出盘尼西林的7个国家之一[①]。可惜的是，战争时期中国还是难以实现盘尼西林的工业化生产，只能试验性地生产一些盘尼西林。虽然只是试生产了小规模的盘尼西林，但这种神奇的抗菌药物仍然挽救了许多前线士兵的生命。抗战胜利后，盘尼西林的工业化生产提上了日程，樊庆笙搬到上海的生化制品实验处工作，进行盘尼西林工业化生产的准备工作。

---

① 7个国家分别为：美国、英国、法国、荷兰、丹麦、瑞典、中国。

就在这里，他给盘尼西林起了一个中文名字——青霉素①。中华人民共和国成立之后，国家建立了南北两个青霉素的生产基地（上海第三制药厂和华北制药厂）。在童村与张为申的带领下，青霉素的工业化生产走上了正轨。此时的樊庆笙，又回到了他的母校——金陵大学从事教学工作。不久，全国高校院系调整，金陵大学农学院并入了南京农学院。樊庆笙在那里成立了国内最早的土壤微生物学教研组，开始自生固氮菌和根瘤菌的形态、生理、生态研究。

1956 年，中国微生物学会年会在上海举行，樊庆笙在这里又见到了许久未见的汤飞凡。两人聊起青霉素的早期研制过程，都唏嘘不已。可他未曾想到的是，这一次见面，竟然成了永别。第二年，汤飞凡不甘受辱在北京自尽，终年 61 岁。而樊庆笙，则被迫离开了他热爱的讲台与实验室，中断了他视之如生命的事业。取而代之的是大会小会的批斗和艰苦的体力劳动。几年后的"文革"，樊庆笙被关进了"牛棚"。精心培养的教学队伍散了，科研骨干队伍也四分五裂。可樊庆笙心中的梦想仍然在燃烧，他的拳拳报国之心丝毫未减。不准在实验室做科研，那么到农村去搞实验总没问题吧？他跑到了农田里，直接为农业生产服务，并且头顶草帽，穿着一身旧中山装，走遍了大江南北。

在那个并不发达的年代里，樊庆笙提出了接种根瘤菌②的方法，推翻了紫云英③不能过长江的理论。漫山遍野的美丽红花草越过了长江，跨过了黄河，一直挺进到关中地区，直达西安。紫云英北移成功，是根瘤菌共生固氮的一项突破性成果。这为中国广大地区提供了优质的无公害绿肥，也让粮食的产量有

---

① 他根据分类学的特征提议叫"青霉素"，依据有二：一是形态上，这种霉株泛青黄色，所以取其"青"；二是意义上，英文中的词尾"-in"在生物学上常翻译为"素"，如维生素（Vitamin）。两者合一，终命名为"青霉素"。

② 根瘤菌（Rhizobium）：与豆科植物共生，形成根瘤并固定空气中的氮气供给植物营养的一类杆状细菌，对豆科植物生长有良好作用。

③ 紫云英：又名翘摇、红花草、草子，原产中国，是中国主要蜜源植物之一。紫云英的根瘤菌属紫云英根瘤菌族，它不是土壤常住微生物区系，在未种植过紫云英的地区一般需要接种根瘤菌。紫云英是重要的有机肥料资源，也是稻田主要的冬季绿肥作物，对于改良土壤、培肥地力，提高粮食产量有着重要的作用。

了很大提高。

1978 年，年近古稀的他重新回到了讲台，回到了科研岗位上，成了南京农学院复校后的第一任校长。他说，他要把失去的 20 年夺回来，剩下的时间与生命，他要全部交给国家。彼时的南京农学院百废待兴，他加紧了师资队伍的建设，培养了大批高水平的人才。扶植中青年教师，送他们出国进修，孜孜不倦地为自己的研究推敲和修改论文。已然七八十岁高龄的他每年早出晚归，东奔西走，工作 10 多个小时，甚至为了不耽误博士生的论文答辩，患阑尾炎的他强忍着疼痛不肯去医院。当黄昏时分，主持了一整天答辩的他终于支持不住被送到医院。这时候，他的阑尾已经穿了孔，1993 年，樊庆笙被查出患上了肠癌。年事已高加上重病缠身，他不得已住进了医院。

病榻之上，他却还在工作，完成了《土壤微生物学》一书 35 万字的书稿和 126 幅插图的审阅。1998 年的五一节，病重的樊庆笙被送到了监护室抢救。看着昏迷中的樊庆笙，他的学生忍不住对医生说，"你们救救他吧，樊老可是我国第一个研制出青霉素的人啊！"在场的医生和护士都愣住了，他们不知道，病床上这个奋斗到最后一息的老人，竟然是他们每天用来治病救人的青霉素的研制人。7 月 5 日，樊庆笙最终还是没有逃脱疾病的魔爪，离开了人世，享年 87 岁。

如今，看着中华农业文明博物馆的三支玻璃管，让人不禁想起那个 1997 年的冬天，他收到了中华农业文明博物馆的征物信，进房摸索了半天后，他小心翼翼地托着三支玻璃管出来了。而这三支封了口的玻璃沙土管，三支埋藏着中国最早的青霉素菌种的玻璃沙土管，被中华农业文明博物馆收藏了起来，作为镇馆之宝。

每一段不努力的时光，都是对生命的辜负。待我成尘时，你将见到我的微笑。

◎ 樊真美.《樊庆笙和第一座战时血库》[J]. 钟山风雨 ,2015(3):45–46.

◎ 青宁生.《我国农业微生物学之主要奠基人——樊庆笙》[J]. 微生物学报 ,2011, 51(4):566–567.

◎ 樊真美 , 樊真宁 , 周湘泉 .《中国第一支青霉素的研制者和命名者——樊庆笙》[J]. 钟山风雨 , 2003(6):12–15.

NASA 背后的隐藏英雄

在 2017 年奥斯卡颁奖典礼上出了一件奇怪的事情。当然，这里说的不是颁错奖的人乌龙，而是在一堆奔着小金人来的演员中间，却有一位非裔女数学家混在了其中。原来她就是被奥斯卡提名的电影《隐藏人物》中的原型人物，NASA 的超级女英雄——凯瑟琳·约翰逊（Katherine Johnson）。

这部电影主要讲述了在那个种族隔离大行其道的 20 世纪 60 年代，三位黑人女性冲破性别和种族的歧视，为

凯瑟琳·约翰逊（1918—）

"太空竞赛"下的美国航空事业做出了巨大贡献。随着《隐藏人物》的上映，真正的"隐藏人物"凯瑟琳·约翰逊才渐渐走入人们的视野。

在那个没有计算机的年代，凯瑟琳·约翰逊在 NASA 里担当着"人肉计算机"的角色。她负责开发各种太空路线，计算各种至关重要的航空轨道参数，是水星计划、阿波罗登月计划中不可或缺的角色。但只要稍有差池，整个太空任务就可能完全失败甚至造成宇航员死亡。

从家庭主妇到 NASA 飞行小组成员，凯瑟琳·约翰逊经历过怎样的不公待遇我们不得而知。但她却说："我知道歧视就在那里，但我选择不去看它们。"

然而，就是这股最纯粹的力量，让她将种族隔离的壁垒和性别歧视的天花板逐一打破，让她活成了一个传奇。

1918 年，凯瑟琳·约翰逊出生于西弗吉尼亚州的一个小镇。凯瑟琳的父亲是众多黑人农民中的一员，还额外从事着一份看守的工作。虽说父亲没什么文化，但却有着不一般的数学天赋。当初父亲与木材打交道时，只要看一眼便能计算出一棵树可以加工成多少块木板，他甚至还能解答出许多让老师都感到困惑的算术问题。凯瑟琳也认为自己继承了老爸的数学天赋，从小就特别迷恋数学。旺盛的求知欲无处释放时，她就经常去计算各种能数的东西，例如教堂的阶梯、洗过的刀叉碗碟她都不放过。在哥哥姐姐都嚷嚷着拒绝上学的时候，她却迫不及待地想要学习。她还老是偷偷跟着哥哥去学校，弄得老师基本都认识她，还允许她参加暑期学校。

一到学校，6 岁的凯瑟琳便开始碾压各路同龄学生。老师看她这么聪明，就直接安排她插班到二年级，一年级就不用读了。本来就聪明的她在老师的一番指点下，数学天赋逐渐显露。两年后，她又连跳了两级，直接进入六年级。那时，比她大 3 岁的哥哥还在读五年级。

凯瑟琳刚满 10 岁，就要上高中了。但这也是她第一次因为身份的问题，感受到了来自社会的恶意。凯瑟琳所在的小镇，只向非洲裔的孩子提供到八年级的教育，高中部并不接收他们。

不过幸运的是，凯瑟琳的父母虽然没什么文化，但是却非常注重孩子们的教育。他们打探到距老家 200 千米外，有接收非裔学生的高中学校。于是，母亲便带着凯瑟琳和哥哥姐姐们搬到学校附近，住在租来的房子里。而父亲则留在小镇那边，继续工作给几个孩子赚取学费。高中毕业后，14 岁的凯瑟琳便获得了全额奖学金进入了西弗吉尼亚州立大学，攻读数学专业。在最喜爱的数学领域中，凯瑟琳一口气就把所有的数学课程学完了，但这些课程远远不能满足她旺盛的求知欲。

看着如此聪明和勤奋的凯瑟琳，克莱特博士——第三位获得数学博士学位的非裔美国人，竟为她开起了小灶。他特地为凯瑟琳增设了一门高级数学课程——解析几何学，而凯瑟琳就是唯一的学生。而这门解析几何，也成了她日后进入 NASA 飞行小组的敲门砖。

1937 年，19 岁的凯瑟琳带着沉甸甸的数学知识完成了大学的学业，还顺便多考了一个法语双学位。如果放到现在，这样的天才少女恐怕早就有企业抢着要了，出路完全不是问题。但在那个种族隔离的时代，一名黑人女性，她面临的却是种族和性别歧视的双重大山。

想要继续深造是不可能的了，而她唯一能找到的与数学相关的工作就是到黑人小学教书。在做了一段时间的数学教师之后，凯瑟琳的人生出现了转机。1938 年的"密苏里州代表盖恩斯诉卡纳达案"中，美国最高法院做出裁决，如果一个州只设了一所有该专业的学院，则不得根据种族限制只录取白人。于是，凯瑟琳几乎是见缝插针地成了第一批进入西弗吉尼亚大学研究生院的黑人学生。

这第一批黑人学生只有 3 个，而她也是其中唯一的女性。但作为第一批黑人研究生，凯瑟琳也受到了前所未有的差别待遇。不到一年，凯瑟琳就离开了这所对她充满恶意的研究生院，决定将生活重心放在家庭上。在之后十几年里，凯瑟琳也成了拥有 3 个孩子的家庭主妇。但当她自己都以为人生就止步于此的时候，一个好消息却重新点燃了她的数学梦想。

那时，美国与苏联的"太空竞赛"开始进入白热化阶段。NACA（即 NASA 的前身）正在紧锣密鼓地招募数学计算员，重点是，竟然还向黑人女性开放。在丈夫的支持下，他们举家搬迁到离工作地点近的地方。

经过长达一年的测试，1953 年夏天，凯瑟琳正式加入 NASA。

凯瑟琳·约翰逊

时隔十几年，从家庭中走出来的凯瑟琳仍然坚信自己能够胜任 NASA 这份工作。事实也确实如此，她不但能胜任，而且比当时的许多男性同事表现得更加出色。刚开始，凯瑟琳和许多黑人妇女一样在担任一个职位名称为"Computer"的工作。虽说是"Computer"，但是她们手头却没有计算机，全都是用纸和笔来完成枯燥的计算。

在那个计算机还未正式投入使用的年代，她们被当作"人肉计算机"来使用，也被称为"穿裙子的计算机"。《隐藏人物》中有色人种的办公室内，"穿裙子的计算机"们，黑人和白人有不同的餐饮区、工作区和卫生设施，这些非裔女计算员的办公室就赫然写着"有色人种计算室"。但凯瑟琳只当了两个星期的"穿裙子的计算机"，便被临时抽调到一个飞行小组中。

当时，这个小组急需一名会解析几何的计算员，而大学时克莱特博士教给凯瑟琳的解析几何知识派上了大用场。因为凯瑟琳实在是"太好用"了，以至于这个临时抽调的时间一直在延长，大家都不愿意把她"还"回去了。

虽说大家都越来越依赖凯瑟琳的数学天赋，但在这个全是白人男性工程师的飞行小组，歧视却一直大行其道。因为她是这个团队中的一个特例：唯一的黑人，唯一的女性。在办公室里凯瑟琳一直遭到同事们的白眼和无视。除了无法使用白人的咖啡机外，还只能使用有色人种的卫生间。

然而最让人无法接受的，还是明明是凯瑟琳的建议或计算成果，报告上却只能署上别人的名字。她做着最核心的工作，却拿着最微薄的薪水，享有最低等的待遇。但在受到种种歧视时，凯瑟琳在选择视而不见的同时，却从未放弃过自己应有的权利。几乎每一次写报告，不管递交成不成功，她都会签上自己的名字。当遇到不清楚的问题，她一定要刨根问底将其搞懂，也不管其他同事翻了多少个白眼。

当时，NASA 的重要会议上几乎没有出现过女性，但是凯瑟琳为了获得飞船飞行的第一手消息，她勇敢地向上司提出参加会议的请求。遭到拒绝时，她说："有法律规定女人不能参加会议吗？"

最后，她确实争取到了参加会议的资格，成为整个会议室的唯一一位女性。此外，她的杰出表现也慢慢受到了上司的重视，报告上也终于出现了自己的名字。

她用自己的努力一步一步地获得他人的尊重和认可，这位黑人女孩成了NASA 的传奇人物。后来，每当团队遇到什么难题，总会有人说："问问凯瑟琳吧！"

1961 年 5 月 5 日，水星计划的"自由 7 号"将美国第一位宇航员艾伦·谢泼德送上太空，这艘飞船的运行轨迹正是凯瑟琳计算的。随着"太空竞赛"的不断升温，凯瑟琳的工作也变得越来越复杂了。她从早期的抛物线轨道，算到椭圆轨道，从绕地球飞行轨道，算到绕月飞行轨道。

尽管后来电脑已经被应用于轨道的计算，但是 NASA 却仍不放心，硬要凯瑟琳这台"人肉计算机"验算过才敢起飞。

1962 年，约翰·格伦在首次环绕地球的太空飞行中，就指名要求凯瑟琳帮忙验算后才敢上天。他不相信计算机，反而相信凯瑟琳，说："如果那个女孩（the girl，指凯瑟琳）说没有问题了，我才算准备好。"

约翰·格伦完成的飞行任务，也标志着美国在太空竞赛中首次超过了苏联，同时也标志着凯瑟琳得到了认可。

从进入 NASA 到 1986 年退休的 33 年间，凯瑟琳几乎参与了每一个重要的航天计划，为太空探索做出了巨大贡献。

2015 年，奥巴马授予凯瑟琳总统自由勋章。

2016 年，凯瑟琳也随着《隐藏人物》的热映，进入了大众眼里。

而 NASA 为她撰写的传记的结尾是："如果没有你，NASA 不会是今天的模样。"

凯瑟琳用一生告诉我们一个道理：人一出生就带着各种标签，但是这些标签并不是真正阻碍你前进的阻力。在撕毁这些标签时，革命只能使人们获得表面的胜利。但真正的尊重，还是需要实力才能赢得。

被当作生化武器使用的"不治之症"

很多人脑子里可能都有这样一段记忆。在室外玩耍，手脚不小心被生锈的东西扎破，同学或者父母总会嚷嚷着要你到医院打针。可你却完全不理解，明明只是一个小小的皮肉伤，止血包扎消毒还不够吗？

后来你才知道，打的是"破伤风针"。许多年过去了，每次受外伤也总有人喊你打"破伤风针"。而我们对破伤风的认知也仅仅停留在"好像很危险"的层面。

破伤风，提及它的概率几乎和狂犬病一样高，但我们对它却知之甚少。从名字中不难看出，破伤风应该不是什么"进口"病症，它在中国的历史还相当久远。据说南北朝时期的昭明太子就死于外伤引发的破伤风。早在魏晋南北朝之前，就有史书记载了破伤风的症状。

前汉有一书，名《金创疭瘛方》，其中的金创即是受金属利器所致的开放性损伤，而疭瘛指的是受伤后引起的症状，通常表现为肌肉紧张，伴有手足痉挛、抽搐等，明显区别于一般的外伤感染。金创疭瘛很可能指的就是后来我们所说的破伤风。

早期的医学书籍中虽有记载，但对其发病的原因并没有做出详细的解释。隋唐时期，认为患者的抽搐、肌肉紧张等症状是伤口受风寒所致，便创用了"破伤风"这一名称，沿用至今。《理伤续断方》一书中，提出了预防性意见："不可见风着水，恐成破伤风，则不复可治。"

古人对破伤风的认识就是不治之症，但就算是癌症、艾滋病也总有人创一些偏方招摇撞骗。香港某出版社曾有《华佗神方》一书，共 15 卷，当中竟然记载有"华佗治破伤风神方"。书中引文出现了"破伤风"一词，也许是华佗神医穿越到隋唐时期留下的杰作。

破伤风之所以难治是因为它的特殊性。不同于常见的感染，破伤风的致病菌破伤风梭菌①是一种厌氧菌。这种细菌只能在缺氧的环境中生存，例如人类和动物的肠道当中。若暴露在氧气充足的环境下，破伤风梭菌就会发生形态上的变化，生出芽孢。

虽然芽孢和真菌产生的孢子在英文中共用一个名称 Spore，但二者的界限是非常明确的。芽孢是某些菌体在恶劣环境下的一种休眠体，一个细菌产生一个芽孢，遇到合适的环境时又重新成为菌体。所以芽孢并不是细菌的繁殖体。

破伤风杆菌的抵抗力惊人，其芽孢经粪便传播，能在土壤中存活数十年。此外，芽孢还十分耐高温，在沸水中能存活 40~50 分钟。因此，破伤风梭菌在自然和居住环境中都是广泛存在的。

长期以来的错误认识实际上并没有对预防破伤风起到任何作用，反而发生了很多可笑的事。很多人不太了解破伤风，但又听说过一些关于破伤风的禁忌，也相当害怕得病，于是有人就在受了外伤后身穿厚重的衣物，生怕受了风寒患上破伤风。

实际上对于成年人而言，感染破伤风需要几个特殊条件：

第一个当然是伤口受到了破伤风梭菌或者其芽孢的污染。

第二个则关乎伤口的形态，一般而言，创口开放且较深，内部伴有组织失活的外伤才容易形成缺氧的环境引发破伤风。

满足这两个条件，破伤风梭菌才能顺利侵入人体。不过，破伤风的致病原

① 破伤风梭菌是引起破伤风的病原菌，大量存在于人和动物肠道中，由粪便污染土壤后经伤口感染引起疾病。

理远没有这么简单。破伤风梭菌本身不具有侵袭力，并且只在坏死缺氧的组织中繁殖。但它能产生一种人体极为敏感的神经毒素，并在菌体裂解时释放。所释放的神经毒素一般被称为破伤风痉挛毒素，70千克体重的成人致死量只要0.000175毫克。

破伤风痉挛毒素的毒性极强，在自然界中仅次于肉毒毒素[①]。其作用主要是阻止抑制神经冲动的传递介质释放，破坏上下神经元之间的正常传递。导致的症状就是肌肉只会收缩，却不能正常舒张，长期维持紧绷的状态。患者最终往往死于呼吸衰竭导致的窒息、心力衰竭。

虽说古人尚无法了解破伤风的这些致病原理，可是他们通过观察也找到了一些规律。这些规律除了可以帮助预防破伤风的发生，还有一项重要的作用——杀敌。既然无法消灭猛兽，不如将猛兽赶进敌人的军营。以我们现在的认知，想要破伤风梭菌发挥最大的作用，必然要创造一个适合它生存的伤口。用这样的标准去寻找，无疑穿刺类的武器更适合利用破伤风。

最典型的就是弓弩类武器，单纯穿刺，只要命中就是一个半开放式的深创。古人没有什么无菌操作的概念，一般就包扎上点金疮药，手狠一点的就拿烙铁烧灼止血。这样的伤口环境简直就是破伤风的理想家园，因此，古人很多战场上的习惯都无意中利用了破伤风梭菌。

例如英法百年战争中出场频率很高的长弓兵，他们摆开阵形后通常有一个习惯：将箭袋中的箭支悉数插入脚边的泥土里。这种做法不仅更方便取箭，提高射速，而且能让箭头沾染上泥土中的污物，提高命中非要害部位后的感染致死率。

这一招的威力不亚于使用某些慢性毒药，轻则感染丧失战斗力，重则引发破伤风一命呜呼。

无独有偶，擅长骑射的蒙古人也有独家的秘诀。只不过和西方长弓兵定点

——————————

① 肉毒毒素是肉毒杆菌产生的含有高分子蛋白的神经毒素，是目前已知在天然毒素和合成毒剂中毒性最强烈的生物毒素。它主要抑制神经末梢释放乙酰胆碱，引起肌肉松弛麻痹，呼吸肌麻痹是致死的主要原因。

射击不一样，骑射手不方便就地取材用泥土污染箭头。他们在保存箭支的方法上大胆创新，采用马粪"滋养"箭头。深加工之后会集中放到用牛胃做成的袋子里保存。这一步步的操作让箭头上充满了各种细菌，当然也少不了破伤风梭菌。甚至明朝威震亚洲的戚家军，长枪兵都会先将枪头插在泥土中，"中招"了的士兵将会经历万分痛苦的死亡过程。

破伤风痉挛毒素最先影响的肌群是头部的咀嚼肌和面部肌肉。患者一般先咬紧牙关且张口困难，之后出现面部僵硬，形成"苦笑"面容。随后是躯干的肌群，腹部和背部肌肉同时收缩，但因背部更有力，一般会形成"角弓反张"的特殊现象。

与士的宁①（马钱子碱）中毒的症状类似，稍有外界刺激患者便会引发强烈的肌肉痉挛抽搐。严重者有可能因为肌痉挛过于强烈导致肌断裂甚至是骨折，最终死于呼吸衰竭、心力衰竭以及肺部并发症。

破伤风的潜伏期通常为一周左右，古时也称"七日风"。早期非常容易被忽视，等到出现症状后，已是中晚期，几乎只能听天由命。战场中伤口受破伤风梭菌污染的概率可达 25%~80%，平均病死率近 1/3。这个杀伤力在古代绝对是不可小觑的。

虽然破伤风恐怖，不过幸运的是它没有传染性，日常生活中也不易产生易感染的伤口。因此形成了外伤也不必过于紧张，普通的伤口无须担心感染破伤风。至于民间说法被生锈铁钉扎伤就一定要去打破伤风针，其实存在着谬误。

破伤风杆菌的芽孢是广泛分布于各处的，并不会在铁锈处聚集，真正应该担心的是伤口的深度。不论铁钉是否生锈，只要表面不洁外伤都有可能发展为破伤风。及时就医是最好的选择，经过医生的判断再决定是否打"破伤风针"。

至于所谓的"破伤风针"其实有两类：

---

① 士的宁又名番木鳖碱，是由马钱子中提取的一种生物碱，能选择性兴奋脊髓，增强骨骼肌的紧张度，临床用于轻瘫或弱视的治疗。

破伤风毒素发作痉挛

一种是破伤风疫苗，例如在婴儿时期就接种的百白破联合疫苗，其对破伤风的预防效果甚好。一般而言，接种后 10~15 年内可以维持高达 95% 以上的保护率。

另一种则是受伤后即时注射的球蛋白制剂，用于快速提高体内抗体水平。和抗蛇毒血清类似，这种抗毒制剂是由破伤风类毒素免疫的健康血浆提取制成的。

破伤风针中的抗毒素球蛋白一般来自马，俗称"马破"，英文缩写 TAT。但也有少部分体质易敏感的人对"马破"过敏，因此后来又诞生了提取自人类血浆的"人破"作为特别情况下的补充方案。

但实际上很多不了解原理的患者会拒绝非常便宜且效果良好的"马破"，指明要注射上百元的"人破"。似乎价格越高效果越好，原本作为"马破"补充的"人破"反而受到热捧，形成了一个畸形的市场环境，产量大成本低效果好的"马破"卖不出去，而生产工艺复杂，产量小且昂贵的"人破"却一针难求。

　　这些年，人类从无知地认为破伤风因风寒入侵引起，到后来正确认识其病理，也研制出了效果良好的疫苗和抗毒素，每年的破伤风致死人数大幅度减少。可是，似乎当初的无知并没有离我们远去。环境的变化和科技的发展消灭了无数病症，有时却对愚昧无知束手无策。

◎ 《破伤风》[J].中国神经免疫学和神经病学杂志，2017,24(3):228.

◎ 沈银忠，张永信.《破伤风的科学防治》[J].上海医药，2012,33(19):9–12.

拯救阿波罗 13 号

13，一个再平常不过的数字。但在许多西方人看来，它似乎是洪水猛兽，象征着灾难的到来。人们忌讳 13 日出游、13 人同席就餐，13 道菜更是不能接受了。看起来这个不成文的忌讳也同样发生在了 1970 年 4 月 11 日发射的阿波罗 13 号①身上。

阿波罗 13 号任务控制中心

　　但它却也成了人类史上一次"最伟大的失败"。半个世纪前，阿波罗 13 号飞船在登月中途遇上了氧气罐爆炸的险情。它不仅使整整耗资 4 亿美元的登月计划瞬间泡汤，也让 3 名宇航员的生命岌岌可危。但幸运的是，在与地面控制人员的冷静合作下，3 名宇航员成功化解了缺电、缺水、二氧化碳中毒、低温、切断通信等重重危机。最终他们驾驶着一台严重被损坏的太空飞船成功返回了

①　阿波罗 13 号（Apollo 13）是美国航空航天局阿波罗计划的第七次载人飞行任务，也是第三次载人登月任务。

吉姆·洛威尔、杰克·斯威格特和弗莱德·海斯

地球。人类从外太空的死神手里夺回了三条生命的奇迹，使这场事故成为航天史上最伟大的失败任务。

那是 1970 年的春天，阿波罗 13 号飞船正在飞往月球弗拉·摩洛地区的旅程中。此次负责登月任务的 3 个宇航员分别是：吉姆·洛威尔、杰克·斯威格特和弗莱德·海斯[1]。作为美国执行第三次登月任务的飞船，阿波罗 13 号从发射的一开始到前期运行都显得非常顺利。甚至在发射后的第 46 小时，地面控制人员还打趣地抱怨道："飞船的状况太好了，我们已经无聊到流泪了。"

9 小时后，3 名宇航员还拿起简陋的设备进行直播，兴致勃勃地向地面上

---

[1] 他们三人都曾是美国国家航空航天局的宇航员，吉姆·洛威尔曾是首次环绕月球的阿波罗 8 号指令舱驾驶员。杰克·斯威格特曾是空军战斗机飞行员。弗莱德·海斯也曾是美国海军陆战队的战斗机飞行员。

的人直播在太空中的生活。一切都显得很顺利，殊不知，这只是暴风雨来临前的平静。直播结束后，为了获得准确的气压读数，宇航员斯威格特按例开始搅动服务舱中的氧气罐。

突然，从飞船的尾部传来一阵巨大的爆炸声。

地面控制人员突然一下子全慌了，全然不知飞船出了什么事。过了好一会儿，他们才听到斯威格特说了太空史上最著名的一句话："休斯敦，我们遇到了麻烦。"紧接着，飞船的各个系统开始出现异常，告警灯闪亮起来，电力系统逐渐失灵。3名宇航员焦灼地尝试着重新控制飞船。地面控制人员从慌乱中惊醒，重新归位寻找爆炸的原因。这时洛威尔不经意间朝窗外一瞥，居然看到飞船尾部正迅速飘着一些气状物质。

几秒之后，他才反应过来那是他们在太空中赖以生存的氧气！

随后，地面控制人员才发现"阿波罗13号"服务舱的2号液氧箱发生了爆炸。它摧毁了飞船里的生命保障系统、导航和电力系统，而且还在飞船的外壳上炸开了一个洞！这次任务的主飞船叫"奥德赛"，登月舱叫"水瓶座"。其中，主飞船又由指令舱和服务舱组成。指令舱是宇航员控制飞船飞行的地方。位于尾部的服务舱则能产生飞船变轨所需的动力，同时为指令舱提供电力和氧气等供给。

随着飘向太空里的氧气越来越多，地面控制人员清醒地意识到："这回他们再也去不成月球了。"

况且即便是想办法让他们安全返回，也将成为一项不可能的任务。原来，飞船服务舱中的2号氧气罐在毁坏自身的同时，也在摧毁着1号氧气罐。氧气的泄漏不但威胁着宇航员的生存，同时它也带来了许多危机，首当其冲的就是电力匮乏。

当时，阿波罗飞船里供电主要来源是液氧与液氢在燃料电池中的反应。可想而知，当液氧供应不足时，燃料电池就无法继续工作。在太空中缺电是非常可怕的事情，这让飞船随时面临"关机"的威胁。与此同时，燃料电池内化学反应产生的水也恰恰是宇航员饮水的来源，燃料电池停止工作后，飞船也将面临缺水的窘境。

此时，目标无疑是让他们尽快赶回地球。

可飞船正在飞往月球的轨道上，若是马上返回地球的话，就必须让服务舱中的发动机重新启动，才能改变飞船的轨道。然而，服务舱已经发生了爆炸，谁也不知道重启发动机是否会带来更大的灾难。

爆炸发生已经25分钟了，"阿波罗13号"指令舱内的氧气只能再供应15分钟了。此时，3名宇航员唯一生还的希望，就是逃进"水瓶座"登月舱。

原来登月舱在登陆月球的过程中要自主飞行，所以有独立的供电、供氧设备，以及提供动力的发动机。尽管登月舱的外壳薄得几乎一拳就能砸开，但它却成了他们的救命稻草。

尽管并没有启动登月舱来逃生的先例，但为了先保住性命，地面控制人员果断地让宇航员进入了登月舱。随后，3名宇航员完全相信地面控制人员的指导，往登月舱的计算机中输入复杂的数字。

这一刻，哪怕是一个数字出错，他们都会在顷刻间死亡。

幸运的是，就在指令舱中的氧气含量只剩5分钟可用时，登月舱的功能终于被激活。

但接下来，问题也接踵而至。由于当时飞船已经很接近月球，受到的月球引力很强。此时如果他们迅速掉头，不仅将耗光所有的燃料，还可能被月球的引力拉住，从而坠毁在月球表面。

于是一个"绕过月球逃生"的方案被提了出来。也就是说让"阿波罗13号"飞船接着朝月球飞行，绕月球转一个大圈。当绕过月球黑暗的另一面，再立即启动登月舱发动机，将飞船投掷进返回轨道。这也是当时那种情况下最安全的方法。但缺电又缺水的难题再次出现，地面控制人员对此却毫无办法。

为了省电，宇航员们不得不关闭一些非必需的设备，让飞船直接进入了"超级省电模式"，甚至几次直接切断了通信。为了省水，他们也尽量避免喝水。这也给他们带来了巨大的痛苦。2小时后，飞船总算重新进入了原定轨道，消失在月球的另一面。

当"阿波罗13号"从月球的另一面重新露面时，地面控制人员再次陷入了一片沉默。因为就算再怎么省，登月舱上的燃料也只够启动一次发动机。若是失败，宇航员将永远不能返回地球。

他们冷静地计算着各种参数，确保万无一失。好在总算是一次性成功了，飞船以每小时5400英里的速度飞离月球，驶向地球的方向。

可没多久，他们又遇上了另一个致命的危险。登月舱中的小型空气过滤器早已无法处理3名宇航员排出的大量二氧化碳气体，他们随时面临中毒身亡的危险。

尽管指令舱中储备了一些备用的二氧化碳过滤器，但因为型号不对，无法安装到登月舱中。危难之际，地面人员想出的办法也颇具创造性。他们指导宇航员们用飞船上能够找到的物资拼装上了两种不同形状的过滤装置，成功降低了登月舱内的二氧化碳浓度。好不容易解决了这个难题，眼看动力又不够了。3名宇航员只得关闭了加热器，让舱内温度降到4摄氏度左右的低温状态。

其中，海斯撑不住，开始发烧，可谓是吃尽了苦头。宇航员知道自己可能会死，他们甚至向地面控制中心留下了遗言："我们所有人都感谢你们为我们所做的一切。"但地面控制人员可是抱着"一定要把他们接回家"的执念，即便是再大的障碍也要将它消灭。

终于，他们走到了这段艰苦返程的最后阶段。

4月17日10时43分，3名宇航员从"水瓶座"重新回到"奥德赛"，进行登月舱分离的操作。11时23分，登月舱"水瓶座"与飞船分离，掉入地球的大气层烧毁。然后是载着3人的指令舱"奥德赛"进入大气层了。

而这期间宇航员的通信一般会中断3分钟左右。在这段短短的时间里，地面控制人员都屏住呼吸，全场更是一片可怕的寂静。每个人都在想爆炸中受损的"奥德赛"能否再次承受高温，每个人都在牵挂着3名宇航员的性命。在微弱的电流声中，地面控制人员一遍又一遍地呼叫"奥德赛"。这极大地消耗着人们的耐心，也累积着所有人的恐惧。

终于，传来发自"奥德赛"的声音，一片掌声和欢呼声瞬间响彻控制中心，庆贺属于他们的胜利时刻。3 名宇航员最终乘坐指令舱，降落在南太平洋中，被美国海军的搜救舰队打捞，平安返回了地球，总算是结束了这场有惊无险的太空历险。可是造成事故的元凶究竟是什么呢？

经过漫长的调查他们才发现其实造成这次事故的原因是由许多细小的失误逐渐累加形成的。比如说氧气罐的坠落，没有进行必要的氧气罐内部检查，液氧排空操作上的失误以及灾难性的高温烘烤等。

其中，让所有人大跌眼镜的是，造成事故的 2 号氧气罐居然还是个二手产品。它原本安装在阿波罗 10 号① 上，因为安装过程中不慎被损坏而换下。这个氧气罐被修复之后，又被安装到了"阿波罗 13 号"飞船上。

发射前最后一次测试中，它的氧气始终无法彻底排空。于是，控制人员就将氧贮箱中的加热器电压由 28 伏提高到 65 伏。但加热器上的热稳定开关没有进行相应的修改，仍然维持电压 28 伏的设置。在工作后，靠近加热器的导线温度一度达到了 1000 华氏度，导线的绝缘层被破坏。在太空中，这段导线也彻底短路，造成了爆炸。这一小小的失误让宇航员与最大的登月梦想失之交臂。

但这些宇航员能够死里逃生又是极大的幸运。而"阿波罗 13 号"最终能够获救，最大的原因可以说是地面控制人员和宇航员进行了成百上千次的练习。它也为之后的载人航天计划提供了启示和借鉴，甚至比一次成功的登月更有意义和价值。

若不是所有工作人员都能对他们各自领域的专业知识熟悉，落实到每处细节中，并且在最危急的情况下保持镇静，又怎够能化险为夷呢。对于任何事情来说，若是能用上"模拟，模拟，再模拟"以及"临危不惧"的思维决策，那么即便再严重的危机事件，也可以找出某种形式的应急方案来。

---

① 阿波罗 10 号（Apollo 10）是阿波罗计划中第 4 次载人飞行任务。

不怕死的 12 人 "试毒天团"

中国有句古话，"民以食为天"，因而在中国，食品问题是绝不能含糊的。只不过"吃"这个字背后也蕴含着巨大的市场，其中的利润之大足以让不法商人铤而走险。曾经出现的苏丹红、三聚氰胺、地沟油、瘦肉精、镉大米，都是铁证。

我们憎恶不法商人赚黑心钱的同时，也希望国家加强对食品的监督力度。有些国家监督机构的监督力度较大，如美国的食品药品监督管理局（FDA），措施比较严格，国内许多食品、药品都会以"通过 FDA 检验"作为卖点宣传。

但谁能想到，曾经的美国食品药品监督，其实糟糕程度同样令人发指。我们可以从新闻记者辛克莱耸人听闻的描写中，窥见当年种种：

那时的车间会回收各种过期变质的食品，然后回炉再造。从欧洲退回的火腿，长满了白色的霉菌，只要切碎后再填入新的火腿中又可以卖出不错的价格；仓库里被遗忘的牛油，发现时已经变味，只需重新融化，加点硼砂、甘油便不会再有怪味；香肠车间里贪吃的老鼠被毒面包诱饵毒死，随后工人将它们混着生肉铲进绞肉机里。

晚上下班用来洗手的水不仅可以让满是油污的双手变干净，也是第二天调配配料必不可少的水源；生肉被铺在地板上，工人们在上面来回走动，没人会介意他们随地吐痰，即使是结核病人也没有关系；一个工人不慎滑进正沸腾的炼猪油的大锅里，炼出的猪油依然可以大胆地送到客人的餐桌上。至于锅底的这副骨架，谁会在意是谁的？

这些纪实描述或许让你感觉恶心，其实这不过是美国食品行业"黑历史"里微不足道的一部分。FDA将美国大众从如此不堪的食品安全观念中拯救出来，背后所隐藏的是一段血和泪的故事。

故事发生在美国所谓的镀金时代，社会财富急剧增长，但假货横行却是避无可避的事实。幸而在言论自由的保护之下，那一代的记者成了后世所说的"耙粪者"。他们挖掘急剧进步的社会表象背后的阴暗，将黑幕揭露。只可惜媒体人似乎逃不脱关注量和阅读量的虚假盛况，即使许多媒体人良心尚存，却也同样刻意博取看客的眼球。

无数或真或假的新闻消息还是如同当头棒喝，打醒了哈维·W.威利——一位从普渡大学毕业的化学教授，被各式新闻消息所震撼，他发誓要用化学知识，揭露食品行业的不堪。

随即，他去了当时化学研究界的"圣城"——德国，他在那里掌握了分析食品成分的新技术。这次朝圣之旅结束后，他回到美国投入到揭露食品行业黑幕的工作中，同时也以此成名。

1883年，竞选大学校长失败的威利迎来了人生全新的转机，他得到担任美国农业部化学物质司长的机会。有了政府官员的背景之后，他的许多工作都开展得更加轻松，但也只是在他不涉及某些商人利益的前提下。

威利在农业部内成立了实验室，检查各种食品中的问题，他从胡椒里发现了木炭，从咖啡里发现了其他植物的种子。他的食品检查让消费者感到心安，也让企业家们心烦。只不过，威利也有自己的私心，他一直不调查新兴的化学防腐剂的安全性，因为这些硼酸、苯甲酸、水杨酸和福尔马林不少都是他的德国化学老师们的研究成果。他只是建议在产品标签中标明化学防腐剂成分，由消费者自行决定购买与否。

威利这次偏袒行为却无意中"踩了雷"。一种"防腐剂牛肉"吸引了所有记者的眼球，在媒体人巧妙的语言下，"防腐剂牛肉"成了全民抵制防腐剂的导火索。全国妇联和全国消费者协会都参与了这场维权，此时的威利机敏地做了一个符合身份的决定：他将用国会拨款的 5000 美元，建立一个实验小组，为人民当试毒的"小白鼠"。

这个想法要是放在今天绝对是千夫所指，但在当时，这却是一个足以引起公众感情共鸣的好主意。当时医学和化学远不如现在发达，许多医学家为了寻找疾病的根源，以身试毒并不罕见，试毒而死的人都成了令人尊重的殉道者。

威利在报纸上刊登广告征集参与实验的人，他并没有隐瞒实验风险：虽然好吃好喝招待，但吃的面包可能有木屑或明矾，番茄酱可能防腐剂超标，牛油可能有硼砂，总之，生死有命富贵在天，有胆你就来吧！因为奖金诱人，死亡也挡不住数十人报名，其中有的人甚至患有严重的胃病、肾炎，他们的自荐信可以简单理解为：独孤求败，但求一死。

威利顺利地招募了 12 位成员，并雇用了专业的厨师，吃饭的场地自然就定在他所就职的化学物质司的员工食堂了。这 12 个人组成的小组被称为"试毒天团"，12 人每天聚在一起吃饭，然后将自己的排泄物交给负责检验的人，以便跟踪记录血压、体重、心跳等数据。如此持续许多年，他们基本是用生命在战斗，每天不停地吃下含有各种化学物的食物，一开始吃的还是直接买来的食物，后来干脆直接吃添加剂。

秉承着"勇者方得食"的团队信念，他们吃下了氢氰酸、亚硝酸盐、亚硫酸盐、吗啡做的"美食"，喝下苯酚、甲醇混合出的"美酒"。他们凭借着啥都能吃的"特性"，自此站在了食物链的"顶端"。

试毒天团的英勇事迹被《华盛顿邮报》的记者报道了出来，人们因而知道了这群人的存在。但这 12 人的名字都没被泄露，仅有 1 人在实验之后因胃病去世，他的家人向法院控诉威利的"恶行"时，名字方才被世人了解。

靠着这些人的亲身试毒，威利收集了足够多的数据证明防腐剂和添加剂对人体的伤害程度，并写出了《纯净食品和药品法》的草案。但威利与食品行业的各位大佬斗争也不是一天两天，与其对抗的不仅仅是行业的利益，同时也掺杂了国家利益。凭他和他的化学物质司，根本无法改变什么，从他与邪恶斗争的 25 年里曾经历的 190 次失败便可稍稍了解。

幸运的是，威利得到了众多食品加工商业协会的支持，他们认为由威利这样的专家来监管，定能帮他们从自相矛盾的州法律和城市法律中找到平衡点。罐头大亨亨利正是其中的一员，不过亨利转而支持威利的法案更多还是因为：这法案所限制的多是利用化学品加工降低生产成本的小型加工商，这些小型企业利用低价冲击市场，严重影响了这些大型企业的生存。

即使出发点不纯洁，但威利离不开亨利的帮助，在亨利的帮助下，威利才能得到整个罐头行业的帮助，从而获得更多话语权。但这其中也有一些"猫腻"，威利对番茄酱添加剂始终网开一面，因为番茄酱正是亨利的核心产品。

威利更为频繁地曝光加工商的各种恶行，这些都加剧了民众对食品的不信任，同时推动了法案立法。在促使国会通过法案的过程中，老罗斯福总统的支持也起到了重要作用。

让老罗斯福真正理解食品安全重要性的却是一件趣事，食品问题让他吃过大亏。那时，他正领兵去古巴参加美西战争，他的士兵因为吃了有质量问题的罐装食品，数千人瞬间失去了战斗力，甚至有上百人因此死亡。

在 1906 年，《屠场》一书在图书市场的火爆引起了老罗斯福的注意。《屠场》由"耙粪者"辛克莱所著，文章开头描写的恶心景象正是该书中的段落。《屠场》的内容震惊了世界，甚至让美国的肉品出口大幅下降，许多人将《屠场》寄往白宫，希望得到老罗斯福的关注。而日理万机的老罗斯福选择在一个早餐时间，抽空看看这本火爆的图书。而当他看到那些令人作呕的段落时，他彻底崩溃了，正在吃的火腿肠连同餐盘被一起丢出屋外。

他急忙召见了辛克莱，在和辛克莱的讨论中，他决心调查肉类加工业。老罗斯福收到劳动部部长的调查报告时异常愤怒，他毫不犹豫地将其公之于世。这让全美陷入食品恐慌。这件事辅以威利的努力，终于促成了《纯净食品和药品法》法案的通过，1906 年 6 月 30 日这天也被载入史册。

为了纪念为此辛苦 25 年终成正果的威利，这法案也被称为"威利法案"（或称"维莱法案"）。法案于翌年的 1 月 1 日正式启用，但其实法案的作用并不明显，因为法案对违规企业的罚款也不过是几百美元，这和企业数百万的收入相比，只能算是九牛一毛。

巨大的利润面前，企业根本不会有什么改变。这种明明已经成功却依然是失败的感觉，让威利痛感自己半辈子的努力付诸东流。他的好伙伴亨利所代表的罐头行业也多次要求重组农业部，提高威利的权利，但始终不予通过。

之前威利偏袒亨利的番茄酱防腐剂，也因为伤害到了其他行业巨头而聚集了一大批反对者。与此同时，他在一次老罗斯福牵头的会议上，与多位行业巨头对峙时错误地将糖精说成最毒的毒物，这错误让老罗斯福开始怀疑他专业观点的准确性。老罗斯福安排了另一组"试毒小组"再次试毒多种被威利认定为"有毒物质"的化学品，最终结果显示威利存在巨大的错误。

威利发觉自己大势已去，他在政府工作已不能帮助他"将民众从危险添加剂手中救回"。他主动从化学物质司辞职，又转入《好管家》杂志工作，在此期间，他依然和他的伙伴们努力改变着社会现状。直至1927年化学物质司重组，这个威利曾经奋斗过的地方才稍微有所改变。

而正好威利去世的那一年，重组后的化学物质司正式改名FDA。无良商人们还没来得及庆祝威利的去世，更多的人因为威利的精神而投入到了食品安全的工作当中去，他们与国会持续争执了5年。最终因为美国马森基尔制药公司的万能磺胺致107人死亡事件的发生，汹涌的民意才成功逼迫国会提高了FDA的监管实权。这时的FDA已经初具威势，但真正让FDA变得说一不二的却是"反应停"事件。

反应停是一种能够缓解妊娠呕吐的新药，赢得了世界各地的孕妇喜爱。但FDA的一个工作人员始终怀疑反应停的副作用严重，因此迟迟没有批准其在美国正式上市。而随后发生的事证明了FDA的正确性，全球因为服用反应停而生出了数万海豹儿。所谓海豹儿是指新生儿上肢、下肢特别短小，甚至没有臂部和腿部，手脚直接连在身体上，其形状酷似"海豹"。而在FDA的严厉管制下，美国仅有17名孕妇产下了海豹儿，这让所有人都真正意识到了FDA的价值。

1962 年，国会正式通过了《Kefauver–Harris 药品修正案》，该法案赋予了FDA 极大的权利。在民意与少数人利益的斗争之下，民意最终获得了最大胜利。最终威利的所有努力也没有被荒废。

不只是美国为了食品安全历经苦难，在华夏数千年历史里，也正是有着神农氏、李时珍尝百草，才有着堪称国粹的《神农本草经》《本草纲目》。如今的我们虽已无须以身犯险，却仍会时常担心食品安全。

◎ 哈维·华盛顿·威利：《厨房里的保护神》[J]. 现代商业，2011(19)：70–73.

◎ 希尔茨 P J.《保护公众健康：美国食品药品百年监管历程》[M]. 姚明威，译. 北京：中国水利水电出版社，2006.

让瘟疫现形的"细菌学之父"

　　瘟疫，是对于具有传染力的疾病的通俗说法，"瘟，疫也。"在中国的史料中，很早就有关于"瘟疫"的记载。《黄帝内经》中就有"五疫之至，皆相染易，无问大小，病状相似……"的记载。东汉时期的《伤寒杂病论》也说过"建安纪年（公元196年）以来，犹未十稔，其死亡者，三分有二，伤寒十居其七。"

　　2000多年前的雅典，就差点被一场瘟疫毁掉。中世纪的欧洲，一场"黑死病"在一个月的时间里带走了8000多条鲜活的生命。1742年的流行性感冒，席卷了90%的东欧人。

　　瘟疫，给人们造成了无法估量的损失。天花，险些让印第安人灭绝，可谓史上最大的"种族杀"。霍乱、伤寒，战争时期流行，成了战争最可怕的帮凶。

　　长久以来，人们一直都不知道"瘟疫"到底是一种什么东西。它看不见摸不着，却能置人于死地，短短几天便使一座城市变成空城，不知因何而起，更不知如何预防，剩下的，只有恐惧。

　　直到他的出现，他让可怕的瘟疫现了形。他为人们揭开了瘟疫的神秘面纱。他告诉人们，瘟疫是可以被消灭的。

　　他就是德国著名的医生和细菌学家，世界病原细菌学的奠基人和开拓者。他首次证明了一种特定的微生物是特定疾病的病原。他发明了用固体培养基

罗伯特·科赫（1843—1910）

的细菌纯培养法。他提出的科赫氏法则至今仍被用于疾病病原体确定的依据。他是罗伯特·科赫（Robert Koch），细菌学之父，1905 年诺贝尔生理学或医学奖的获得者。

1843 年，科赫出生在德国一座名叫克劳斯塔尔的小城市里。他的父亲是一位矿工，和大山打交道。幼年的科赫就体现出了一位开拓者的远大志向。当他的兄弟姐妹们还不谙世事时，他却一个人蹲在池塘边聚精会神地看一只小纸船，指着小船对母亲说，他要当一名水手，到大海去远航！科赫并不是说说而已，他 5 岁就已经是邻里街坊口中的"别人家的孩子"。他的父亲工作很忙，母亲则忙于照顾自己的 13 个孩子。于是，他只能自己借助报纸学会读书，聪明而有毅力。

在科赫 7 岁那年，家乡的一位牧师因病去世。在牧师的追悼会上，科赫不解地问母亲："牧师得了什么病？这种病难道就治不好吗？"看着哑口无言的母亲，科赫也沉默了。

高中毕业后，科赫考入了哥廷根大学，师从弗里德里希学医。4 年后，他拿到了哥廷根大学的医学博士学位，成绩优异的他还被评为了"优秀毕业生"。

科赫毕业那年，普法战争的战火已经隐隐开始燃烧，随后他进入军队，成了一名军医。战争结束后，他去了波兰，在当地的一个小镇当医官。

1870 年，科赫婚后到东普鲁士的一个小乡村当外科医生。医生是个救死扶伤受人尊敬的职业，可让科赫无法忍受的是，当他的患者被传染病折磨甚至生命被吞噬的时候，他却无能为力。

没有人知道传染病的病因，更谈不上有效的治疗。科赫经常只能对患者和家属说几句安慰的话，因为他自己也不明白传染病究竟因何而起，他也没有有效的治疗方法。科赫没有坐以待毙，他不愿意再眼睁睁看着自己的患者一步步走向死亡。

在那个叫沃尔施泰因的小村子里，科赫建立了一个简陋的实验室。就是在这个小小的不起眼的实验室中，科赫开始了自己关于病原微生物的研究。科赫的实验室里没有什么大型的科研设备，小乡村中也没有收藏着大量文献的图书馆。他甚至也难以和其他同样研究微生物的学者进行沟通讨论，他唯一拥有的"大型"研究工具，是他的妻子送给他的显微镜。

在简陋的实验室里，单枪匹马的科赫沉浸在自己的研究中，只要有时间，他就将自己关在实验室中，人们不明白科赫到底在干什么，甚至有人说他得了精神病。

1863 年，法国微生物学家卡西米尔·达韦纳发表了一篇论文。论文中，卡西米尔提到了炭疽病可以在牛与牛之间直接传染。科赫在看到这篇论文后，更加仔细地研究了这个疾病。

炭疽是由炭疽杆菌所致，一种人畜共患的急性传染病。人因接触病畜及食用病畜的肉类而发生感染。临床上主要表现为皮肤坏死、溃疡、焦痂和周围组织广泛水肿及毒血症症状，皮下及浆膜下结缔组织出血性浸润；血液凝固不良，呈煤焦油样，偶可引致肺、肠和脑膜的急性感染，并可伴发败血症。

为了研究炭疽病的起因，他整夜整夜地在实验室里待着，甚至几个星期都不迈出实验室一步，像着了魔似的废寝忘食。他的妻子终于忍受不了他对自己事业的执着，离开了他。为了证明炭疽菌就是炭疽病的罪魁祸首，科赫从死于炭疽病的动物的脾脏中提取出了组织液，再将组织液接种到正常健康的小鼠身上，被接种后的小鼠很快就感染上了炭疽病。

然而，科赫对这样的实验结果并不是十分满意。

他想了解从未接触动物的炭疽菌是否能引起炭疽病。因此，他提取了患了炭疽病的牛眼中的液体进行培养。科赫发现，当环境不利的时候，这些细菌会在自身内部产生圆形孢子（芽孢），芽孢能抵御不良的环境，尤其是缺氧环境，而当周围环境恢复正常时，芽孢又成了细菌。

科赫在纯培养条件下繁殖了数代炭疽菌，当他将这繁殖了很多代后的炭疽菌接种到小鼠身上的时候，小鼠仍然感染了炭疽病。

1876 年，科赫公开了他的发现。他去了弗罗茨瓦夫，进行了 3 天的公开表演实验。他证明了炭疽杆菌是炭疽病的病因，首次提出了炭疽杆菌的生活史，即杆菌—芽孢—杆菌的循环，而能在土壤中长期生存的芽孢，就是造成炭疽大流行的罪魁祸首。

同时，他还提出了他对病原微生物的观点，他认为每种疾病都有特定的病原菌，而不是像人们之前所认为的，所有细菌都是一个种。科赫的报告引起了微生物学界的震动，这是人们第一次证明一种特定的细菌是引起一种特定传染病的病因，科赫的报告开启了科学家们关于病原微生物研究的时代。

发现炭疽杆菌并不是科赫事业的终结，只是他辉煌事业的开端。1880 年，科赫应邀赴柏林工作，出任德国卫生署研究员。在这里，他终于有了良好的实验设备和研究助手，他创造了至今还在普遍使用的经典细菌培养法——悬滴法，他用不同的染液给细菌染色，给显微镜加上了照相机，显微摄影术的出现让人们可以通过照片清楚地看到显微镜下的世界，终结了仅凭肉眼观察、文字描述或手绘图案定义细菌而引发的争议与混乱。

然而，一个至关重要的问题始终没有得到解决，人们仍然不知道，应该如何从许多混杂在一起的细菌中分离出纯种的细菌。细菌是会活动的生物，当它们在培养液中游走的时候，是几乎不可能分离出纯种细菌的。想明白了这点的科赫知道，只有用固体培养基才能得到纯种细菌。他将琼脂加到了传统的肉汤培养基中，首创了肉汤琼脂固体培养基。到今天，这仍然是细菌分离的重要工具。

科赫做了关于纯种细菌培养的报告和示范，当时的微生物学权威巴斯德评价道，"这是一项伟大的进展"。

19 世纪，肺结核被称为"白色瘟疫"，在当时的死因中占据前列，可人们无论是对死者进行病理解剖还是动物实验，都没办法找到致病菌。传统的方法在肺结核面前失去了效果，人们束手无策，只能坐以待毙。

当时有很多科学家为寻找肺结核的致病菌绞尽脑汁，科赫自然也不例外。科赫意识到，特殊的感染一定是由特殊的微生物引起的，只有找到那个微生物，将其分离培养出来，才有进一步研究的可能性。

于是，科赫用各种染料给病灶组织染色，结晶紫、美蓝、伊红、刚果红……常用的染料科赫都试了个遍，却仍然一无所获。虽然有些失落，但是科赫没有放弃寻找合适的染料。

终于，在亚甲基蓝染色后的组织中，他发现了一种从未见过的细菌。

为了验证自己的实验结果，他在柏林的各个医院中寻找因结核病致死的患者遗体，拿到了大量病灶组织的他继续着自己的实验。他将结核组织注射到各种动物体内并进行染色观察。结果让他十分兴奋，所有患上结核病的动物体内都能看到那种细菌。而健康的动物体内，完全找不到那种细菌的踪影。

向来严谨的科赫并没有直接宣布自己发现了结核病的致病菌。在实验中，他给动物注射的是病灶组织提取液，不是纯净的细菌。仅凭病灶组织提取液并不能证明已经发现了结核病的致病菌。他决定将那种细菌分离出来。

科赫将病灶组织提取液接种到了肉汤琼脂固体培养基上，小心地分离出了那种他之前没有见过的细菌，培养成纯净的菌种再注射给动物。细菌在被注射入动物体内后，成功地让实验动物感染上了结核病。科赫给这种细菌起了个名字——结核杆菌。

1882 年 3 月 24 日，德国柏林生理学会召开。当科赫将自己的研究成果公布出来的时候，全场寂静无声，没有人提出质疑，连那位一直看科赫不顺眼的欧洲医学泰斗、细胞病理学创始人菲尔绍也终于不再反对科赫的观点。沉寂了十多秒的会场突然爆发出了雷鸣般的掌声，一些科学家甚至忍不住站起来欢呼。害死了千千万万人的"白色瘟疫"的元凶终于被找到了。从此，肺结核不再是绝症，这怎能不让人兴奋呢？整个世界在那个报告后都沸腾了，科赫也成了与路易斯·巴斯德齐名的微生物学家。

从1885年起，科赫就一直在柏林大学担任卫生学教授，成了老师的科赫带出了一大批优秀的学生。日本著名的微生物学家北里柴三郎就是他的学生。他的门生陆续发现了白喉、伤寒、肺炎、淋病、脑炎、麻风病、破伤风、梅毒等一系列的病原体。

科赫退休后，就开始环游世界。哪里有传染病流行，哪里就有科赫的身影，他发现了霍乱弧菌，提出了控制疟疾的新方法——消灭携带致病菌的昆虫。

他提出了著名的科赫法则，用于建立疾病与微生物之间的因果关系。到今天，这个法则仍然是确定病原体的重要参考依据。2003年流行的SARS，正是通过这个法则确定了病原体。

科赫法则主要分为四个步骤：

1.在病株罹病部位经常可以发现可能的病原体，但不能在健康个体中找到；

2.病原菌可被分离并在培养基中进行培养，并记录各项特征；

科赫诞辰百年纪念邮票

3.纯粹培养的病原菌应该接种至与病株相同品种的健康植株，并产生与病株相同的病征；

4.从接种的病株上以相同的分离方法应能再分离出病原，且其特征与由原病株分离者应完全相同。

1905年，科赫收到了来自斯德哥尔摩的电话。为了表彰他在结核病领域的重要贡献，他拿到了当年的诺贝尔生理学或医学奖，他还被授予了德国的皇冠勋章、红鹰大十字勋章（医学界第一位获此殊荣者）。他是英国皇家学会会员，法国科学院院士，柏林、克劳斯塔尔授予他荣誉市民称号，海德堡大学、博洛尼亚大学授予他荣誉博士学位。

晚年的科赫因为心脏病住进了巴登巴登温泉疗养院。在疗养期间，他仍然念念不忘他的细菌学研究。逝世前的 3 天，他还在普鲁士科学院进行了一场关于结核杆菌的讲座。1910 年 5 月 27 日，科赫在疗养院离开了人世，终年 67 岁。

为了纪念他对全世界医疗研究领域开创性的贡献，德国政府设立了罗伯特·科赫奖。这个奖项，是德国医学领域的最高奖项。

第一次发明了细菌照相法，第一次发明了蒸汽杀菌法，第一次提出了霍乱预防法，第一次发现了鼠蚤传播鼠疫的秘密，第一次发现了炭疽杆菌、伤寒杆菌、结核杆菌……科赫用他的一生为人类的健康保驾护航。

光有知识是不够的，还应当运用。光有愿望是不够的，还应当行动。

◎ 谢德秋.《结核杆菌发现者罗伯特·科赫——纪念结核杆菌发现 100 周年》[J]. 自然杂志 ,1982(9):697-703+720.

◎ 张泽，胡嘉华、陈佳琳，王瑛琪.《AME 诺贝尔故事》06|《病原细菌学奠基人科赫》[J]. 临床与病理杂志 ,2015,35(8):1478-1480.

11　毒气弹始作俑者的悲惨一生

　　获得诺贝尔奖的科学家，基本上都对人类做出了巨大贡献，但是其中有一个获奖者不一样，有人说他是人间的恶魔，给人类带来无尽的痛苦，为历史书写了不光彩的一页。因为他发明的毒气弹带走了无数条鲜活的生命。

青年时期的哈伯（1891）

　　1918 年 12 月，瑞典皇家科学院将诺贝尔化学奖授予弗里茨·哈伯——一个刚被列入战犯名单的德国人。这个消息在科学界掀起了轩然大波，当时很多科学家甚至不愿意跟他站在同一个领奖台上。为什么瑞典皇家科学院会将诺贝尔化学奖颁发给一个被钉在耻辱柱上的男人呢？

　　1868 年弗里茨·哈伯出生于西里西亚的布雷斯劳（现为波兰弗罗茨瓦夫）的一个犹太染料商人家。德国当时的化工工业是全世界最先进的国家之一，生于染料商家，耳濡目染，哈伯从小就表现出对化学的极大兴趣。

天资聪颖的他在中学毕业后在卡尔斯鲁厄理工学院攻读有机化学，曾先后到过柏林、海德堡和苏黎世求学。大学毕业后发布的化学论文因见解独到和观点新颖，曾经一度轰动化学界。由于他的出色表现，年仅19岁的哈伯被德国皇家工业大学授予博士学位。

在合成氨发明之前，农业需要从动物粪便、秸秆、豆饼这些天然物质中获取利用氮元素，为了争夺这些宝贵的资源还爆发过不少"鸟屎战争"。1864年，西班牙对智利和秘鲁发动了战争，为的只是争夺一些蕴藏大量鸟粪的山洞。15年之后，智利和秘鲁又为山洞里的这些鸟粪打了一仗，最后智利获得了胜利，靠着鸟粪带来了几倍的经济增长。19世纪末，随着人口的快速增长，粮食需求也不断增加，仅靠农家肥是不可能满足人类对粮食的产量需求的，再加上工业发展与军事需求，人工固氮成了19世纪急需解决的难题。

即使经过无数科学家150年的不懈努力，这个难题始终没有解决。法国化学家勒夏特列试图用氮气和氢气混合进行高压合成氨的实验，但是由于氮氢混合气中混进了氧气，造成了实验爆炸。可能觉得这个方法不可行又或者觉得太危险，勒夏特列放弃了这个试验。

但是哈伯在听了这个消息之后，却毅然走上了合成氨这条路。终于在1909年7月2日，哈伯在实验室采用高温高压和用金属锇作催化剂的条件下，合成氨成功，平衡后都为6%~8%。即使氨的浓度还很低，远没有达到工业的要求，但毫无疑问这是一个具有质的飞跃的突破。

确定自己的方法奏效之后，哈伯便开始了不断改进试验的过程。在使用2500种不同催化剂进行了上万次试验之后，他终于研制出廉价易得的高效铁催化剂。同时为解决从这个化学平衡过程中不断分离出氨，还设计出了原料气的循环工艺，这就是课本中合成氨的哈伯法。原料气循环原理：在炽热的焦炭上方吹入水蒸气，可以获得几乎相等体积的一氧化碳和氢气的混合气体。其中的一氧化碳在催化剂的作用下，进一步与水蒸气反应，得到二氧化碳和氢气。然后将混合气体在一定压力下溶于水，二氧化碳被吸收，就制得了较纯净的氢气。同样将水蒸气与适量的空气混合通过红热的炭，空气中的氧和碳便生成一氧化碳和二氧化碳而被吸收除掉，从而得到所需要的氮气。

随着合成氨的研究成功，1912年德国巴登公司正式建造了世界上第一座合成氨工厂，从此合成氨走上了工业批量生产路线。氨的量产成功把人们从被动状态变为主动，使人类摆脱只能依靠天然氮肥的局面，解决了世界粮食危机。如果没有这项技术，全世界粮食产量至少会减半。哈伯的发明使一半的人类从饥饿中解救出来，人们称他为"用空气制造面包的人"。基于对科学和人类的贡献，哈伯获得诺贝尔奖称得上实至名归。但是在那个特殊的年代，他也难以逃出时代的捉弄。在19世纪，因为化肥和炸药的大量需求，硝石成了一种非常紧缺而重要的战略物资。但是硝石的产地主要集中在智利，当时德国的硝石基本只能从国外进口。但现在哈伯已经完成了人工固氮这一难题，化肥和炸药的问题也迎刃而解。

因为合成氨，哈伯的事业蒸蒸日上，同时深受德国统治者威廉二世的青睐并被委以重任。1911年他成为威廉皇家物理化学和电化学研究所所长兼柏林大学教授。

3年后，因为具备摆脱了对天然硝石的依赖和有了充足的粮食这样的客观条件，威廉二世有恃无恐地发动了第一次世界大战。

一战后有的军事家指出，在一战期间，英国海军曾想切断德国所有硝石进口路线。设想如果德国没有了硝石的来源，德军将会在1916年因炸药耗尽而投降。但令人没有想到的是，德军依靠哈伯的方法，军火从来没有断过，使战争多持续了两年。

哈伯当时也被民族沙文主义的激进和盲目的"爱国热情"冲昏了头脑。他把自己的研究所变成了为战争服务的军事机构，不仅为农业生产提供所需的肥料，也为战争提供军用物资。

为了寻求一种更有效率的杀敌方法，哈伯提出了一个大胆的设想：在战场上使用化学毒气来歼灭敌军，于是他顺理成章地成了毒气战的科学负责人。

经过3个多月的研究，这种化学毒气终于成功面世，1915年4月21日德军将装满液氯的钢瓶调往西线，22日哈伯亲自来到伊普雷前线对这第一场的毒气战进行指导。德军借助风向和风速对法军阵营进行了毒气突击。

　　空气中有十万分之三的氯气便能让人咳嗽不止，千分之一的氯气即可使人丧命。当士兵们将钢瓶打开，液氯便化为浓郁的黄绿色气体，向敌方阵营飘去，刹那间，法军营地便被毒气浸没。法军对此毫无办法，有5000多人当场死亡，1.5万多人中毒。

　　当时哈伯还兴致勃勃地乘着飞机在伊普雷上空观察毒气的杀伤效果，看到一个个士兵痛苦地捂着喉咙在地面挣扎，哈伯还大声叫好。

哈伯在战场指导

　　一位作家在采访目击者后描述了当时的可怕场面：

　　"高达30米的黄绿色气体在东风的吹拂下缓缓向前推进。这种致命的气体灼伤了协约国士兵的眼睛和肺，让他们呕吐并在痛苦中倒地。数以百计的人在口吐鲜血和绿色泡沫后死去。士兵们的银质徽章和皮带扣也变成黑绿色。"

　　这一次战斗的成功，让哈伯受到了威廉二世的嘉奖，同时各国也开始争相研发化学武器，一发而不可收拾，《海牙第一公约》彻底失效。这次战争掀开了近代化学战的序幕，而哈伯则成了化学武器的鼻祖，全人类谴责的恶魔。尽管受到了各国科学家的强烈谴责，但他还是继续为德军效力，同年又研制出了新的化学武器光气。光气的毒性为氯气的18倍，并且很难被察觉到，可谓杀人于无形。

　　哈伯的妻子克拉克是第一个获得布雷斯劳大学化学博士学位的女性，同时也是一位和平主义者。曾经一直支持自己丈夫事业的克拉克，面对如此残暴的化学武器是极力制止的。但是哈伯已经被自己的"爱国主义"冲昏了头脑，开始研究毒气芥子气。

芥子气被称为"毒气之王"，这种毒气的致死率占毒剂总伤亡人数的80%以上。芥子气是糜烂性毒剂，它能直接损伤组织细胞，引起局部炎症，可以使皮肤红肿、起疱、溃烂，吸收后能导致全身中毒，正常气候条件下，仅0.2毫克/升的浓度就可使人受到毒害。

哈伯当时还扬言说，化学武器是使战争结束最快速最人道的武器。克拉克看着此时如恶魔般的丈夫，感到非常陌生，于是绝望地拿起了丈夫的军用手枪，结束了自己的生命。

妻子的自杀也没有使这位狂热的爱国者冷静下来，反而更加坚信自己的一切全是为了人类的和平和祖国的胜利。据统计，在第一次世界大战期间，有130万人因化学武器而受伤，其中9万人死亡，即使是战后幸存者，也有60%的人员伤残。

上帝总是公平的，邪恶的一方总是要被击败的。因哈伯而发动的毒气战并没有使德国赢得胜利，1918年第一次世界大战以德国战败结束。同年12月，瑞典皇家科学院却为哈伯在合成氨发明上的杰出贡献，决定授予他诺贝尔化学奖。因哈伯而开始的化学战给人类带来的痛苦是不可估量的，很多人对此次诺贝尔奖提出了强烈的抗议。人们觉得哈伯没有资格获得诺贝尔奖，这是科学界的耻辱。但也有一部分人认为哈伯只是被帝国主义利用，受制于政治，别无他法。

对此哈伯也曾辩解，他说了一句颇具争议的话：

"在和平年代，一个科学家是属于全世界的，但是在战争时期，他却属于他的祖国。"

一战结束后，就算受到了如此大的非议他仍不知悔改。为了帮助祖国尽快还清战争赔款和债务，他开始研究从海水里提取黄金的方法。但是由于黄金在海水里面含量实在太低，哈伯只能空手而回。即使哈伯对自己的祖国如此忠心，德国还是无情地背叛了他。

1933 年希特勒上台，哈伯虽然是伟大的科学家，但是身为犹太人的他和其他犹太人一样遭到残酷的驱逐，终于被改名为"犹太人哈伯"。因为受到纳粹的迫害，哈伯与其他包括爱因斯坦在内的科学家不得不远离故乡。哈伯最终流亡英国，并在剑桥的一个实验室工作。

晚年的哈伯面对德国法西斯的种种暴行才开始觉悟，最终也成了反法西斯战争的一分子。1933 年 4 月 30 日，他发表了一份关于反对种族政策的声明，次年便在瑞士因心脏病发作逝世，终年 66 岁。

最为讽刺的是，他精心研制出来的毒气后来被应用到纳粹犹太人集中营中，包括他亲人和朋友在内的数百万犹太人被毒气毒死。这，也许就是所谓的报应？但他的家人又做错了什么呢？

12

改变历史的瘟疫

　　疾病最可怕之处在于它总是突如其来。2002 年 11 月在广东佛山发现的首例 "非典" 患者即是如此。来得突然，传染迅速。到 2003 年，据世界卫生组织统计，"非典" 导致的死亡人数为 919 人。恐惧的情绪甚至让人们变得疑神疑鬼。然而，在历史长河中，"非典" 不过是沧海一粟。与曾经肆虐欧亚大陆的黑死病比起来，实在是小巫见大巫了。

　　黑死病曾一度让全人类感到恐惧，每一次大爆发都会带走数以千万计的生命。它总是不留余地地屠杀，曾血洗欧洲，给欧洲文明一记重创。黑死病在当时难以预防，难以治疗，感染上的人几乎都活不过一周的时间。同时黑死病传播迅速，只要人在流动，它就会跟着流动，最多的一次，它覆盖了 4 个大洲，受害者达到 2 亿人！

　　有些学者认为，如此可怕的黑死病，在中世纪的爆发也改变了当时欧洲的格局。教廷的威严在黑死病面前已大大减弱，人民开始明白要及时行乐，更多的娱乐方式在民间流传开来。人民的思想也因此得到解放，更多的文艺复兴先驱者站了出来。如著名的意大利先驱者薄丘伽就在黑死病爆发时期，以黑死病为背景写下了经典的《十日谈》①。

---

　　①《十日谈》是欧洲文学史上第一部现实主义巨著。它讲述 1348 年，意大利佛罗伦萨瘟疫流行，10 名男女在乡村一所别墅里避难。他们终日游玩欢宴，每人每天讲一个故事，共住了 10 天讲了一百个故事。

　　更重要的是，中世纪的医学一度被神学牵制不得进步。而黑死病的出现，让人们开始探索如何用科学的方法拯救自己。

　　黑死病似乎始终蒙着神秘面纱，一般认为黑死病与鼠疫的关联较大。患病的人皮肤会出现血斑或脸部肿胀，若得不到应有的治疗，全身皮肤常呈黑紫色，最终死去，因而被称为黑死病。

　　瘟疫爆发的重要因素是卫生条件差。以鼠疫假说为例，跳蚤或虱子通过叮咬将老鼠身上的鼠疫杆菌传染给人类，进而引起的烈性传染病。但其实啮齿类动物对鼠疫杆菌大多有着免疫力，而传播疾病的跳蚤却会死于鼠疫本身，是彻头彻尾的死亡传递。

　　黑死病是历史上影响力较大的一种传染病，中国历史上也多次爆发过黑死病瘟疫。黑死病在历史上有三次大规模爆发：第一次大爆发被称作"查士丁尼瘟疫"，第二次是重创欧洲经济的"中世纪大瘟疫"，以及标志着黑死病逐渐消亡的"第三次鼠疫大流行"。黑死病逐步膨胀，每一次爆发都更具杀伤力，最后却又消弭于无形。许多学者认为是医学的进步和环境的改善消灭了黑死病，这一切要归功于人们的努力。

　　这要从6世纪的"查士丁尼瘟疫"①说起。因其爆发适逢拜占庭皇帝查士丁尼在位，故此次瘟疫被后人称为"查士丁尼瘟疫"。在6世纪的地中海世界，雄踞东部的拜占庭帝国兴盛达到巅峰。即将重现罗马帝国辉煌的时候，一场空前规模的瘟疫却不期而至，使拜占庭帝国的中兴之梦化为泡影。当时，人们还在街头巷尾讨论即将爆发的战事，突然身体摇晃，一声不吭地倒在地上，所有人都以为是上天降下的灾祸。这是黑死病第一次被人们牢牢记住。疫情并没有维持太久，在一年之后便逐渐消失。黑死病的下一次大爆发是在14世纪的欧洲。

　　14世纪的"中世纪大瘟疫"的爆发也标志着人类与黑死病长达600年的

① 查士丁尼瘟疫是指公元541到542年地中海世界爆发的第一次大规模鼠疫，它造成的损失极为严重。

拉锯战拉开了序幕。这场大瘟疫被认为是由历史上一次"细菌战"引起的。1346 年，西征的蒙古军队包围了黑海港口城市克法，最终因为军队围城生活条件恶劣而失败。不少士兵染上了黑死病，围城军队不败而溃。撤退无望的军队将病死者的尸体用投石机投入城内，原本兴旺的海滨城市在几日内便成了一座死城。

疾病随着幸存者，从海路、陆路来到了欧洲。之后的短短 5 年时间里，黑死病席卷整个欧洲，消灭了超过 1/3 的欧洲人口。意大利和英国死亡人数甚至接近总人口的一半。黑死病成为欧洲中世纪死神的象征，让欧洲人的平均寿命从原有的 40 岁骤减到 20 岁。为了消灭这四处游荡的死神，人们开始了漫长的自救之路……

在中世纪的欧洲，教廷领导下的医学发展呈现不健康的状态：神学和医学不分家，科学的界线十分模糊。攻读神学的教士突然发现放血能让人头脑清醒，一身轻松。上流圈子居然也煞有其事流行起"放血风"。感冒靠放血，痛风靠放血，心情不好也要放血，放血几乎成了一种超乎医疗的活动。

社会上流人士都开始流行放血了，普通老百姓自然也开始跟风。最初，放血的手术都由教士实施，直到教皇颁布敕令——禁止教士给人放血。教士不能给人放血，于是放血的重任一下子落到了拿剃刀的理发师身上。理发店门口的红蓝白条纹标志代表放血的服务：红色是动脉，蓝色是静脉，白色是止血用的绷带。

可是中世纪的欧洲人不仅不懂得麻醉，也没有杀菌消毒的手段，放血治病不成，反倒成了黑死病的助力。人们又开始寻找新的怪异方法：吃发霉的糖蜜、用小便洗澡、大便敷脓包，几乎都是危险的行为。在尝试无果的情况下，人们感到万分绝望，唯有祈祷，向神哀求。世界末日的惨象在欧洲大陆各处上演，这种惨剧一直到黑死病入侵俄罗斯之后，才开始慢慢停止了。黑死病突然就自行离开了，留给欧洲人难以修复的疮痍。

但黑死病并没有完全消失，它偶尔还会出现在人们的视野里，让人类不能忘记被黑死病折磨的恐惧。身处恐惧之中，作为救死扶伤的医生显得特别左右为难。其实在这样的疾病面前所有医生都是束手无策的。但医生的天职却不容许他们后退，可笑的是，勇敢留下的医生却会被认为是为了金钱。由于始终无法了解黑死病的本质，医生们也难免想出一些奇怪的办法保护自己。

艰苦度过了"中世纪大瘟疫"的医生们开始总结经验。在疫情相对缓和的16世纪，一名叫Charles de Lorme的法国医生发明了鸟嘴面具。当时民间普遍认为，瘟疫是形似鸟的恶灵缠身，只有形象更为凶恶的鸟嘴面具才能驱赶它们。自此医生的形象变得诡异起来。为了杜绝感染，身上穿着泡过蜡的衣服，头戴黑帽、带着鸟嘴面具，面具的顶端塞着香料，手上带着白手套、拿着木棍成了医生的标配。但医学技术和防范意识不足终究是硬伤，医生能够保护自己却依然救不回病人。久而久之，"鸟嘴医生"也成了死亡的代名词。

这种只能自保不能救人的治疗，终于在19世纪第三次"瘟疫大流行"的时候得以改变。1855年开始的瘟疫大流行是历史上传播速度最快、范围最广的一次。从中国的云南省开始，蔓延到了印度，传到了美国旧金山，也波及了欧洲和非洲。仅仅10年，传到77个港口60多个国家，全球死亡人数超千万。

幸运的是19世纪的微生物学领域已经有了足够力量发现真相。瘟疫在中国华南爆发的那年6月15日，亚历山大·耶尔森抵达香港。起初耶尔森不被允许进入停尸房，通过贿赂处理尸体的英国水手，才得以在停尸房逗留几分钟。而就是这几分钟，耶尔森用无菌针在死去的水手身体的肿块上提取了一些液体。回去之后，他在显微镜底下观察到一种呈阴性的杆状菌。随后他将杆状菌接种到了健康的豚鼠身上，几天后，接种病菌的豚鼠都死了，并在尸体上检测到一样的菌落。最后他断言，"毫无疑问这就是导致瘟疫的微生物！"自此，这种致病菌便以耶尔森的名字命名——耶尔森氏菌。

发现了耶尔森氏菌后不久，耶尔森在一次救助工作中，与法国军医路易·西蒙德又发现了这种瘟疫能在老鼠与人之间传播。很快，在1896年黑死病波及印度的时候，俄国科学家哈夫克伊纳经过一年的努力，用杆状菌制作出了第一个疫苗。瘟疫的疫苗很快开始投入使用，拯救了成千上万的患者，只有 19 人因为疫苗受污染而医治无效病死。虽然有了疫苗，但是如何控制黑死病的传播还是一个难题。

1910 年，华侨伍连德在出任东三省防疫"全权总医官"的时候，发现了黑死病同样会在人与人之间传染，通过有效的隔离和高效处理传染源，黑死病的蔓延被成功抑制。自此一役之后，人类为对抗黑死病所做的无数努力总算取得较好的效果。

直至今天，还有很多人将精力投入到对黑死病的研究里。虽然主流观点认为曾经三次爆发的黑死病元凶就是鼠疫杆菌，但还是有不少学者持有不同的观点。即便是现在我们都还没有完全揭开黑死病的面纱。

历经沧桑，横扫欧亚大陆 600 年之久的黑死病逐渐消散。但就像游戏《辐射》中的那句话：战争从未改变。人类与病菌的对抗永远不会停歇。

◎ 张欣蕊.《十四世纪西欧瘟疫历史研究综述》[J]. 黑龙江史志 ,2015(1):74-75.

CHAPTER 4

第**4**章

天才的大脑，
美丽的心灵

　　数不清的脑科学专家前赴后继，探索记忆的秘密。然而，在记忆与大脑的研究历史里，最出名的人恐怕不是哪个医生或者科学家，而是一位患者，一位从 27 岁开始，就以病人作为唯一职业的患者。他自从接受了一次切除手术，就再也记不住任何新的东西。他就像是一个陷入时间循环的人，记忆只能保持短短的几分钟甚至几十秒。

只有 20 秒记忆的"职业病人"

有那么一个传说，鱼的记忆只有 7 秒钟，7 秒之后，鱼不会再记得曾经的事情，所以在那一方小小的鱼缸里，它们永远不会觉得无聊。不过，这个根本没有任何科学依据的传说早就已经被辟谣了无数次。

记忆，真的是一种很玄妙的东西。科学的说法是，记忆，是神经系统储存过往经验的能力。可千百年来，人们却始终不知道记忆这种东西究竟是什么样的，它受到什么影响？它究竟储存在大脑的哪里？没有人知道答案。

于是，数不清的脑科学专家前赴后继，探索记忆的秘密。然而，在记忆与大脑的研究历史里，最出名的人恐怕不是哪个医生或者科学家，而是一位患者，一位从 27 岁开始，就以病人作为唯一职业的患者。他自从接受了一次切除手术，就再也记不住任何新的东西。他就像是一个陷入时间循环的人，记忆只能保持短短的几分钟甚至几十秒。

可他的案例，却被作为典型，写进了研究记忆与脑神经科学的书里。在世界上，几乎每一本神经学的教材中，都有专门的一章，留给这个代号为"H.M."的病人，他终身的职业是病人，却开启了当代脑神经科学的研究。

在他去世后，他的大脑甚至"享受"了与爱因斯坦大脑一样的待遇——被切成了 2000 多片 70μm 厚的样本，送到实验室中研究。也是在他去世后，人们才终于知道了书中神秘的"H.M."的名字。亨利·莫莱森，世界上最著名的健忘症患者，他的生命，是永远的现在时态。

1926年2月26日，亨利出生在美国的康涅狄格州哈特福德市。出生的时候，亨利与正常的孩子并没有什么两样，他有着大多数男孩子都有的特点，每天在外面折腾玩耍，喜欢一切新鲜事物。直到7岁那一年，一场意外的自行车事故中，亨利撞伤了头。撞到头的亨利当场昏迷，吓得周围的人大惊失色。幸好，几分钟后他悠悠转醒，看上去并没有什么大碍。

或许，正是这一次不算严重的车祸导致了他的癫痫。自那以后，亨利就一直遭受着癫痫的困扰。到了16岁的时候，亨利的癫痫发作得愈发厉害。他口吐白沫，咬自己的舌头，四肢不停地抽搐。频繁发作的癫痫让他不得不停学在医院接受治疗，一直到21岁，他才勉强完成了高中的学业。

高中毕业后的亨利到了一家工厂当装配工，可他已经注定没办法像正常人一样工作与生活。他经常眩晕、昏厥，抗癫痫药的剂量越来越大，效果却越来越差。最终他只能辞职在家休养，不能出门。

就在亨利被癫痫折磨得生不如死的时候，当地著名的神经外科医生——威廉·斯科维尔找到了他，威廉告诉亨利，他可以帮助他。威廉想用的治疗方法正是那个臭名昭著的"脑前额叶切除手术"。作为一名优秀的神经外科医生，威廉认为，这样的手术相当不精确，盲目地手术会让患者陷入危险之中。为此，威廉设计了一套极为严格的操作程序，仔细记载每次手术所切除的大脑位置。威廉相信，切除大脑的"内侧颞叶"是疗效最好的。

青年时期的亨利

这是一项危险的手术，那时候的人们对大脑并不了解，对精神病的治疗更是抓瞎。可绝望的亨利和父母等不了了，他们决定孤注一掷。1953 年的 9 月 1 日，亨利接受了威廉医生的手术。这成了他生命中最重要的决定，而这一天也成了他陷入记忆循环的起始点。

威廉医生给亨利打了麻醉针，分别摘除了亨利大脑左右两边的内侧颞叶部位约 8cm 长的脑组织，他的海马构造与邻近组织，大部分的杏仁核与内嗅皮层也都被切除。手术很成功，亨利发病的程度和频率有了显著的下降，也没有变成一个"没有喜怒哀乐的傻子"，一切看上去都很好。可对于亨利来说，他的生命从这一刻，开始了永远的原地踏步。

他找不到去卫生间的路了，刚吃过午饭的他不停地问护士什么时候开饭。他翻来覆去地看着同一本杂志，十分钟的对话里将一个笑话来来回回说了很多次。他无法结交新朋友，每一次见面，他都觉得是初次相识。他再也没有办法记住新的东西了。任何东西他都会"过目即忘"，大脑永远只能储存几十秒的新记忆。一转身，他就会忘记自己刚刚说过什么，做过什么。可他记得很多之前发生的事情，他记得自己的父亲来自路易斯安那州，记得母亲来自爱尔兰，他知道 1929 年的美国股市崩盘事件，也知道第二次世界大战。

威廉医生对亨利做了测试，他的智力很正常，基本性格也没变，可是他却再也无法形成新的记忆了。他记得曾与父母同住的故居在何处，却找不到手术前半年多自己的新家在哪里。亨利患上了"顺行性遗忘症"和一定程度的"逆行性遗忘症"，"逆行性遗忘症"让亨利忘记了手术前一两年的大部分事情，而典型的"顺行性遗忘症"则让他再也无法记住手术后的事情。

手术后失忆，在经历了脑前额叶切除术的患者身上并不少见，可亨利却是其中极为特殊的一个。他损失的记忆能力非同寻常而又异常清晰，并且他的手术过程被详细地记录了下来。于是，亨利成了研究记忆的最佳实验对象，他被化名为"H.M."，成了一名"职业病人"。

数不清的优秀科学家前来研究他。其中，一位名叫布伦达的女科学家占据了重要的一席。当 2009 年《神经元》杂志发表关于亨利的特邀稿的时候，文章的结尾出现了这样的一段话，"H.M. 之所以能在神经科学研究史上占据如此重要的一席之地，其中一个重要的原因便是，当年研究他的那个年轻科学家，正是布伦达·米尔纳。"

布伦达是个杰出的实验科学者，对基础概念也有着极强的洞察力。1955 年，37 岁的布伦达从英国去美国拜访亨利，开始了对亨利长达半个多世纪的研究。

对于现在的人来说，大脑不同区域主管不同神经功能的概念已经深入人心，可在几十年前，科学家们并不知道坚硬的颅骨内，这一团柔软滑腻的灰白色组织到底是如何影响人们的思想与行为的。经过对亨利和另外 9 位接受了颞叶切除术的病人的研究，布伦达和威廉医生一起得出了结论：在亨利被摘除的大脑部分中，有一个特殊的结构，其形状细长弯曲，那是被称为海马体的结构，亨利的记忆障碍，与他海马体的缺失有关。

既然这样，那么海马体应该就是大脑用于管理记忆的部分。而亨利除了再也不能记住新东西，其他的一切都没有受到影响，那么海马体应该对其他的神经活动影响很小。通过对亨利的症状与手术情况的分析，神经科学历史上，第一次有了一项可以明确定义的神经功能——记忆，这开创了大脑功能分区研究的先河。

可是，亨利并非完全不能记住东西。布伦达让亨利在屏幕上看一串停留一阵又消失的数字，让他立即重复，当数字为 6~7 个的时候，亨利能准确地完成这项任务。亨利的短时记忆能力并不比一般人差，可他实在是太"健忘"了，他忘记东西的速度快得惊人。那么，记忆与遗忘之间，又是什么样的关系呢？

实际上，记忆，对于正常人来说似乎是个自然而然发生的过程，人们似乎并不需要刻意去记住自己有没有吃过午饭。可对于大脑来说，记忆可以分成长时记忆和短时记忆。

短时记忆就是短期加强神经节点的效率，时间短，强度高，几十秒后，短时记忆就会消失。可长时记忆就不一样了，强度不算高，却效果持久。海马体，就承担着将短时记忆转化成长时记忆的工作，它将人们阅读的书、欣赏的画、品尝的美食、眺望的风景，都分门别类一一整理好，珍藏起来，以供人们日后回忆。失去了海马体的亨利，自然也就失去了将短时记忆转化成长时记忆的能力。

那么，失去记忆能力的亨利，就一丁点儿记忆功能都没有了吗？布伦达继续对亨利进行研究。在布伦达的指导下，亨利拿着一支铅笔，一张画着双线五角星的纸片，沿着五角星的轮廓，在双线之间再画出一个五角星。这看似简单的任务，实际上很难顺利完成。因为在整个过程中，亨利都不能直接看到自己在纸片上画的五角星，他只能看到镜子中自己画五角星的影像。左右颠倒的镜像让亨利画出的线条歪歪扭扭，没办法画出直线。但是经过几天的练习，亨利能够流畅地对着镜子画出五角星。甚至一年之后，他都还能顺利地将五角星画出来。尽管，他根本不记得自己曾经做过这样的一个练习。

每次画画，对亨利来说都是一次崭新的经历，当某一次他顺利流畅地画出五角星的时候，他惊讶地说道："这么简单？我还以为会很困难呢！"亨利并没有丧失自己的"程序性记忆"，记不住任何事情的亨利，却可以通过训练，掌握动手操作的新技能。布伦达意识到，在海马体之外，还有别的记忆可以生成。

海马体固然对于记忆的形成有着举足轻重的作用，可它却只掌握着某一类特定记忆的转化。对于"程序性记忆"，它并没有横插一脚，程序性记忆是指如何做事情的记忆，包括对知觉技能、认知技能、运动技能的记忆。程序性记忆可以帮助人们完成日常生活中很多看似不起眼的任务：穿鞋带、编辫子、游泳、骑车、演奏乐器、飞快地打字等等。这些似乎都是"只可意会不可言传"的学习过程。

这些与运动相关的记忆的生成与小脑、纹状体、运动皮层等有关系。实际上，亨利学会的不仅仅是这些。他还能形成潜意识，对看过的画片留下说不清道不明的印象。他能完成一种叫作"重复启动"的心理学测试，他还能准确地画出自己居住的单元房（手术后搬入）的地图。

起初，人们认为，这种与肌肉相关的记忆，可能是一种特例。可随着对亨利的研究的深入，越来越多的"特例"告诉人们，这并不是什么特例。这些都是一类被称为"非陈述式记忆"的记忆方式。

这一类记忆在海马体之外悄然成形，深藏在潜意识中，神不知鬼不觉地影响着人们的日常生活，而海马体，与记忆相关，却不是那种简单而直接的联系。

亨利让科学家们的眼光锁定在海马体之上，提出了简化而有效的记忆生理模型，又让科学家们将眼光拓展到海马体之外，在大脑的其他部位搜寻更多与记忆相关的东西。

科学家们一点点挖掘着记忆的神秘成因，一层层撩开遮在记忆与大脑面前的神秘面纱。曾经玄妙而虚无缥缈的东西渐渐凝成了实体，为人们所知。而亨利这个脑神经科学史上最著名的实验品，也步入了老年。虽然他意识不到时间的流逝，每一天对他来说都是大梦初醒的第一天。但是时间，还是在他的身上留下了深深的痕迹。自从 27 岁那年的手术之后，他再也没办法独立生活。他先是搬进了父母家里，然后是亲戚家，最后是养老院。

他喜欢看电视，喜欢和别人聊天，喜欢玩填字游戏。即便他一转头就会忘掉电视说了什么，和别人聊到哪儿。他幽默而风趣，常常妙语频出。当研究者问他："你吃过饭了吗？"他会笑着说："我不知道，我正在和自己争论这件事。"他甚至还喜欢善意地捉弄人。一次，他与一位研究者走在麻省理工的校园中，研究者问道："你知道我们在哪儿吗？"亨利立刻说："怎么啦？我们当然在麻省理工！"研究者惊讶得说不出话来，亨利得意地笑着指了指前方学生的 T 恤，上面印着 3 个大大的字母：MIT。

亨利无疑是一个最好的实验品，或者说，被试。他性格温和友善，容易相处，永远乐于尝试那些稀奇古怪的测试。如果一个人每时每刻都处于一个陌生的环境中，身边都是陌生人，那么他只能有两种选择，要么把每个人都当作敌人，要么把每个人都当作朋友。显然，亨利属于第二种人。

他平静地接受了这个每天都"恍如从梦中惊醒"的世界。对身边的老朋友和"新朋友"都保持着无比的友善。有时候，研究者会问他："你做过什么尝试让自己记住的事情吗？"亨利会狡黠地笑笑，说："我怎么会知道，就算我尝试过，我也记不住啊。"他敲敲自己的脑袋，感叹道："这真是个榆木疙瘩。"

2008 年 12 月 2 日，82 岁的亨利结束了自己 "27 岁" 的人生。

按照他早年签下的协议书，他的大脑被取了出来，切成了 2000 多片 70μm 厚的薄片，用于计算机建模。亨利的大脑信息，将会在经过重构后全部公开。亨利当了一辈子的 "专业实验品"，死后，他的大脑活在了计算机里。与很多脑神经科学家相比，亨利对现代脑神经科学的贡献更大。如果亨利知道这些的话，应该会十分欣慰吧。

在他的身上，始终有一个信念：从未失落过的他总是希望，科学家在他身上所发现的一切，会对别人有所帮助。

"亨利，明天你打算干些什么？"

"我想，任何对别人有用的事情。"

02 天体物理学家与摇滚巨星

有一位顶着奇怪发型的吉他手，他灯柱一般的高挑身材伴着略微张扬的英伦风情，曾在奥运会闭幕式上演奏了一首无人不知的歌曲——*We Will Rock You*。这首歌曲与他演奏的另一首歌曲 *We Are The Champions* 被各种体育、游戏，甚至是政治场合所使用，经久不衰。

很多人也许没有听过他的名字，但几乎无人敢说不曾听过他的歌曲。他是吉他手布莱恩·哈罗德·梅。在 2011 年《滚石》杂志评选的百名最伟大吉他大师榜单中，他排名第 26，他的乐队专辑霸占了全英国销量榜单首位长达 1322 周。

布莱恩·哈罗德·梅（1947—）

但很少有人知道，这样一个摇滚巨星居然是一位天体物理学博士。他的天文学论文发表在 *Nature* 期刊，还在自家后院建起天文台，他甚至还是利物浦一所大学的校长，为 NASA 制作出了第一张冥王星的立体照片。很少有人能像他一样，如此声名远扬，如此备受追捧，却还保持着自己求知的可贵本性。

Buddy, you're a boy make a big noise

Playing in the street gonna be a big man someday

兄弟，你还只是个闹腾的小男孩

在街头巷尾小打小闹，但总有一天你会成为大人物——《we will rock you》

6 岁的布莱恩，已经开始展现出对音乐的热爱。在那个流行音乐还没有完全被情歌占领的年代，布莱恩成天黏在收音机旁，聆听着单纯的美好，父亲见他兴趣很高，就开始教他学班卓琴。布莱恩很快就学会了 7 个简单明快的和弦，爱上演奏的他希望下一个生日礼物是一把吉他。7 岁的布莱恩如愿收到了一把吉他却发现了不少问题，琴弦太高，对于一个孩子来说难以演奏。在和父亲讨论后，他们决定自己改造这把吉他。渐渐地，布莱恩发现改造乐器的乐趣不亚于演奏。

他学着刚刚流行起来的电吉他，给手里的这把破木吉他装上自制的简陋拾音器，然后将拾音器接上家里收音机的扬声器，竟也有模有样地做成了一把简陋的电吉他。

布莱恩对音乐的爱好甚至发展到了其他乐器上。到 9 岁的时候，他坚持考过了钢琴四级，但很快他就受不了钢琴演奏的各种条条框框，退出了。因为他已经开始写一些古怪的歌曲，吉他才是他真正的梦想。20 世纪 50 年代正是电吉他刚刚起步的时期，就像是刚刚开发的处女地，很多狂热的音乐人都愿为它奉献毕生的青春。

那时候，布莱恩疯狂涉猎各种风格的音乐。一边听一边模仿，渐渐地能够边弹边唱，吉他的演奏技术也突飞猛进，而他那时只是一个 11 岁的小学生。

中学时，他有了更大的展示空间，也遇上了很多喜爱吉他的男孩。可无论如何，布莱恩总是他们之中最独特的一个。他常常一个人在教室的角落悠悠地弹吉他。在中学的第二年，他就已经有了粉丝俱乐部。

渐渐地，学校里掀起了一股组乐队的热潮。可是布莱恩只有一把改装过的木吉他，根本拿不出手，家里又负担不起这么昂贵的乐器。布莱恩计划着和爸爸一起从头开始制作一把电吉他。他们腾出了一间卧室作为工作间。布莱恩找来一块从壁炉上拆下来的废弃桃花心木，费尽全力才用刀切出了琴颈的形状。琴身的原料也都是他找来的一些废旧材料。

用自行车座下的金属做成了摇把，从爸爸的摩托车上拔下来两个弹簧做了琴桥，甚至还找来了妈妈的粗缝衣针做固定。历时一年半，布莱恩也从 14 岁长到了 16 岁，终于有了自己的第一把电吉他"Red Special"。

这把只花了 17.45 英镑制成的电吉他不但不简陋，很多地方甚至超越了当时昂贵的大品牌吉他。为了保证琴颈的坚固，布莱恩在里面加装了金属条。为了降低断弦的风险，他改进了琴桥的设计。布莱恩亲自安装的拾音器和电路可以组合出 24 种音调。

在"Red Special"的陪伴下，布莱恩组建了第一支乐队。他从乔治·奥威尔的反乌托邦小说中获得灵感，将乐队起名为 1984，也开始了第一次收费演出，迈出了成为"少女杀手"的第一步。

布莱恩的发型也是在这个时候由短发发展为牛顿同款发型。布莱恩在校园音乐圈里声名鹊起，吉他技术炉火纯青。他遇上了牙医专业的医学生鼓手罗杰，又建立起了自己的第二支乐队 Smile，后来学服装设计的主唱佛莱迪也加入队伍，直到最后电子工程专业的约翰到来，这支乐队终于成型，名字也改为惹眼的 Queen（皇后乐队）。

乐队稳定后，逐渐有了名气，可依旧没有什么收入。因此布莱恩和约翰包办了所有设备相关的事宜。他们自制了很多独一无二的效果器，打造出只属于自己的音色，渐渐地乐队找到了自己的风格，并且几乎无人能复制。

20 世纪 70 年代，摇滚乐备受主流社会的质疑，被认为是叛逆和玩物丧志的典型，多年以后摇滚乐坛依旧充斥着毒品、酒精和糜烂。而皇后乐队简直就是乐坛的清泉，他们个个受过良好的教育，典雅而华丽。1975 年，皇后乐队凭专辑《歌剧院之夜》走向巅峰，单曲《波西米亚狂想曲》甚至霸占了美国排行榜亚军数周之久。

布莱恩灵魂的另一半其实也早早地爱上了天文学。

7 岁时，布莱恩不仅拿到了人生中的第一把吉他，爱上音乐的同时也迷上了星辰宇宙。

他迷上了摩尔爵士的天文科普节目《仰望星空》，彻底迷上了浩瀚的太空，渴望了解它的一切。他改装了木吉他的同时，也和爸爸自制了一架反射望远镜。牛顿当年凭借一架反射式望远镜进入皇家学会，布莱恩靠着这架望远镜找到了一辈子的梦想。他熬夜看天文节目，凌晨起来观星望月，立志要成为一名有建树的天文学家。

布莱恩在中学时代对音乐的疯狂完全没有影响到学业，在中学毕业前，他曾获得物理学科的公开奖学金。在 18 岁的夏天，布莱恩通过了十个普通科目、四个高级科目的考试，拿到了帝国理工学院的入学通知，主修物理和数学，同时也没有放下音乐的爱好。

1970 年他获得高等二级荣誉理学学士学位，优秀的成绩让他得以留校继续攻读博士学位。一方面布莱恩要坚持乐队练习，另一方面还要兼顾学业。同时，为了乐队的支出，他每个星期还要抽出两天半的时间做数学教师。

不但学业没有一点退步，其间他还发表了两篇论文，其中一篇更是发表在权威期刊 Nature 上，那是他离两个梦想最近的时刻，也是最痛苦的时刻。

经过十分艰难的痛苦选择，在博士论文已经进入修订阶段的时候，布莱恩放弃了学业。他的父亲不敢相信儿子放弃了如此优秀的学业。布莱恩曾经的导师金回忆道："布莱恩是个又讨喜又友善的优秀学生。那时，至少在我心目中，他怎么都不会成为一个摇滚明星。对我来说，他永远是个聪明的物理学家。"

在那之后，布莱恩和父亲有足足一年的时间没有说话，直到皇后乐队第一次在美国演出的时候，布莱恩给父母买了机票请他们来看演出。演出后，他对父母说："点客房服务吧，我们有钱了。"

父亲看着布莱恩说："好的，我知道了。"父子关系终于得以冰释。那一刻，布莱恩才明白自己是有多希望得到父母的认可。

皇后乐队在大家的努力下走向成功，演唱会从蒙特利尔开到伦敦温布利体育场。1985年，一场举世瞩目的慈善演唱会Live Aid上，皇后乐队演奏6首歌曲，观众为之疯狂。那是摇滚乐最辉煌的年代，Live Aid创下了10.5亿的收视纪录，筹集善款8000万美元。

辉煌的台前，布莱恩是最温文尔雅的吉他大师。而幕后，他也从未离开自己天文学家的梦想。他不仅极度关心天文学的进展与新闻，还在自家的后院建起了一座小型天文台，儿时的梦想被他小心地保存在最柔软之处。

但天下无不散之筵席，皇后乐队迎来落幕的时刻。1991年，主唱佛莱迪因艾滋病而永远离去。彼时，布莱恩受到父亲、伙伴去世的双重折磨，加上自己多年以来对家庭的疏忽，几近崩溃。

梦想，是不是应该放弃了？

...

二十一世纪初，布莱恩去苏格兰观测一次日环食，遇见了儿时偶像摩尔爵士，他们畅谈许久。

摩尔爵士提出了一个大胆的想法，希望能和布莱恩合著一本天文学科普书籍。布莱恩心里的火焰被神奇地重新燃起，答应了这个请求。

在准备撰写书籍的日子里，布莱恩被触动了。他向帝国理工学院申请重新注册学籍，时隔32年，以59岁的高龄重回母校。他重新拾起了曾经的课题，忙碌地投入到观测中。

仅仅一年时间，布莱恩就提交了博士学位论文，将天体物理学博士学位作为60岁的生日礼物送给自己。随后，他出任帝国理工学院客座研究员，登上了摩尔爵士的第700集《仰望星空》，获得了"有史以来最像牛顿的科学家"称号，更是被利物浦约翰摩尔大学选为名誉校长。

2015年，布莱恩参与了"新视野"号飞过冥王星的活动，他以NASA发布的图像制作出了第一张冥王星立体照片。除此之外，他还积极参与动物保护活动，为狐狸与獾发起了"Save Me"（也是皇后乐队的同名歌曲）活动。

在 2012 年伦敦奥运会闭幕式上的演出，布莱恩所穿着的服装在左右手臂上都绣有狐狸和獾的徽章。在音乐上，他与昔日的队友泰勒重新组合复出，带着他那把用了 40 多年的 Red Special 再次给人们带来经久不衰的音乐。

皇后乐队早就得到了世界的认可，Lady Gaga 的艺名也是来自皇后乐队的歌曲 *Radio Ga Ga*。

人都会有梦想，也都会有舍弃。在人生的岔路口有太多选择，忍痛抉择后即使驶向了高速公路，也不妨回到最初的乡间小道，感受蜿蜒起伏的驾驶乐趣。

◎《全世界都在讨论的冥王星照片，居然来自皇后乐队的吉他手》[N/OL].
杭州日报.2015-7-30(A28). http://hzdaily.hangzhou.com.cn/dskb/html/2015-
07/30/content_2029868.htm.

最后一个什么都知道的人

18世纪初，科学巨匠艾萨克·牛顿发表了著作《光学》。书中详细记录了牛顿在早年间对光学的研究成果，牛顿在书中指出，光的本质应是实体粒子。

他以弹性小球的物理模型来解释光的反射，又认为折射是在两介质交界处粒子受力变化导致的。虽有惠更斯等其他学者反驳粒子说的观点，但无奈牛顿位高权重，其权威地位几乎无人敢挑战，光粒子说便顺理成章地成了那个世纪最主流的观点。

整整100年后，事情被一位与牛顿同校的医学生改变了。他设计出了既精妙又简单的双缝干涉实验，用铁一般的事实反驳了光粒子说的观点。

他也大言道："尽管我仰慕牛顿的大名，但是我并不因此而认为他是万无一失的。我遗憾地看到，他也会弄错，而他的权威有时甚至可能阻碍科学的进步。"

可尽管如此，他仍旧被牛顿挥之不去的权威笼罩，不得不放弃对光学的研究，另寻他路。晚年他转向考古学研究，对破译古埃及文字有重大突破。他一生的贡献涉及生理学、光学、材料学多个领域，爱好耍杂技、骑马，甚至会演奏当时所有的乐器，堪称全才。

他因此被称作"世界上最后一个什么都知道的人"。

托马斯·杨（1773—1829）

托马斯·杨出生在一个大家庭，他是10个孩子中的老大。托马斯的聪颖不仅仅是停留在学习优秀这个简单的层面上，比起在学校中学习知识，托马斯更喜欢的是自学。他两岁起就开始阅读，并逐渐爱上阅读。在托马斯13岁时他已经掌握了拉丁文、希腊语、法语和意大利语，同时他发展了自己在自然科学领域的兴趣，并且能够制作望远镜和显微镜等光学仪器。

托马斯在19岁时又将他的语言疆域扩大至东方，开始对希伯来语、阿拉伯语、波斯语等进行研究，而自然科学方面也是由浅入深。那时他已经掌握了微积分，通读了牛顿和拉瓦锡等人的著作。

托马斯疯狂地汲取着世界各地的知识精华，不忍浪费生命中一丝一毫可以用来学习的时间，他像是知识世界里的哥伦布，等待着新大陆的出现。探索将是他一辈子一直进行但又永不会完成的任务。

转眼间，托马斯已经是20岁的年轻语言专家了，但他却选择了踏入一个陌生的领域。这其中也是受到了他舅舅 Richard Brocklesby 博士的影响。1792年起，托马斯先后在伦敦、爱丁堡、哥廷根学医，后获得博士学位。

入学仅两年，托马斯成了化学家布莱恩·希金斯的助手，希金斯是拥有世界上第一个水泥混凝土专利的人。托马斯参观英国皇家学会，好像能领略前会长牛顿留下的威风，甚至想要重新研究牛顿前辈的伟大贡献。于是，托马斯首先将目光放在了牛顿曾经非常痴迷的光学上，而作为医学生，眼睛显然是与光学最相关的部分。

制作过显微镜以及望远镜的托马斯显然对这类光学仪器的结构非常熟悉，现在我们知道这些设备都是通过改变镜组间距来实现对焦变焦的，我们人类的眼睛拥有超强的对焦能力，但在眼球这么局促的空间里似乎并不能容纳那些结构。

托马斯陷入了长久的深思，这的确激发了他对光学研究的热情。他解剖了牛的眼睛，发现了晶状体附近的肌肉结构。进一步研究发现，该肌肉收缩能改变晶状体的曲率。托马斯是最早发现眼睛对焦原理的人，同时他也研究了散光。也正是那年，托马斯入选了英国皇家学会。

除此之外，托马斯在对生理光学的深入研究中还有新的发现，他吸收了牛顿的色散理论，进一步研究，发现了几乎所有颜色的光都可以通过红、绿、蓝合成，这个理论也就是后世所说的"三原色"。

作为一个医学生，托马斯似乎并没有表现出应有的称职，反而是在追寻自己其他兴趣的道路上渐行渐远。不久后，舅舅离世，留下了一笔不小的财富，可以说这让托马斯在科学道路上的探索更加自由。

进入 19 世纪，托马斯对光学的兴趣有增无减，甚至对曾经仰慕的泰斗牛顿爵士的理论产生了质疑。以牛顿为首的光粒子派已经统治了学界百年，虽然人们已经发现了粒子说无法解释所有光学现象，但是却人人噤若寒蝉，三缄其口。

托马斯自然也发现了端倪。在牛顿的理论中，光是光粒子高速移动产生的粒子流，反射和折射都遵循自己的经典物理体系。牛顿认为宇宙中充满均匀的介质"以太"，光粒子在移动过程中会受到以太的引力影响，但由于以太均匀分布，光粒子的总体受力平衡，满足自己提出的牛顿第一定律，保持匀速运动。

按照牛顿的粒子理论，光粒子从以太进入其他介质时，在两种介质的交界处，例如空气中的光粒子非常接近玻璃这样的介质时，玻璃较大的引力会让光粒子运动方向发生改变。这也是为什么从空气到玻璃，光的折射角总是小于入射角。

托马斯的"三原色"研究（1807）

但托马斯却觉得光的本质应该和声音类似，都是一种波，不同颜色的光对应着不同音调的声音，于是开始着手设计实验来证明自己的观点。

托马斯观察到水中两个不同来源的波纹在交汇时会发生互相影响，在对声波进行同样的实验后也能证实不同声源之间互相叠加复合的效果。托马斯的这个发现是一个非常大的突破，两个不同来源的波之间发生干涉的特性就是用来证明光是波的最好的证据。

经过不断改进，一个简单有效的实验被设计出来了。托马斯通过相互平行且间距很小的微缝来制造两束光，由于来自于同一种单色光，它们可以看作是完全相同的两束光，光通过微缝后在传播过程中会发生互相干涉，在不同的地方互相叠加或抵消，最终两束光能投出明暗相间的光带。

这就是光的干涉现象，干涉这个名词也是托马斯首次提出的。托马斯的实验结果给学界带来了很大的冲击，不仅用客观的实验推翻了牛顿的光粒子说，也极力证明了惠更斯早年提出的光波动理论。然而当时的学术界似乎更愿意屈服于牛顿的权威，他们对托马斯的实验半信半疑，甚至还有人讥讽托马斯为疯子。

托马斯在这样闭塞保守的科学氛围中苦苦喘息了近20年，也许是这样的氛围让托马斯感到心寒，也可能是他对光学已经不再感兴趣，托马斯没有再继续研究光学。这位"没什么作为"的医生想起了童年，学习各种奇妙的语言，那是最快乐的。他又重拾对语言的兴趣，打算转行研究古代语言。

早些年，拿破仑率军征战埃及，法军在埃及的一个小镇发现了一块古埃及石碑，这块石碑上用三种语言记录了同样的一段诏书，后因海上战败法国撤离埃及，石碑经历了一段曲折的故事。最终辗转来到英国，而法国只有可怜的一个抄本。

学术界一般认为，古埃及文字是人类最早的文字系统，这是一种非常生动的象形文字，精妙绝伦，英法两方都在积极地对古埃及文字进行破译工作。

石碑上的三种语言中有欧洲人熟悉的希腊文，学者们虽然读懂了诏书的内容，但却找不到与古语的任何联系。法国以语言天才商博良（Champollion）为首，认为这种石碑上的世俗体（草书）是表意文字，另一派则认为世俗体应该是和拉丁语一样的拼音文字。但十几年过去了，两派谁都没有关键性的突破。

1813 年，托马斯投身到破译工作当中。他从诏书中国王名字入手，指出这是一种表音与表意共存的文字，经过没日没夜的艰苦破译，托马斯已经破译了部分字母。然而，因为托马斯所使用的对照材料有抄写错误，导致他误以为自己破译的字母表有关键性谬误，最终对于古埃及文字的研究工作就此搁浅。

而法国的商博良在读到托马斯已发表的成果后，茅塞顿开，结合他本人对科普特语（古埃及语言的演变）的研究，最终真正破解了这两种古文字，托马斯的突破性发现却少有人提及。商博良坚称自己的所有成果都是独立研究的结果。后来，有好事者扒出商博良以前写给哥哥的一封信，信中明确地写着让哥哥赶紧注意托马斯所发表的关键性结果，这桩语言学史上最著名的公案至今仍争议不断。但不可否认的是托马斯在人们眼中的形象变得更加不像一个医生了。

托马斯·杨的一生只有短暂的 56 年，但却过得极其丰富精彩，令人赞叹，他除了对光学和文字学做出巨大贡献之外，还定义了材料力学中的弹性模量概念，"杨氏模量"成了广大工科生在力学课本中常见的名词。

其实，除了在科研方面造诣深厚，据说托马斯还擅长骑马，能耍杂技走钢丝，几乎会演奏那个年代所有的乐器，甚至在美术领域也颇有一番见解。

托马斯·杨一生的成果涉及光学、声学、流体动力学、船舶工程、潮汐理论、毛细作用、力学、文字学、生理学……人们总说上帝为你关上一扇门的同时也会为你打开一扇窗，而事实可能是托马斯·杨打开了一扇又一扇的窗，却从没关上过任何一扇门。

光荣入狱的伟大发明家

自第一次工业革命以来，人类进入了一个发明创造的黄金年代。有些人凭着一颗赤子之心，驶上了时代的快车道，就如石油大王洛克菲勒，凭借炼油技术发明一举飞黄腾达。

可有些人发明了改变人类历史的技术，惠及今大我们每一个人，却没有腰缠万贯、名利双收，甚至连糊口的收入都没有，一辈子动荡奔波，穷困潦倒，还落下了严重的疾病。也许称作历史上最悲惨的伟大发明家也不为过。查尔斯·固特异，就是其中的典型。

1834 年，刚刚破产的固特异来到当时规模最大的橡胶公司，踌躇满志地想要推广自己改进的橡胶救生带气门。可是经理满脸无奈地带着他参观了公司产品的储藏室，储藏室里散发着令人作呕的气味，琳琅满目的橡胶制品，全因高温而

查尔斯·固特异（1800—1860）

黏作一团。橡胶虽然有不可替代的特性，但缺点也十分明显：受热容易变软变黏，受冷又会失去弹性变得脆硬，也不耐腐蚀。

早在 1492 年，哥伦布发现美洲新大陆时，发现三五成群的印第安人在玩一种球类游戏。他们的球很是奇怪，不仅弹性十足，也不会被水浸湿。于是欧洲人民第一次从哥伦布手中见到了橡胶，但之后的 200 多年时间里，这种神奇的材料却没有得到重视。直到十八世纪末，有人尝试做出了橡胶鞋和橡胶防水服等，橡胶极强的可塑性这才引起了人们的注意。商人们盘算着将橡胶做成各种形状的商品，大赚一笔。然而，橡胶行业只是个美丽的泡沫，未曾触及便支离破碎。

可是固特异不愿放弃对橡胶的探索，他心想决不可埋没大自然赠予人类的橡胶。他比谁都清楚，只要找到合适的配方，橡胶一定能大有作为。回到家中，固特异立马开始了自己的实验。他在厨房用擀面杖揉压着一块生橡胶，加入橡胶厂常用的松节油。可是他尝试了几个小时，依旧不能把橡胶的黏性去除。于是他开始寻找可以替代松节油的化学药剂，然而经历了好几周毫无头绪的实验，他已经借不到更多的钱继续研究了。

老债主持续不断地催债，一贫如洗的固特异被捕入狱。他就带着擀面杖、橡胶还有添加剂进了监狱，在狱中做起了实验。最终，父亲和哥哥帮他还清了债务，他才得以出狱。

出狱后他已无法负担城市的生活，带着全家搬到家乡的一个小破屋子。在这里固特异的实验有了一些进展，他发现镁粉的效果似乎不错，心里很是激动，用从当地商人那里借来的钱迅速投入生产。固特异动员了全家人，还雇了几名妇女，在春天赶制出了几百双橡胶鞋。

可炎热的夏天打碎了固特异的美梦，这些还没上市的鞋变成了软乎乎的一坨。投入大量资金却再次面临失败，这回只能靠吃些土豆和野菜根度日了。

在这最困难的时期，因为付不起房租，他们一家被房东赶去更破旧的房子居住。更让他痛苦的是，他刚学会走路的儿子因为营养不足而不幸夭折了。顽强的固特异化悲愤为力量，再次开始了实验。

　　走上研究橡胶这条路，固特异也受到很多人的劝阻。他过去的老师看到他整日蓬头垢面地在狭窄的房间里做着实验，心生怜悯，极力劝阻他继续实验。连固特异的表弟也劝他，不要浪费时间精力做这些没有意义的事。但他只是倔强地说："我要做橡胶的拯救者。"

　　固特异的实验也曾出现过转机。一次，当他用硝酸清洗橡胶上的颜料时，橡胶遇到硝酸变得发黑，只好丢弃这些废品。但随后他检查废弃物却发现，经过硝酸处理的橡胶表面平滑干爽，是他见过最好的橡胶。

　　他兴奋地开展进一步实验，却因此吸入过量挥发的硝酸。他病倒在床足足缓了6个星期，才恢复过来。欣慰的是，硝酸处理确实能够大为改善橡胶的性能。他急匆匆地为自己的发现申请了专利，并在纽约找到了投资人，快马加鞭地生产了一系列的产品。

　　可没想到，这些当时质量最好的橡胶依旧没能熬过夏天。同时在1837年因金融危机的冲击，固特异的投资人也破了产。他的生活变得更加拮据，他变卖了所有家当寄宿在一家即将倒闭的橡胶工厂中，全家只能靠固特异一个人到河里打鱼果腹。

　　当时甚至流传着一种说法：如果你碰到一个人，帽子、围脖、外套、背心、鞋子都是印第安橡胶做的，口袋里没有一分钱，那么这个人就是查尔斯·固特异。

　　固特异寄宿橡胶工厂期间，无意间得知工厂的主人海沃德发明了一种用硫黄处理橡胶表面的工艺。这让他很是兴奋，竟然倾家荡产挤出最后吃饭的钱买下了海沃德的专利。他还凭着一张巧嘴，拿下了邮局发布的大订单——150个邮袋的制作。

　　固特异相信，这次便是向世界证明自己最好的机会。他用改良后的制作工艺，生产出了异常精美的邮袋。但是问题还是出现了，这种处理工艺只能改善橡胶表面的性能。在一次持续两周的高温里，这些邮袋的内部全都融化了。这一回，固特异连仅存的名声都弄丢了。

　　固特异名利两失，若说还有正名的机会，便是拿出一款真正有效的产品。深深理解这件事后，他顶着巨大的经济压力不停地实验。因为经常接触各种化学药剂，30多岁的固特异看起来像个60岁的糟老头。

也许是老天开眼，固特异的实验又有了一个令人兴奋的大惊喜。固特异一不小心把一块混有硫黄和氧化铅的橡胶弄进了火炉里，橡胶在火炉里烤了好一会儿，冒出了刺鼻的浓烟。固特异大惊，熄灭火炉后他把这堆灰烬取出，却惊讶地发现这团滚烫且发黑的橡胶竟然没有变软变黏！

他仔细端详了好一会儿，发现这团橡胶已经脱去了黏性，似乎变得更有弹性，更有韧性，用尽全力也扯不烂。这次固特异感到与他的梦想已经无限接近，谁都想不到怕热的橡胶居然要通过高温才能完成蜕变。

为了成功的最后一小步，固特异还需要进一步实验，他还要掌握混合物加热的时间和添加剂的比例。但资金问题成了最大的拦路虎，他只得再次去纽约找朋友借钱。得知消息的朋友们纷纷躲了起来，根本寻不到踪迹。固特异借不到钱，甚至没办法支付5美元的旅店费用。最终他因为迟迟交不起钱，再次锒铛入狱。

从监狱回到家中，等待他的却是另一个儿子也因饥饿而死的噩耗。仿佛全世界都在跟他作对，悲伤的情绪早已难以抑制。加之长期接触氧化铅让固特异的身体每况愈下，他在这辈子最艰难的时刻握着沉甸甸的梦想不知所措。当初"拯救橡胶"的誓言霎时间在他脑海闪过，用橡胶改变世界的梦想已经坚持了这么久，现在放弃真的对得起自己吗？

为了延续梦想，他家厨房里的烤箱遭了殃，因为被当作实验工具，以至于妻子烤出来的面包都有一股刺鼻的橡胶味。千呼万唤始出来，固特异的完美橡胶配方终于赶在烤箱坏掉前完成了。

他迫不及待地为配方申请专利，并且不顾自己的身体状况以及极度贫困的家庭状况，再次要将自己的发明投入生产。但因为之前的多次失败，所有人都不再信任他。产品还没有获得收益，他又一次破产了。除了不可避免地入狱，固特异的专利也被迫转让给了债权人，以此换来了日后能在其工厂继续研究的机会。

慢慢地，固特异的橡胶逐渐有了些名声，不少人开始相信了这个历经磨难的发明家。只是好景不长，固特异的配方被其他对工厂不满的工人泄露出去。一些侵权者甚至还宣称自己才是配方的真正发明人，固特异被迫陷入了无尽的官司当中，困苦和磨难始终没有离开他。

1851年，固特异借来3万美元参加了英国女王主办的展览会。他的展区里布满了用橡胶制作的几乎所有生活用品，惊艳了到场的每一位参观者。这次他被授予了多项勋章，最关键的是他的发明被成千上万的人认可了。当年"拯救橡胶"的豪言壮志终于实现了，磨难虽万千吾独往矣。

然而，这才刚刚获得了巨大的荣誉，他却再度被债权人起诉。固特异胸前挂着崭新的勋章，"光荣"入狱了。倒霉事远不止此，官司一单又一单从不间断。1852年，固特异下狠心，几乎花光所有积蓄，聘请当时的国务卿作为辩护律师。经过两天的辩论，法庭宣布禁止所有专利侵权行为。固特异获得了完全的胜利，在他付出这么多后，终于拿到了本属于自己的名誉。

固特异一生艰难困苦，晚年更因铅中毒而疾病缠身。1860年，固特异去纽约探望自己的女儿，却被告知女儿已经去世了。他听到后便晕倒在地，再没能醒过来。伟大的发明家固特异就这样离开了人世，可是他还背着几十万的债务。

固特异伟大的发明被称作硫化橡胶，又称熟橡胶。这种橡胶克服了天然橡胶的种种缺点，它可以承受极端的温度，弹性更足，韧性更好，更加耐用。正是硫化橡胶的出现，把橡胶这种神奇的材料带给人类，没有硫化橡胶就不会有后来的所有橡胶工业。

如果没有固特异坚持不懈的尝试，今天的汽车也许还使用木质的轮子，今天的运动裤也许只有抽绳设计，运动鞋的鞋底可能还是皮的，甚至今天我们也许还在用羊肠衣避孕。

38年之后，一个美国人把自己新成立的橡胶轮胎公司取名为"固特异"。固特异的精神得到了另一种延续，这家公司成了世界上最大的橡胶企业。

如今，"固特异"的名字随着他的硫化橡胶跑遍世界各地。他是世界的英雄，宛如希腊神话中的普罗米修斯，把自己献给了人类，让人类拥有了good year（固特异即Goodyear）。

科学界的最强辩手

　　如果说泡利是最"毒舌"的科学家，那么尼尔斯·玻尔则是科学界最能辩论的一把手。与泡利的言辞辛辣不同，玻尔每一次辩论都有理有据，让人难以反驳。平日里玻尔总把自己收拾得干净利索，给人一副温文尔雅的形象，说起话来语速也很慢，甚至还带点口吃。但在科学问题上，他一旦较起真儿来却毫不含糊，说话反倒流利起来，所向披靡。

　　他从小就爱给人"纠错"，年轻时就因"不知天高地厚"地指出导师的错误，被老师冷落。构建了新的原子结构模型获 1922 年的诺贝尔物理学奖后，他便一手创立了"哥本哈根学派"。在历史上，他也与普朗克、爱因斯坦齐名比肩，人称"量子物理三巨头"。

　　他创立的"哥本哈根学派"，以自由开放、在辩论中将科学思想发扬光大而著名。此外，他与爱因斯坦的世纪论战，更是为后人津津乐道。

　　1885 年，尼尔斯·玻尔出生于丹麦首都哥本哈根的一个知识分子家庭。小时候的他虽态度平和友善，还有点腼腆，但却追求完美，从小就将"大胆而严谨"贯彻到底。在一堂图画课上，老师要求大家画出自己家的房子。但画着画着玻尔便向老师打报告说要回家，原因竟是"我实在不记得家里围墙有多少根柱子了"。随着年龄渐长，玻尔这种接近"死心眼"的耿直，也开始让他成为一个酷爱挑错的学生。

刚上小学不久，玻尔就公开叫板，指出教材中的错误。哥本哈根大学教授哈格尔德·霍夫丁（Harald Hoffding）与老玻尔是好友，经常到玻尔家做客。大一时，玻尔就在与哲学家霍夫丁教授的谈笑风生中，多次指出他逻辑学教材中不合逻辑之处。不过，霍夫丁教授倒是非常乐意接受批评，甚至还对玻尔严密的逻辑推理大为赞赏。

但批评的意见，也不是每个人都能这样欣然接受。毕竟玻尔在"电子之父"J.J.汤姆孙面前的莽撞，就差点断送了自己的前程。

尼尔斯·玻尔（1885—1962）

在攻读硕士与博士学位期间，他研究的课题都是当时刚刚兴起的金属电子理论。1911年，玻尔取得哥本哈根大学博士学位时，论文题目便是《金属电子论》。那时，经典物理学大厦摇摇欲坠，普朗克和爱因斯坦等科学家已迈入量子物理的大门。玻尔当时也明显感受到经典力学在描述原子现象时的困难。带着各种疑问的玻尔毅然选择了前往英国剑桥，想要与自己的偶像J.J.汤姆孙进行更深入的研究。

那时电子虽然已经被发现，但是人们对原子的内部结构还不甚了解。所以J.J.汤姆孙提出了一种"葡萄干蛋糕式"的原子模型，在历史上得到了较长时间的认可。他认为原子的组成可分为带正电的基底和带负电的电子。这些带负电的电子，就像葡萄干一样镶嵌在带正电荷的实心蛋糕上。

我们现在知道，原子是由中子和质子组成的原子核和外面围绕的电子组成。

而当时的玻尔，也发现了汤姆孙的模型中有着诸多不合理的地方。所以第一次见面，玻尔就拿出 J.J. 汤姆孙所著的论文，用生涩的英文指出了里面的几处错误。

汤姆孙四年前才刚获得诺贝尔奖，完全没有料到玻尔突如其来的质疑，场面几度陷入尴尬之中。不过耿直的玻尔哪知尴尬为何物，临走时还请汤姆孙看自己的论文，希望汤姆孙能帮自己发表在英国皇家学会的刊物上。后来，玻尔的论文当然被束之高阁。那段时间的玻尔也备受冷落，度过了阴郁的半年。

不过这种状态没有持续很久，因为玻尔很快就遇上了人生的伯乐卢瑟福。卢瑟福曾是汤姆孙的学生，在一次回剑桥做报告时与玻尔结缘。1911 年 11 月，玻尔便前往曼彻斯特，加入了卢瑟福的团队。当时的卢瑟福也刚根据自己之前完成的 α 粒子散射实验，提出了电子绕原子核运动的"行星式"模型。虽然我们现在知道这个模型已接近真相，但那时的卢瑟福就是想破脑袋，都无法回答关于原子的力学稳定问题。

因为根据经典力学，负电子在绕核旋转时应当不断辐射出能量。随着能量的耗尽电子将螺旋式地坠落在核上，原子将发生坍缩。如果这个模型是对的，那么我们的整个宇宙早就应该坍缩消失才对。但是事实上，宇宙却一如既往地稳定。

对于卢瑟福的这个原子模型，玻尔也再一次发现经典力学的苍白。于是玻尔得出结论：这里需要抛弃的不是卢瑟福模型，而是经典物理学对它的解析。很明显"只有量子假说才是逃脱困境的唯一出路"。所以在 1913 年，玻尔也提出了自己的新模型，引入了电子在核外的量子化轨道，解决了原子结构的稳定性问题。

虽然那时量子论已诞生十几年，但玻尔模型还是因不符合常规思维，遭到众多保守物理学家的激烈反对。这其中 J.J. 汤姆孙就是最大的反对者之一，甚至还说"这根本就不是物理，只为掩盖无知罢了"。

但是再多的反对也无法阻碍科学的发展。玻尔的新模型一出，越来越多的物理学新秀加入原子物理学领域。那时玻尔的原子理论才刚起了个头，量子世界还有许多亟待解决的难题。

1921 年，拒绝了恩师卢瑟福的工作邀请，玻尔决定创建哥本哈根理论物理研究所，继续深入研究量子力学。而研究所一成立，玻尔的人格魅力很快就像磁场一样，吸引了一大批杰出的青年物理学家。

海森堡、泡利、玻恩、狄拉克等量子力学领域的大人物都成名自这个研究所，这就是举世闻名的"哥本哈根学派"。除了玻尔外，这个研究所更是出了 9 位诺贝尔奖物理学奖获得者，盛况空前。到现在，哥本哈根仍是物理学家的"朝拜圣地"。

玻尔和他的妻子

如果说，在科学上一个人没取得的成就，在未来肯定也会有另一个人代替他成功。但是玻尔创造的"哥本哈根精神"，却是无法复制的存在。这是一种在切磋中提高，在争论中完善，平等无拘束地讨论和紧密合作的学术气氛。通俗点表达，就是要在辩论中，推动量子力学的发展，非常符合玻尔的个性与主张。

玻尔参加的辩论无数，一个理论就能跟别人辩上个好几年，甚至是一生。他与自己的徒弟海森堡在"互补原理"上争论了两年，即使到最后答案都无法完全统一。

海森堡就曾这样形容玻尔："他在争论的对手面前不肯退后一步，而且有丝毫的含糊不清，他都不能容忍。"

不过说起辩论，玻尔的一生之敌非爱因斯坦莫属。爱因斯坦与玻尔分别是相对论和量子力学最出名的一对天才。从他们 1920 年第一次见面起，两人在认识上就发生了分歧。之后两人便开始了终身论战，只要一见面必有辩论发生。

"玻尔，上帝不会掷骰子！"

"爱因斯坦，别去指挥上帝应该怎么做！"

这段经典的对话，便是这场论战的开端与往后争论的核心。

爱因斯坦的相对论虽推翻了牛顿的绝对时空观，但是却仍保留着严格的因果性和决定论。他认为物理学是有规律可循的，这也就是"上帝不会掷骰子"。但是玻尔派的量子力学却更为激进，推倒经典物理的同时，还宣称人类并不能获得确定的结果，认为世界都是概率存在的。所以才会有那句，"爱因斯坦，别去指挥上帝应该怎么做。"

1927 索尔维会议（圈中为玻尔）

1927 在第五届索尔维会议上，两人的火药味就浓得要呛倒在场的几十位世纪最强大脑。那段时间的每天清早，爱因斯坦都会向玻尔抛出一个头天晚上冥思苦想出来的思想实验，想要揭露量子力学的内部矛盾。而玻尔几乎每次晚饭前后，都能把自己的解释抛回给爱因斯坦，让他无法反驳。如此反复多次，直到索尔维会议结束，爱因斯坦都没能驳倒玻尔。

越来越多的人开始投向玻尔派的量子论，但这个"顽固的老头子"（爱因斯坦语）却"决不放弃连续性和因果性"。爱因斯坦也不会就此罢休，积淀了 3 年，第六届索尔维会议上，爱因斯坦就带着他策划已久的"光子箱"思想实验上阵了。他从自己的质能方程（$E=mc^2$）出发，企图驳倒能量 - 事件不确定性原理。

爱因斯坦精心策划的"光子箱"一出，马上杀了玻尔个措手不及。当时玻尔的反应虽没有历史记录记载，但走出会场后的玻尔却一直在喃喃自语："如果爱因斯坦是对的，那么物理学就完了！"

然而玻尔回去思考了一晚上，第二天就给了爱因斯坦有力的一击。他运用爱因斯坦相对论的红移效应，反过来用光子箱推出了不确定性原理。这招"以彼之道还施彼身"的巧妙做法，让爱因斯坦当时也不得不口头承认量子力学的正确性。

在这之后，爱因斯坦的一生都在尝试驳倒玻尔，但他从未实现过。而玻尔的理论虽然一直占上风，但他却无论如何都无法说服爱因斯坦。

这两位 20 世纪最伟大的科学家，就这样一生都未曾停止过相互辩论。就算爱因斯坦逝世后，已少有人能与玻尔争论，但在玻尔心中他与爱因斯坦的争论仍在继续。1962 年，玻尔去世时，他工作室的黑板上，仍然画着当年爱因斯坦光子箱的草图。

不过虽然他们终生都在争辩，但却丝毫不影响两人的友谊。玻尔曾这样评价与爱因斯坦的争论，认为这是自己"新思想产生的源泉"。而爱因斯坦也这样评价玻尔："他将大胆和谨慎两种品质难得地融合，无疑是我们科学领域最伟大的发现者之一。"

人类社会中，可能几百年才能出一个像爱因斯坦这样的天才。但是，如玻尔这般敢于挑战权威，又不断在鞭策中前进的人物，亦必不可少。

无论谁离开了谁，这条量子银河都会变得黯淡无光。

◎ 曼吉特·库马尔著，包新周等译，《量子理论：爱因斯坦与玻尔关于世界本质的伟大论战》. 重庆出版社 .2012 年 . 20-25.

迟到50多年的诺贝尔奖

很多年前，20出头的杨振宁和李政道在芝加哥大学参加了一个天体物理学高级研讨班。但是让人觉得奇怪的是，整个教室只有3个人：除了杨、李两位学生外，第三人就是老师——钱德拉塞卡博士。

虽然只有两位学生，但这位来自印度的钱德拉塞卡先生仍坚持备课上课。无论刮风还是下雨，他每周都会驱车几百里赶来，给这两位求知若渴的学生授课。

倘若不是十年前台上那场无情的嘲弄，现在台下应该也是座无虚席的情景。

刚从印度到英国，才20出头的他就得出了诺贝尔奖级别的推论，现在被称"钱德拉塞卡极限"①，是天文物理学中最重要的概念之一。但是在每天都与诺奖人物擦肩而过的剑桥，他的成果却一直被权威抨击、打压和漠视，竟无一人认可他的研究。

他教过的杨、李两位学生，早已捧得诺贝尔奖，但他还是一如既往地被遗忘。到两鬓斑白的73岁，钱德拉塞卡才因20岁时提出的概念，获诺贝尔物理学奖。

———————————

① 钱德拉塞卡极限（Chandrasekhar Limit），以印度裔美籍天文物理学家苏布拉马尼扬·钱德拉塞卡命名，是无自转恒星以电子简并压力阻挡重力坍缩所能承受的最大质量，这个值大约是1.44倍太阳质量，计算的结果会依据原子核的结构和温度而有些差异。

　　1910 年苏布拉马尼扬·钱德拉塞卡出生在英属印度的旁遮普地区。他出身贵族，家境优渥，叔父拉曼更是 1930 年的诺贝尔物理学奖得主。良好的教育，再加上数学和物理学方面的天赋，钱德拉塞卡从小就有神童之誉。1930 年大学毕业后，他便获得了印度政府的奖学金，前往英国继续深造。

　　那时候从印度到英国，需要 18 天的海上航行。从小就是"学霸"的钱德拉塞卡，没有浪费这漫长的航程，进行了一项关于恒星演变命运的计算。

　　当时的主流观点是，所有恒星都会在晚期坍缩成白矮星。通俗点说，白矮星就是恒星的最终归宿。但白矮星这种天体有一个特点——密度大到不可思议，每立方厘米的质量就可能达到一吨。所以关于白矮星的这种"致密物质"状态，也是科学家们难以理解的谜题。

　　当时钱德拉塞卡手上有一篇福勒关于白矮星"致密状态"解释的论文。

　　根据费米 - 狄拉克统计，福勒解释道：

　　在这种致密状态下，电子会被"压"到原有可活动空间的 1/10000 的"格子"中，被称为"电子简并态"。这种状态产生的"简并压力"非常大，大到可以抵抗引力的收缩。

　　福勒这一解释得到了当时主流科学界的认同，完美地揭开了白矮星为何拥有如此高密度的谜底。作为后辈的钱德拉塞卡虽然对这一结论没有异议，但这漫长的旅途实在是百无聊赖，他不自觉地就拿起笔来，试图将爱因斯坦的相对论引入福勒的论文中，想要求出一个更加简洁的相对论推广。

　　不算不知道，一算吓一跳。

　　经过多次重复推演和计算后，钱德拉塞卡发现并不是所有恒星都能演化成白矮星，这个过程有一定的质量极限。当恒星超过 1.44 倍的太阳质量，白矮星将不是它们的最终归宿，反而会因引力继续坍缩。

　　在摇晃的船舱里，钱德拉塞卡看着 1.44 倍这个数字，心里是既惊又喜。因为他明白这种结果，对所有的天体学家来说，冲击力都不亚于一场革命。

　　现在我们都知道，恒星除了白矮星这一最终状态外，还有中子星和黑洞。中子星比白矮星的密度大得多，每立方厘米的质量可达八千万吨至二十亿吨，而黑洞的密度自然就不必说了。那时人们对中子星和黑洞可以说是一无所知。但如果沿着钱德拉塞卡的推论计算，中子星和黑洞两个概念会比现实早 20 到 30 年进入天文物理学。

一到英国剑桥，钱德拉塞卡就逐步完善自己的推论，心心念念地想早日将此推论公布，功成名就。但让钱德拉塞卡万万没想到的是，他的推论竟遭到了难以想象的漠视和疯狂抨击。而且对他打压得最严重的一位，竟是当时自己的恩师爱丁顿爵士。

那时候，爱丁顿是科学界的伟人，举手投足间都散发出一种"我很厉害"的气场。他首次提出恒星的能量来源于核聚变，还发现了自然界密实物体发光强度的极限，被命名为"爱丁顿极限"。相对论刚提出时，爱丁顿更是第一位理解爱因斯坦新理论的物理学家。

此外，他还带领观测队，通过观察日全食时太阳边缘星体的位置变化，证明了爱因斯坦的理论，他也是相对论最有力的推广者。他们的友谊，还被拍成了电影《爱因斯坦与爱丁顿》。当记者问爱丁顿全世界是否只有 3 个人真正懂得相对论时，爱丁顿的回答也毫不谦虚，反问道"谁是第三个人？"就是这么强，不允许反驳。

如果钱德拉塞卡的推论直接被驳回倒也还好，但爱丁顿却玩起了小把戏。爱丁顿是钱德拉塞卡的老师，关于钱德拉塞卡的研究他可以说是知根知底。为了帮助他，爱丁顿还把自己的手摇计算机借给钱德拉塞卡，时不时前来探访，看他白矮星的计算进行到什么程度。在爱丁顿为他争取到皇家天文学会会议发言权时，连钱德拉塞卡自己都觉得顺利得不可思议。

1935 年在英国皇家天文学会会议上，钱德拉塞卡踌躇满志地把自己关于白矮星的发现公之于众。他的结论很明确："一颗大质量的恒星不会停留在白矮星阶段，我们应该考虑其他的可能性。"当时他几乎已说出现在黑洞的概念："恒星会持续坍缩，这颗星的体积会越变越小、密度越来越大，直到……"

但自信地宣读完论文的钱德拉塞卡，怎么也想不到接下来要面对一场巨大的羞辱。爱丁顿刚开始还很平和地说着白矮星的研究历史，但说到钱德拉塞卡的推论时却把它批得一文不值："这几乎是相对论简并公式的一个谬论，可能会有各种偶然事件介入拯救恒星，但是我认为绝不会是钱德拉塞卡博士所说的方式，应该会存在一个自然律来阻止恒星这么荒谬的行为！"

"钱德拉塞卡博士提到了简并，还认为存在着两种简并：经典的和相对论的……但我的论点是：根本不存在相对论简并。"

说到激动处，爱丁顿还当场把他的论文撕成了两半。听着爱丁顿的发言，看到他的举动，钱德拉塞卡非常震惊。

他事先并不是没有和爱丁顿讨论过，为什么到了台上爱丁顿才展开这么猛烈的攻势，没有给他留任何余地。他想反驳，但是主持人不但没给他机会，还让他感谢爱丁顿的"建议"。钱德拉塞卡虽然沮丧，但他事后还是向大人物爱丁顿发起了持续多年的挑战。

当时的皇家天文学会会员全都不假思索地支持爱丁顿，会后很多人都对钱德拉塞卡表达了一样的观点："尽管不知道为什么，但我知道爱丁顿是对的。"

原因很简单，年过半百的爱丁顿威望名气很大，而钱德拉塞卡只不过是个24岁的无名小卒。钱德拉塞卡知道他们争论的是一个物理问题，天文圈子里懂的人太少太少，于是他转向求助玻尔、泡利这些量子力学大师。他们读过钱德拉塞卡和爱丁顿的论文后，都选择相信钱德拉塞卡，认为爱丁顿不懂物理。

遗憾的是，他们都不愿意公开发表声明对抗爱丁顿，避免牵扯到这场实力悬殊的战争中。这场争论持续了好几年，钱德拉塞卡的处境也越来越不利。被爱丁顿公开抨击多次，他几乎无法在英国觅得一职，最后只好来到美国芝加哥大学另寻出路。

到了美国，他落寞地把"钱德拉塞卡极限"写进《恒星结构研究引论》后，便放弃了这一课题的研究。在这之后，他选择了一种与众不同的科研之路。他选择的研究总是脱离热点，远离大众视线，而且几乎每10年他都会改变方向，投入新的研究领域。

恒星内部结构理论、恒星动力学、大气辐射转移、磁流体力学、广义相对论应用、黑洞的数学理论等，都有他深入的研究成果。特别是1969年出版的《平

纪念钱德拉塞卡（2011）

衡椭球体》，更是解决了困扰众多数学家近一个世纪的难题。

不过，这只要做出了成绩，便不再停留的科学研究作风，或许还是与当年那场让人心寒的争论有关。

用钱德拉塞卡的话说是这样的："每10年投身于一个新的领域，可以保证你具有谦虚精神，你就没有可能与年轻人闹矛盾，因为他们在这个新领域里比你干的时间还长！"

1983年，钱德拉塞卡因20岁时迸发的天才理论，被授予诺贝尔物理学奖。50多年过去，事实也证明了爱丁顿是错的，钱德拉塞卡是对的。即使当初绝望的情景还历历在目，但在那一刻，谁对谁错已经显得不那么重要了。其实早在1944年爱丁顿去世时，钱德拉塞卡已经选择了原谅爱丁顿。从钱德拉塞卡给爱丁顿的讣告中就可以看出。他对爱丁顿仍给予极高的评价，称赞他是仅次于史瓦西的最伟大的天文学家。他认为"当初爱丁顿的激烈抨击并不是出于个人动机，更多的是一种高人一等、贵族气派的科学观和世界观"。

　　成功，有时会带来傲慢的态度。有些成功过的人，总会以为科学给自己开了后门，并认为这绝对正确，不可置疑。但真理总会来临，并且永远会比权威科学家更强而有力。

◎ 卡迈什瓦尔·C·瓦利著，何妙福，傅承启译.《孤独的科学之路》[M].
上海科技教育出版社.

冥王星守护者

如果成立一个太阳系行星偶像团体，那么九大行星中，冥王星必然是人气最高的一位。虽然2006年，冥王星已被驱逐出了九大行星家族，惨遭"降级"为矮行星，但它的人气却丝毫未减，反而急速飙升。尽管冥王星已被踢出"家门"多年，但科学家组成的"冥王星护卫队"，仍不放弃为其正名。

这其中，最执着的莫过于天体学家艾伦·斯特恩（Alan Stern）。现在谈起冥王星被"降级"的事，他依然感到无比愤怒。他将这个决定形容为"愚蠢的"，"这不仅在科学上是错误的，在教育意义上也是错误的"。

这些毫不留情面的谴责，可得罪了不少同事与同行。不过，作为一名忠诚的冥王星捍卫者，他仿佛没顾虑那么多。有人说斯特恩太偏激，但如果了解他为冥王星倾注的一生心血——"新视野号"，便能理解

艾伦·斯特恩

他的执着了。

"新视野号"是史上第一个冥王星探测器，以周期长、部门小、经费少且难度系数极高著称。此外，这次行动可谓一波三折，多次惨被拦腰截断。斯特恩带着团队又是游说，又是募捐，又是签名请愿，反正各种"招式"都使尽，才使计划在艰难中开展。

排除万难，经过 26 年的探索与坚持，"新视野号"才成功掠过冥王星，带回珍贵的资料。这无疑是最艰难却又最令人热血沸腾的"追星"计划了。

"Pluto"是罗马神话中的冥神，传说中他可以隐身，使自己难以被发现。在现实中，冥王星"Pluto"也是这样一个存在。到 1930 年，克莱德·汤博才靠超越常人的细心，发现了这颗距日极远、光芒暗淡的行星。这距离人类上一次确定太阳系的最远行星——海王星（1846 年发现），已有近百年历史了。

虽然，冥王星自此取代了海王星，但因位居太阳系边缘，人类对它的好奇仿佛也就停滞了。它就像九大行星中的"孤儿"，在寒冷、空旷且漆黑的太阳系边缘孤独地运行着。就连当年的"旅行者 2 号"跟冥王星擦肩而过，都懒得回头看它一眼。

1989 年，"旅行者 2 号"在拍了一组海卫一的清晰照片后，本可"顺便"拜访一下冥王星。但由于项目科学家对冥王星完全不感冒，便命令"旅行者 2 号"直接朝银河系深处奔去了。

然而在冥冥之中，这颗看上去总被忽视的行星，却有着不一般的好运气。1989 年，冥王

"新视野"号探测器所拍摄的冥王星照片

星抵达了近日点，它仿佛在召唤着人类前往探索。因为只要在冥王星远离太阳的过程中，利用木星的重力，就能让航天器少花费几年的航行时间。如果错过了这次机会，则需要等下一个两百年（冥王星绕太阳一圈要花费 248 个地球年）。除此之外，1992 年，天文学家首次在柯伊伯带（Kuiper Belt）发现一颗小行星。

早在 1951 年，美国天文学家杰拉德·柯伊伯就推测，在太阳系的边缘还存在着一个由天体组成的区域。只是这个区域（柯伊伯带）离地球太远，受到的太阳辐射十分有限，所以这些沉浸在黑暗中的小天体很难被观测到。之后随着科技的发展，在第一颗小行星被发现后，柯伊伯带的其他小行星就陆续被发现了。

天文学家预计，这一区域的小行星总量可能超过 10 万颗。

如果说，一颗冥王星无法激起科学家们的探索兴致，但探测冥王星外，再附带探测一下附近神秘的柯伊伯带，效果就完全不一样了。所以天文学家便开始疾呼，迫不及待地想启动冥王星计划了。当时在攻读博士学位的艾伦·斯特恩就是个行动派，对探索冥王星最为积极。

虽然没有官方组织在背后支撑，但斯特恩还是与一群年轻人自发组成了一个研究小组，这个小组后来被戏称为"冥王星地下党"。

当时，这群"追星党"就常聚在一起探讨冥王星计划。在星体互掩时绘制的第一张冥王星图像，和靠哈勃望远镜第一次观测到冥王星地表，都有他们的功劳。在 20 世纪 90 年代末，NASA 探索冥王星的计划"冥王星－柯伊伯快车"就被提上了议程，计划在 2004 年发射。

然而没过多久，NASA 就宣布计划取消，原因竟是研制经费超支了。消息一出，"冥王星地下党"变身为"冥王星护卫队"，与众多天文学家表示强烈抗议并开始四处游说。当时，美国行星学会甚至还发起了一个"拯救冥王星计划"，最终说服了 NASA。

但为了缩减经费，NASA 只能举行一次方案征集竞赛，要求花费不超过 5 亿美元，且 2015 年前飞抵冥王星。这个消息让斯特恩精神为之一振，作为"冥王星地下党"的一员，他可不会放过这千载难逢的机会。斯特恩马不停蹄地带领着他所在的西南研究院团队，开始了申请与筹备的工作。

只是 NASA 开出的条件，对斯特恩领导的团队实在苛刻。

设计方案是一再改进简化，甚至连租用最便宜的俄罗斯运载火箭都考虑在内，仍远远超出 NASA 给出的经费范围。当时，他的对手是 4 家著名的科研机构。其中喷气推进实验室（JPL）可谓是最大的劲敌，曾成功探索过除冥王星外的太阳系七大行星，深受官方信任。

就在斯特恩陷入困境之际，约翰·霍普金斯大学应用物理实验室（APL）找到了斯特恩。此团队本是斯特恩的竞争对手，但却同样陷入困顿，现希望与他联手，结盟打败 JPL 拿下冥王星计划。

两个团队的合并迸发出了前所未有的火花，最终成本被压缩到可以接受的 7 亿美元。作为项目的领导人，斯特恩也给他们的探测器取了一个充满寓意的名字——"新视野号"（New Horizons）。

然而，就在斯特恩团队胜利在握时，NASA 却无能为力了。因为当时美国总统布什推出了新的财政预算案，宣布取消冥王星计划，转向扶持木卫二任务。当时，为了探索神秘的冥王星，无论是 JPL 还是新视野团队，都暂时不计前嫌地共同游说熟识的议员，最终，国会通知 NASA，必须继续冥王星探索计划。经过一番角逐，NASA 终于在 2001 年 11 月 29 日宣布：新视野团队打败劲敌 JPL 团队。新视野团队这个花钱最少、仪器最精简的方案成功拔得冥王星计划头筹。

然而，胜出仅意味着挑战刚刚开始。

因为谁也想不到，仅过了 3 个月，布什政府就再次出尔反尔地取消了冥王星探索计划。但这能难倒斯特恩吗？虽然他"反对把冥王星计划和推销相提并论"，但他确实从小就是个推销高手，极善于表达。

这一次，斯特恩为了冥王星决定寻求全球人民的帮助，向世人"推销"这次计划。他们建立了一个请愿网站，用 8 种国际常用语言，恳求全球人民"为地球发声"，"为冥王星发声"。

在斯特恩的游说下，该网站最终收集了 1 万多个签名。连美国国家科学院都伸出援手，将探索冥王星及其所在的柯伊伯带列为最优先的探索任务之一。经过一年多的拉扯，政府才在 2003 年 2 月正式敲定"新视野号"的探索项目。

　　"新视野号"的发射时间需控制在 2006 年 1 月 11 到 27 日。因为从 20 世纪 70 年代起，美国太阳系的探索计划就普遍采用木星"借力"的方法。在穿越木星轨道时，利用木星清空轨道的巨大力量，让探测器等被其"甩"出去获得新的加速度。在 27 日以后，"借力效果"将大幅减弱。如 1 月 29 日发射，就要比计划晚近一年到达目的地；如晚于 2 月 2 日，则完全无法"借力"木星，要足足 12 年才能抵达冥王星。

　　此时，距离探测器发射升空的最佳时间，只剩不到 3 年时间了。比起"旅行者 2 号"的 12 年，"新视野号"的这点时间根本不够用。

　　看着斯特恩拼尽全力拿下的项目，很多人反而嘲笑道："这不可能完成。"话音未落，2004 年底，钚 -238 的储量不足，差点又使整个计划流产。因为要远离太阳，探测器无法依靠太阳能供电，需搭建一个小型核反应堆。还是斯特恩一轮又一轮地紧急游说，才从其他项目中挪用到了钚 -238。

　　除此之外，多灾多难的"新视野号"就算是到了万众瞩目的最后发射时刻，也没少发生状况。第一次是地面突刮强风，第二次是控制中心断电，使发射两度推迟。直到第三次发射，斯特恩和无数冥王星粉丝才顺利地与"新视野号"挥手告别。

　　后来斯特恩回忆时感叹道："如果'新视野号'是只猫，那它可能已经死了——因为就算是猫也只有 9 条命而已。"

　　飞行了整整 9 年，"新视野号"一步步靠近冥王星。2015 年 7 月 14 日，探测器终于发回了那张让全世界为之沸腾的经典照片。原来一向被认为寒冷、孤僻的冥王星，其实是一个"手捧爱心的萌物"。不过，考虑到成本问题，"新视野号"对冥王星匆匆一望后便继续向更深的柯伊伯带前进。

　　2019 年 1 月 1 日，"新视野号"飞掠了"天涯海角"（Ulima Thule）①，创造人类探测器拜访过最远距离天体的新纪录。

---

　　① 天涯海角（Ulima Thule）：这颗小天体最初的编号是（486958）2014 MU69，经过公众意见征集后，它得到了一个非正式名称"天涯海角"（Ulima Thule）。这是拉丁文，意思是"已知世界之外的地方"。

从 1990 年到 2015 年，斯特恩将生命中最黄金的 25 年，都献给了冥王星。为了冥王星，他几乎付出了职业生涯的全部。不过"新视野号"这一路过来的曲折和磨难，在斯特恩眼里都不算什么。因为最让他恼火和始料未及的，还在后面。

2006 年 8 月 24 日国际天文联合会（IAU）投票现场，只有 428 人参与，而整个 IAU 共有一万名会员。"新视野号"刚飞离地球不久，IAU 就通过投票方式，将冥王星"踢出"九大行星。冥王星从此变成了编号为 134340 的"矮行星"，地位一落千丈。而且根据 IAU 的定义，"矮行星"并不能算是行星。当时斯特恩就将这个决定形容为"极度愚蠢的""错误的""可笑的"和"胡说八道的"。他反问道："如果矮行星不能算行星，那么吉娃娃就不算是狗了？"

更讽刺的是，斯特恩早在 20 世纪 90 年代就使用了"矮行星"一词。他完全想不到，这竟成了对手打压冥王星的论据。从 2006 年年底起，斯特恩就为冥王星的地位四处奔走，可谓操碎了心。

他曾多次组织科学家们上诉和提案，要求 IAU 修改行星的定义，最近一次是在 2017 年的 2 月。而且这些年来，他对冥王星的执念和近乎偏执的追求，已经得罪了不少同行。

2006 年"新视野号"发射前，2015 年"新视野号"到达冥王星后，说艾伦·斯特恩是地球上最爱冥王星的人，是丝毫不夸张的。他这一生对冥王星的痴狂，使得身边的人都称呼他为冥王星先生（Mr.Pluto）。

是他的不放弃，才让我们领略到这更广阔而又具有人情味的美丽。

拯救了一个国家的小职员

2012 年 8 月 31 日，德国西部城市施托尔贝格，人们的眼睛紧紧盯着那座刚刚揭幕的铜像，眼睛里有压抑不住的悲伤。这是一座叫作"生病的孩子"的铜像，铜像的左边是个孩子，没有四肢，只能倚靠着一张椅子，而右边的椅子上则空空如也。铜像底座中间写着："纪念那些死去的和幸存的沙利度胺受害者。"

沙利度胺造成了 1 万多名孩子畸形以及不计其数的流产、死胎。曾经的沙利度胺生产商——格兰泰的首席执行官在揭幕仪式上说："对我们在近 50 年间没有找到你们每一个人的联系方式，我们请求原谅。"

建立纪念铜像，在众多闪光灯面前道歉，这看似诚恳的揭幕式却只引来了一片骂声，众多沙利度胺受害者在室外举行示威抗议。

日本的沙利度胺受害人联合会失望地呐喊："为什么不及时停止销售药品！"而在澳大利亚，没有人能够接受格兰泰公司的道歉。确实，对于 1.2 万受害者来说，这份道歉来得太晚，也太没有诚意。

沙利度胺，或许这个名字听起来有些陌生，不过它还有另一个家喻户晓的名字——反应停。药史上最著名最重要的《科夫沃－哈里斯修正案》，与沙利度胺脱不了干系。它曾经受到广大孕妇的热烈追捧，风靡欧洲。

作为一种"没有任何副作用的抗妊娠反应药物"，沙利度胺成为"孕妇的理想选择"，可它却没能如其所愿进入美国，让经销商怒火中烧。当海豹肢症开始爆发性地出现，当沙利度胺夺去了上万婴儿的健康与生命，美国的人们才恍然大悟，纷纷为那位阻止沙利度胺上市的 FDA（美国食品药品监督管理局）女英雄献上鲜花。

曾经，她一个人，顶住了整个美国医药界与妇女界的压力，阻止了一场全国性的悲剧。如今，除了 FDA 之外，世界几乎已经将她遗忘。

弗朗西丝·奥尔德姆·凯尔西（Frances Oldham Kelsey）——她是 FDA 的一位普通职员，更是一位英雄。

...

弗朗西丝 1914 年出生于加拿大。开明的父母从小就把她当男孩子养，希望她能和她的哥哥一样接受良好的教育。得益于此，她没有早早地离开学校，而是一路顺利地读书升学。当她在麦吉尔大学读完了硕士，想要继续深造的她陷入了两难境地。申请博士和求职没有什么两样。可那个时候，社会上还没有现在的男女平等一说，女性在求职的时候总会遇到各种各样的歧视。

在导师的建议与鼓励下，弗朗西丝给药学方面的权威、芝加哥大学药学系的主任尤金·盖林写了一封信，申请当他的助手。出乎弗朗西丝意料的是，盖林很快给她回了信。

欣喜的弗朗西丝激动地打开了回信，却看到上面写着，"亲爱的奥尔德姆先生……"

身为那个时代的女性，弗朗西丝还是很幸运的，幸运之处在于，她的名字弗朗西丝（Frances，用于女性）经常被误读成弗朗西斯（Francis，用于男性），比如没认真看名字的盖林先生，就误把她当成了男性。

将错就错，弗朗西丝来到了芝加哥大学，开始了她的第一份工作。1937 年，美国爆发了磺胺酏事件（20 世纪影响最大的药害事件之一，导致 107 人死亡，其中大部分为儿童）。作为盖林的助手，弗朗西丝参与了磺胺酏事件的调查，研究磺胺酏的毒理。

24 岁那年，弗朗西丝拿到了自己的药理学博士学位，毕业后，她留在了芝加哥大学任教。1939 年，"二战"爆发，像其他药理学家一样，弗朗西丝也致力于寻找能够治疗疟疾的化合物。在研究中她发现，有一些化合物竟然能通过胎儿的保护伞——胎盘屏障。

胎盘屏障是胎盘绒毛组织与子宫血窦间的屏障，胎盘是由母体和胎儿双方的组织构成的，由绒毛膜、绒毛间隙和基蜕膜构成。虽然这个发现与她正在做的研究关系不大，可却让她对药物有了新的认识。

在芝加哥大学任教期间，弗朗西丝遇到了她的真命天子。她嫁人、生子，将生活的重心都转移到了家庭上。1960 年，46 岁的弗朗西丝成了 FDA 雇员，这是一份典型的公务员工作，职务稳定，待遇也不错，弗朗西丝就是为了养老而去的。家庭美满，工作稳定，如果不是因为沙利度胺，或许弗朗西丝不会在历史上留下一丝一毫的痕迹。

弗朗西丝在 FDA 的药物审查部门，当时的 FDA 对药物的审查远不及今日严格。她的办公室里，负责药物审查的只有 7 名全职医师和 4 名年轻的兼职医师。不到一个月，弗朗西丝便接到了她的第一项任务，一份商品名为 Kevadon 的药品进入市场的申请书。

这是德国格兰泰药厂 Chemie Grünenthal 研制的一种新药——沙利度胺（Thalidomide）。格兰泰药厂偶然发现这种药物具有中枢抑制的作用，在孕妇晨起呕吐和恶心方面也有很好的抑制作用。对于广大的孕妇来说，这可是天大的好事。每天早上都吐得翻天覆地，早就把她们折磨得快受不了。

这种"没有任何副作用的抗妊娠反应药物"，真是来得太及时了。很快，欧洲一些国家，以及加拿大、日本、澳大利亚……沙利度胺以"反应停"的通用名风靡了大半个地球，沙利度胺的热销也让美国的医药公司看到了商机。梅里尔公司很快拿到了格兰泰公司的许可，成了美国的代理商。

梅里尔公司很快就写好了呈递给 FDA 的申请书，那时候的药物审查就是走个过场，基本不会从严把关。可弗朗西丝在看了一篇梅里尔公司的申请后，却毫不留情地把申请打了回去。

原来，她看到梅里尔公司是以"治疗孕妇晨起呕吐和恶心"为名申请上市，可她还在芝加哥大学研究抗疟疾药物的时候，她就发现有些药物是可以通过胎盘影响到婴儿的。而作为一位母亲，她对于孕妇的用药安全十分关注，也很谨慎。

梅里尔公司提交的申请报告里根本没有孕期妇女使用后副作用的实验数据，虽然动物实验的数据没有问题，但考虑到人体与动物对药物的反应可能存在差异，仅提供动物实验数据并不严谨。弗朗西丝当即要求梅里尔公司提供更可靠的数据。

收到退回申请的梅里尔公司简直要气炸了，这种走个过场的事情，她非要较真儿。这样的申请一贯就是大笔一挥了事，可这个新来的雇员怎么那么较真。

梅里尔公司只好自认倒霉，把自己做的欧洲的动物试验和临床试验数据送到了 FDA。还在美国找了 1200 位医生，分发了 250 万片沙利度胺，给超过 2 万人服用。

可弗朗西丝仍然不满意，她坚持认为沙利度胺可能会对胎儿有影响，而梅里尔公司的实验数据只能证明沙利度胺对孕后期的孕妇没有影响，却没有对孕早期妇女的研究。

梅里尔公司无可奈何，只好给弗朗西丝的上司施加压力。公司控诉弗朗西丝太固执，不懂变通，还说 FDA 太官僚，办事效率低下。妇女权益组织也纷纷向她施压，认为她不应该阻挡这一救女性妊娠反应于水火的良药上市。

可即便有着如此巨大的压力，尽管梅里尔公司先后 6 次提交了申请，弗朗西丝仍然没有批准沙利度胺的上市。没有经过完整的副作用实验，这种药就是不可以上市！她要的只有两个字——安全。

1961 年 12 月，就在弗朗西丝与梅里尔公司僵持不下的时候，一件意想不到的事情发生了。澳大利亚的一位医生——威廉·迈克布里德发现，原本十分罕见的海豹样肢体畸形在最近几年却频频出现，而自己救治的几个海豹样肢体畸形的幼儿的妈妈们都曾经在怀孕期间服用过沙利度胺。

海豹肢畸形又称反应停综合征，是一种常染色体隐性遗传病，其特征是肢体畸形和颜面部畸形同时存在，可合并有小头畸形及宫内生长迟缓。肢体畸形为海豹肢样（臂腿缺如，手足直接与躯干相连）或较海豹肢畸形为轻，上肢较下肢更严重。

他怀疑，这种肢体畸形与沙利度胺有关系。与此同时，欧洲地区的医生也发现海豹样肢体畸形的发生与沙利度胺的销量有关系。而随后的病理学实验表明，沙利度胺对灵长类动物有很强的致畸性。

沙利度胺有两种异构体，其中一种（R-）异构体有镇静作用，另一种（S-）异构体则有强烈的致畸性。S-异构体会导致胎儿发育异常。

这个发现引起了人们的愤怒，沙利度胺一下子成了众矢之的。

格兰泰公司迅速收回了市场上所有的产品，梅里尔公司也将使用的几百万份药片收回。尽管已经迅速收回，但世界上还是出现了1万多名海豹样肢体畸形的孩子。在沙利度胺没能上市的美国，也出现了17名畸形儿。因为沙利度胺而造成的流产、早产、死胎更是不计其数。

在后来的研究中发现，孕妇怀孕时末次月经后第35到50天是反应停作用的敏感期：

在末次月经后第35到37天内服用反应停，会导致胎儿耳朵畸形和听力缺失；

在末次月经后第39到41天内服用反应停，会导致胎儿上肢缺失；

在末次月经后第43到44天内服用反应停，会导致胎儿双手呈海豹样3指畸形；

在末次月经后第46到48天内服用反应停，会导致胎儿拇指畸形。

除了可以导致畸胎，长期服用反应停可能还会引起周围神经炎。

在这场几乎席卷了全世界的灾难里，有两个国家，几乎没有受到影响。一个是中国，一个是美国。中国是由于当时复杂的环境，根本无从关注这些事情。而美国，则是因为有她——弗朗西丝。

1962年7月15日，《华盛顿邮报》的一篇文章报道了弗朗西丝的事迹。一夜之间，这个默默无闻坚持己见的FDA雇员成了美国家喻户晓的英雄，拿到了美国公务员的最高荣誉——杰出联邦公民服务总统奖。10月，美国通过了《科夫沃-哈里斯修正案》，FDA作为食品药品监管部门，逐渐走上了正轨。

过去，关于药品和治疗方法的审批，都基于临床医生与专家的意见。而如

弗朗西丝与美国第三十五任总统约翰·F.肯尼迪

今，任何的意见都不作数，只有科学实验，大量的、充分的、完善的科学实验才是药品与治疗方法审批的通行证。

2005 年，在 FDA 工作了45年的弗朗西丝退休了。2010 年 FDA 以她的名字设立了凯尔西奖。她成了美国妇女名人堂里的一员，她的家乡有以她名字命名的高中，小行星 6260 也以她的名字命名。

可她，只是做好了自己岗位上应该做的事情。2015 年 8 月 7 日，弗朗西丝在加拿大逝世，享年 101 岁。她的智慧与坚持，阻止了一场悲剧的发生。顶着整个医药界与妇女界的压力，她毫不畏惧。这个普普通通的 FDA 职员，为那些忽视药物安全的人，敲响了警钟。

坚守科学与良心的底线，她保护了人们免受更大的浩劫。

一个纯粹的数学家

2006年8月22日，3000多名数学家齐聚马德里，参加第25届国际数学家大会。所有数学界的人都迫切地想要见到那位俄罗斯数学天才，他证明了困扰数学界100年的庞加莱猜想。庞加莱猜想最早是由法国数学家庞加莱提出的，是克雷数学研究所悬赏的七大"千禧年大奖难题"之一。

西班牙国王胡安·卡洛斯一世在会上宣布当年的菲尔兹奖得主后，场上一片寂静，原来那位数学天才并没前来领奖。但片刻后会场仍爆出经久不衰的掌声，向那位缺席的数学天才致以最崇高的敬意。

国际数学家大会是由国际数学联盟主办的全球性数学学术会议。会议的主要内容是进行学术交流，并在开幕式上颁发菲尔兹奖、奈望林纳奖、高斯奖和陈省身奖章。其中，菲尔兹奖被认为是年轻数学家的最高荣誉，和阿贝尔奖均被称为"数学

格里戈里·佩雷尔曼（1966—）

界的诺贝尔奖"。

如果说数学家是一群古怪的人，那么这个俄罗斯天才就是这群人中性格最古怪的一个，他就是格里戈里·佩雷尔曼。

佩雷尔曼是个杰出的数学天才，他因证明了"庞加莱猜想"而闻名于世。全球数学界的同行花费了两年时间才看懂他的证明，佩雷尔曼成为解决"千禧年大奖难题"第一人，他也因此被学界委员会评定为"菲尔兹奖"获得者。

然而，令人不解的是佩雷尔曼拒绝领取上述两项大奖，光是"千禧年大奖难题"奖金就高达 100 万美元，面对众多数学同行一辈子可望而不可即的至高荣誉，佩雷尔曼显得不屑一顾。他似乎不愿被世俗的喧嚣干扰他研究的净土。

"庞加莱猜想"是法国数学家庞加莱于 1904 年提出的一个数学猜想，该猜想表述为"任一单连通的、封闭的三维流形与三维球面同胚"，简单来说就是，任何一个没有破洞的三维物体，都拓扑等价于三维球面。

一个粗浅的比喻就是，如果我们伸缩任意围绕橙子表面的橡皮筋，那么我们总是可以既不扯断它，也不让它离开表面，使它慢慢移动收缩为一个点。另一方面，如果我们想象同样的橡皮筋以任意的方向被伸缩在一个甜甜圈表面上，那么不扯断橡皮筋或者甜甜圈，存在无法不离开表面而又收缩到一点的情况。

"庞加莱猜想"是数学界无数人渴望登顶的高峰，但自提出以来很多数学家终其一生也未能予以证明。直至 2002—2004 年佩雷尔曼的 3 篇论文宣告了"庞加莱猜想"的终结。"庞加莱猜想"作为千禧年大奖难题之一，它的破解极可能为密码学以及航天、通信等领域带来突破性进展。

...

1966 年，佩雷尔曼出生于苏联的一个犹太家庭，母亲是小学里的数学教师，这或许为他数学天分的成长创造了条件。当时的苏联反犹太主义盛行，面对这种现实环境，佩雷尔曼的母亲并没有把真实世界告诉年幼的佩雷尔曼，而是把自己头脑中的正确世界教导给他。

母亲的教育塑造了佩雷尔曼终生极其正直的性格，佩雷尔曼生活在一个母亲帮助下建立起来的想象世界中，在这个世界里规矩就是规矩，谁也不能违背。

　　母亲日渐发现佩雷尔曼的数学天分，在佩雷尔曼 10 岁那年，她带着佩雷尔曼来到了列宁格勒（即今圣彼得堡）数学导师的办公室，希望佩雷尔曼的数学天分能够在那里进一步得到培养。就这样，佩雷尔曼正式推开了数学世界的大门。

　　在日复一日的教学中，数学教练鲁克辛发现佩雷尔曼显露出一些特质。比如佩雷尔曼的同班男孩们长大一些后开始与女孩子接吻，但他却从不对女孩子感兴趣。乘坐火车时，即使是在温暖的车厢里，佩雷尔曼也从不把皮帽子的耳朵盖解开。

　　"因为妈妈说了，不要解开绳子，不然就会感冒。"

　　为此，鲁克辛从不担心佩雷尔曼对数学分心，而佩雷尔曼也越发展现出他那超强的数学天分。年仅 13 岁就开始学习拓扑学，这门学科一直被认为过于抽象，不适合对孩子教学，但谁也不曾想到，日后佩雷尔曼取得最大成就的正是拓扑领域。

　　拓扑学是几何学的一个分支。其研究内容之一简单来讲就是一个图形进行伸缩、扭曲等变换，但不许割断，也不许黏合，这个几何图形在变形过程中有些性质是保持不变的。在拓扑学家看来，甜甜圈和咖啡杯是一样的。

　　佩雷尔曼的杰出数学天分给鲁克辛留下了深刻印象。鲁克辛也让身为犹太人的佩雷尔曼生活安全、有序。为了让佩雷尔曼的数学天分不被社会摧折，在佩雷尔曼 14 岁的时候，鲁克辛把他送到了第 239 学校。那是由 20 世纪最伟大的俄罗斯数学家柯尔莫哥洛夫（20 世纪全世界最有影响的数学家之一）创办的一所专业数学物理学校。

　　那是一所不同寻常的学校，它是苏联高中里唯一教授古代历史课程的学校。学生在这里还会接触到音乐、诗歌、视觉艺术、俄国建筑的知识。这里不存在其他苏联学校里普遍开设的社会科学课，柯尔莫哥洛夫尽量不让他们过多地接触意识形态思想。

　　在第 239 学校的数学课堂上，佩雷尔曼总是坐在后排，一言不发，但当发现某个人的解法或解释需要订正时，他会规矩地举手示意，而且总是一锤定音。

对佩雷尔曼来说，数学就是他的全部，不过对其他课程他仍会认真听讲，尽管讲授的内容他不感兴趣。对他来说，规矩就是规矩，谁也不能破坏。在第 239 学校的最后一年时，佩雷尔曼已经在全苏联奥林匹克数学竞赛中赢得了一块金牌和一块银牌，因出色的数学成绩，佩雷尔曼理应代表苏联参加国际奥林匹克数学竞赛。

但因他犹太人的身份，选拔方想方设法出难题刁难佩雷尔曼，令人哭笑不得的是，所出题目没有佩雷尔曼做不出来的。由此佩雷尔曼代表苏联参加了 1982 年的国际奥林匹克数学竞赛，并最终以 42 分的满分拿到了金牌。

佩雷尔曼因在国际奥林匹克数学竞赛中的出色表现，得以免试进入列宁格勒国立大学（即今圣彼得堡国立大学），列宁格勒国立大学数学系致力于培养职业数学家。一般来说，二年级的时候学生开始确定专业方向，从此告别那些非专业课程。但佩雷尔曼并未着急选定方向，他希望自己能够见识到数学的全部领域。

在列宁格勒国立大学学习期间，佩雷尔曼和周围同学保持着良好关系，甚至经常借笔记给别人。但他决不会在考试时帮助同学作弊，因为他信奉每个人都应当自己解答自己面对的问题。

1987 年，佩雷尔曼成为斯捷克洛夫数学研究所的一名研究生。尽管当时苏联反犹太主义盛行，但从佩雷尔曼的成长来说，他是非常幸运的。如果他早出生五年，作为犹太人的他要想从事数学研究几乎不可能。而如果晚出生五年赶上苏联解体，巨大的通货膨胀也无法让他接受高等教育。

1991 年苏联解体，1992 年他来到美国纽约的柯朗数学科学研究所，开始了博士后之旅。在这里，他只用四页纸就解决了困扰数学界 20 年的难题"灵魂猜想"。

瑟斯顿教授在听完佩雷尔曼的报告后惊呼："这么简单，为什么我没有想到？"

佩雷尔曼对"灵魂猜想"的证明让美国数学界意识到了他的天分。普林斯顿大学想要通过助理教授职位招揽佩雷尔曼，但佩雷尔曼要求一个终身教职。

普林斯顿方面犹豫不定说要考虑三个月，佩雷尔曼生气地说道："你们不是已经听过我的报告了吗？"在佩雷尔曼的世界里，除了数学本身，没有人可以评判和衡量他。

由于古怪的性格，佩雷尔曼一生朋友不多，田刚是佩雷尔曼在普林斯顿认识的为数不多的朋友。但尽管如此，据田刚的回忆，他们的对话也仅限于数学。读博期间，佩雷尔曼还接触到了拓扑领域的超级难题——"庞加莱猜想"。自该猜想被提出以来，一直是众多数学家渴望登上的数学高峰。

在接触到"庞加莱猜想"后，佩雷尔曼淡淡地说道："我能解决这个问题。"紧接着，他毫不犹豫地乘坐飞机返回了斯捷克洛夫数学研究所开始研究。

回到斯捷克洛夫数学研究所，他终于可以像在想象中的世界那样，没有竞赛不用教学没有论文要求，一心扎进数学的研究世界。除了超市的售货员，几乎再没有人见过他。他每次去超市购物，买的永远都是黑面包、通心粉和酸奶。靠着留美期间积攒的几万美元，他和母亲就这么生活着。

整整7年，他就像从这个世界消失了一般。

2002年11月12日，10多位数学家收到了一封信：

亲爱的×××：

请允许我提醒您关注我在arXiv上发表的论文，该篇论文的编号是math.DG0211159。

摘要：本文中我们提出了一个Ricci流的单调表示，其不需要曲率假设，在所有维度中都成立。这可以被解释为某个典型集合的熵。……

祝万事如意！

格里戈里·佩雷尔曼

arXiv是一个收集物理学、数学、计算机科学与生物学论文预印本的网站。

在这封信中，佩雷尔曼并未宣称自己证明了"庞加莱猜想"，甚至没有说明自己解决的问题是什么。美国数学家迈克尔·安德森收到信件已是午夜，但他当晚通宵达旦看完了信件，并抄送邮件至另外几位数学界同行，并在信尾附言：

"我们应该认真对待这个人，也请让我知道他是否已经完成了我认为他已完成的工作。"

随后两年，佩雷尔曼行云流水般在 arXiv 网站上粘贴了第二、第三篇论文，这一系列的论文引起了数学界的巨大轰动。两年后，数学界同行们终于看懂了佩雷尔曼的文章，他们对外宣告佩雷尔曼的文章验证成功，这意味着"庞加莱猜想"已被成功证明。

2003 年 4 月，佩雷尔曼应邀去美国麻省理工做讲座，他向满教室的数学家展示了他的证明过程。但 90 分钟下来，似乎只有他一人真正懂得证明过程。尽管如此，教室里的数学专才们仍然很认真并充满敬意地听完了讲座。

这时候，麻省理工学院热情地向他伸出了终身教授的橄榄枝，但佩雷尔曼感觉受到了羞辱。他很生气自己对"庞加莱猜想"的贡献被外人当作是评判他是否具备终身教授资格的标准。还是和之前一样，除了数学本身，没有人可以评价他。

在世纪之交，2000 年，为鼓励人们提高对数学的关注，克雷数学研究所曾设立了千禧年七大难题，只要解决任一难题就可以获得 100 万美金。基于此，《纽约时报》的一名记者发文称，证明"庞加莱猜想"的佩雷尔曼即将获得克雷数学研究所提供的 100 万美金。佩雷尔曼感到十分生气，他对此大加批评，认为大众媒体如此措辞，是极其粗俗的行为。

佩雷尔曼解决了"庞加莱猜想"这样的世纪难题，却同时也给克雷数学研究所出了一道难题。如果证明"庞加莱猜想"的是别人，或许会主动去克雷数学研究所领取奖金。但佩雷尔曼却拒绝领奖，甚至克雷数学研究所所长詹姆斯·卡尔森亲自上门劝说，他也照样拒绝。事实上，佩雷尔曼对这些压根儿不在乎，"庞加莱猜想"的证明本身对他才是一种回报。由于佩雷尔曼在拓扑学领域的巨大贡献，国际数学联合会判定他为 2007 年菲尔兹奖获得者之一。当然，没有任何意外，他同样拒绝了菲尔兹奖。

佩雷尔曼同样拒绝了一所又一所著名学府的聘请，纽约州立大学石溪分校曾邀请他加入。他可以提任何条件，随便什么样的薪水，甚至一年只在学校出现一个月都可以。但佩雷尔曼的回答却是："谢谢，您给的条件真的不错，但我现在不想讨论这件事。我得回圣彼得堡教高中生。"他打算彻底和这个喧嚣的世界决裂，生活在自己的小圈子里。佩雷尔曼讨厌别人闯进他的生活，为了躲避记者的采访他甚至躲进了男厕所。

最后，他甚至抛弃了数学。2005年，他悄无声息地在克雷数学研究所留下一封辞职信，信中并未说明离职缘由。据他的数学启蒙老师鲁克辛说，佩雷尔曼对数学界的追逐名利、学术腐败感到失望，同时他认为自己达到了在数学研究方面的最高峰，以后不会有更大的突破了。

佩雷尔曼在50岁的时候退出数学研究，现在瑞士的一家科技公司工作，与母亲一起生活。

佩雷尔曼对公共场面和财富的厌恶或许令许多人迷惑不解。但可以看出他对学术的那份纯粹与认真。如此纯粹的科学家，世上能有几人？

◎ 天吾.《谜一般的数学天才佩雷尔曼》[N]. 中国科学报, (2014-07-11(12).
◎ 胡作玄.《庞加莱猜想100年》[J]. 科学文化评论, 2004, 1(3):86-98.

保护千万人的"疯狂实验"

作为世界最畅销的漫画之一，《龙珠》是不少人童年最美好的回忆。其中许多奇异的修炼方式令人印象深刻，有玄乎的超神水，也有度日如年的精神时光屋，但其中最深得人心的还是各式各样的负重训练。

从精神时光屋的 4 倍重力到界王星的 10 倍重力，主角悟空以超人的体魄一步步地成长。这些不可思议的所谓修炼，对人类来说似乎遥不可及。然而，人类远比我们自己想象的要强大得多。实际上承受 10 个 G（G，代表地球重力加速度，通常取 $9.8m/s^2$）的加速度，甚至不能在人类纪录里排上名。

1954 年，有人抵抗住了惊人的 46.2G 的加速度，这位勇士双目溢血，眼球几乎夺眶而出，多处骨折，视网膜脱离，多处血管爆裂，但却奇迹般地幸存下来了，还登上了《时代周刊》封面。

作为对比，F1 赛车手通过高速弯道时承受的加速度"仅有"5 个 G，而特技飞行员或宇航员所承受的加速度也不超过 12G。

而他看起来"作死"的举动，不同于那些一味挑战极限的莽夫，他拿命去做的实验竟是为了拯救千万人的性命。

约翰·保罗·斯塔普出生在巴西，他的父亲是当地的一名传教士。在他 12 岁的时候，他才随父亲来到美国得克萨斯州。斯塔普从小就是一个乐于助人的孩子，无论邻居、同学有什么困难，他总是第一个去帮忙。

约翰·保罗·斯塔普

可有时人越是仁慈，世界对他就越是残忍。大学时，斯塔普的表弟遭受了难以想象的灾难。一次意外引发了大火，2岁的表弟被严重烧伤。斯塔普目睹了表弟重伤致死的经过。他难掩心中的悲痛，将拯救生命作为一辈子的使命。

大学本科毕业后，斯塔普没有继续选择英语专业。他想考进医学院，将来做一名儿科医生，可是家里负担不起医学院高昂的学费，斯塔普只好留在母校攻读生物物理学硕士。后来又在得克萨斯大学奥斯汀分校拿到了博士学位。但他还不满足，最终在明尼苏达大学以医学博士的身份毕业，结束了漫长的学习生涯。

1944年，大器晚成的斯塔普终于参加了社会工作。他加入了美国陆军的航空队，成为一名普通的医生。以斯塔普的学识，仅仅担任军医一职是大材小用。他自然不会不明白这个道理，但战争年代，他还是希望能为这些士兵们尽自己的微薄之力。

随着美国空军在日本投下两枚原子弹，二战结束了，斯塔普也很快找到了毕生的归宿，他调入了怀特帕特森空军基地，成为空军生理研究项目的专职研究员。同时，他依旧无偿地为研究组成员的家属提供医疗服务。

"二战"虽然结束了，但新的战争又开始了。苏美两国持续的军备竞赛将人类的武器发展推向了一个高潮。为了掌握先机，两国的飞机越飞越高，越飞越快，斯塔普的任务就是研究飞行员在极端的环境下会受到怎样的威胁，能否存活。

1946 年，一架被秘密改装的 B-17 轰炸机起飞升空，这架轰炸机搭载着重新设计的发动机飞向平流层。斯塔普以自己为研究对象，"作死"的挑战就从这时开始。他跟随整个机组成员飞上平流层，不带任何保护。他想搞清楚，飞上空气稀薄的平流层，人体究竟是如何对抗脱水、缺氧、僵硬这些症状的。

他在那个孤独的机尾待了 65 个小时后，总算是找到了克服这些症状的最佳办法。只要飞行员在执行平流层飞行任务前吸上半小时纯氧，就几乎可以避免一切不良反应，斯塔普心里满是研究成功的自豪。那时起，他放弃了儿科医生的梦想，决心奉献一生做人体研究，以此挽救更多的生命。

因为斯塔普在高海拔研究上的"勇猛"表现，他得以监督当时实验室最重要的项目——人体减速。斯塔普的传奇生涯开始了。

美国的空军力量愈来愈强大，战斗机更高更快的同时也更脆弱更容易被击毁。因此，军方想要用弹射座椅的方式保护飞行员，但是弹射座椅的实验需要实验研究，更需要"小白鼠"。

起初，斯塔普的研究组只进行了一些简单的实验，包括从高处无缓冲撞击地面，或是坐在秋千上以一定角度释放，再瞬间截停。但这些简单的实验似乎并不会威胁到人体，于是斯塔普打算建造更复杂的实验设备。

他带着实验小组来到新墨西哥州的一处导弹基地，以原本导弹实验的轨道车作为基础展开新的研究。他建立了一条长两公里的轨道，设计了全新的火箭驱动的轨道车 Gee-Whizz。这辆火箭车能够承受超过 100G 的加速度，最高时速通过驱动火箭控制，也就是没有上限。

刚开始，火箭车里的乘客还是一个 185 磅的假人，仅仅穿戴着轻型的安全带就进行实验。嗖的一声，火箭车瞬间加速到时速 240 公里，眼看火箭车就快要驶离轨道的尽头，制动程序启动。一霎时，假人和火箭就已经稳稳地停住了。

此前，教科书上写的人体能承受的加速度极限是 18G，几乎所有飞机都是以承受 18G 的标准设计的。但这一次，假人承受了 30G 的加速度。而且这次从假人实验得到的数据来看，似乎超过 18G 的加速度也不会产生致命的威胁。

约翰·斯塔普在爱德华兹空军基地乘坐轨道火箭车

　　进一步调查，斯塔普发现飞行员因为交通事故死亡的人数竟然比飞行事故死亡的还要多。他意识到了自己的研究可能不仅仅能拯救飞行员，甚至能拯救成千上万的普通民众。斯塔普心中涌出了无限的动力，他想找到人类的极限。

　　1947 年末，经过大半年的试运行，时机已到。斯塔普向上级建议，亲自担任实验对象。但领导建议他循序渐进，先进行低速的实验。第一次载人实验，谨慎起见，斯塔普被允许乘坐只安装了一个火箭推进器的小车，最终也仅仅产生了 10G 的加速度。

　　斯塔普老早就认为加速度在 18G 以下的实验是没有意义的。第二天，他就偷偷给火箭车增加了两个火箭推进器，然后毫不迟疑地坐上了那个座位。火箭车一如既往地运行着，监控室里的加速度仪表的指针突然转到了 35G 的位置，所有人都吓了一跳，纷纷担心起斯塔普博士的身体。火箭车停下的那

一刻，所有医护人员都奔向斯塔普，博士不会真的被这三百多公里的时速打
败了吧。

打开舱门，他们还是吓到了，因为博士看起来很不正常，他居然笑着和大
家招手，这让医护人员担心他的脑子是不是出了问题。过了很久，斯塔普才终
于让大家相信了他没有遭受任何伤害，只是有一些轻微的头晕。这个结果打开
了人类新世界的大门，似乎人类远比想象中的要强大，但更多人怀疑的是斯塔
普这个人要比想象中强大不少。为了确定35G的实验不是侥幸，斯塔普在后来
的几个星期里完成了16次测试，事实证明18G确实不是人类所能承受的极限。

在实验的过程中，斯塔普团队也证明了另一件事：你所担心的情况更有可
能发生。正是这几次实验促成了"墨菲定律"的诞生。事情是这样的，当时实
验组的一个助理墨菲，负责整个实验的信息采集与处理工作，他所设计的固定带可以安装16个传感器，每个传感器都有两种正确安装方式。有一次，这些传感器竟然全被安装在错误的地方，让斯塔普博士白白遭了一次罪。

经过了这次事故后，斯塔普反而更加"猖狂"。1951年，他在测试人体能承受最大的加速度的同时，还发展了一个副业——成为地面速度最快的人类。斯塔普建造了一架全新的火箭车"Sonic Wind"一号，它由

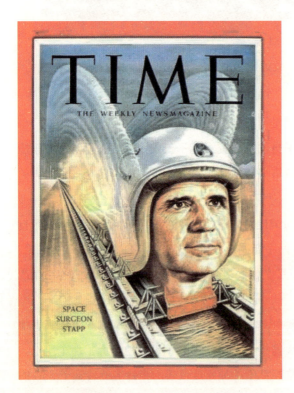

斯塔普登上《时代周刊》封面

6个火箭驱动，推力达到惊人的27000磅，瞬间就能将轨道上的小车加速至时速677公里。在当时这简直是不可想象的。

然而他并不满足于此。3年后，他又给火箭车额外安装了几支火箭。这次他还要坐上去亲自打破这个速度纪录。上车前，有人给了斯塔普一个甜甜圈充饥，斯塔普意外地拒绝了："胃里的食物会影响解剖！"

嘭！火箭启动，斯塔普在5秒内就接近了音速，接下来只花了仅仅1.4秒就完全停了下来，火箭车瞬时产生了46.2G的加速度，不但如此，斯塔普还承受了25G的加速度长达1秒。这次实验不仅让斯塔普成为"地球上速度最快的人"，也成功入选了世界10大疯狂实验的排行榜。

斯塔普活着坚持到了最后，但是却面临着多重伤害。剧烈的减速让他的视网膜脱落，眼球的血管爆裂。冲击让他的肋骨断裂，多处软组织挫伤，据说还掉了几颗牙齿。关于这次实验的收获，他说："我可能得到了一支盲杖和一条导盲犬。"幸运的是，他的眼睛在几天之后逐渐恢复了。

媒体得知消息后都惊呆了，不仅是因为46.2G，更多的是对斯塔普博士无畏的精神的惊叹。要知道，当时斯塔普还计划进行更快的实验，要不是军方的阻拦，斯塔普的生命也许就无法延续到89岁了。

可能有人认为斯塔普的实验看起来毫无意义，仅仅是挑战极限，实际上那些实验对我们今天的生活意义重大。它证明了人类在面对事故造成的紧急减速或碰撞时，在合理的保护下是完全可以存活的，并且不会造成永久性伤害。

1955年，福特开始在出厂的汽车上安装安全带。1966年，约翰逊总统签署安全带的新法规，斯塔普博士就站在他的身旁。

除了为安全带的普及立下了汗马功劳之外，斯塔普还设计出了更加安全合理的安全带，改进了降落伞用固定带，还为弹射座椅的研发打下了基础。斯塔普用自己的巨大风险换来了人类的安全。

就这一点来说，斯塔普的"作死"意义巨大，"地球上速度最快的人"的称号也会永远与他同在。

懂得冒险，也许是人类区别于动物最核心的精神。